АННА ЧАПМАН

БОНДИАННА

В Россию с любовью!

УДК 821.161.1-312.4
ББК 84(2Рос=Рус)6-44
Ч-19

Ч-19   Чапман Анна.
БондиАнна. В Россию с любовью / Анна Чапман. 2025. — 404 с.

ISBN: 978-5-6053329-0-9
Printed version softcover

ISBN: 978-5-6053329-1-6
Printed version hardcover

ISBN: 978-5-6053329-2-3
e-book

Роман ждал своего выхода пятнадцать лет. История, которую рассказывает автор — это история жизни. Все события, описанные на страницах книги, реальны.

В 2010 году имя Анны Чапман было везде: в интернете, на телеэкранах, в газетах и у всех на устах. Громкое дело о шпионаже и молодая, рыжеволосая, яркая фигурантка. Когда Анна вернулась на родину, ее атаковали просьбами об интервью. Но она молчала.

Отсутствие информации порождало самые невероятные слухи. Всем было интересно, кто такая Анна Чапман, откуда она взялась и как оказалась в ситуации, о которой говорил весь мир. Она поразила весь мир, ни сказав ни одного слова.

УДК 821.161.1-312.4
ББК 84(2Рос=Рус)6-44

© Анна Чапман, Ри Гува, текст, 2025

Книга основана на реальных событиях.
Имена участников повествования изменены.
5% событий в истории — вымышлены.
А что именно — тайна...

Посвящается семье

ПРОЛОГ

Меня освободили из американской тюрьмы еще в 2010 году. За прошедшие годы я не дала ни одного интервью, хотя просили. Я хранила молчание и искала внутри себя важные осознания, чтобы написать эту книгу. Обдумывала ее, собирала по кусочкам и составляла, как пазл.

История, которой я хочу поделиться, бесконечно дорога для меня. Хочу, чтобы вы поняли: перед вами не просто лихо закрученный сюжет. Все это — реальные события из жизни.

Почему я не рассказывала эту историю раньше? Потому что все по-настоящему личное очень ценно. Люди часто молчат о главном, не произносят вслух самые важные вопросы, которые их тревожат. Самое большое и важное остается под водой, как у айсберга. СМИ растиражировали мое лицо и имя. Однако то, что по-настоящему значимо, не знал никто. Эта книга — предыстория событий, которые в 2010 году потрясли общественность во всем мире. Она о моей жизни в Лондоне.

Моя история про то, как провинциальная девушка, мечтавшая о красных автобусах, полная амбиций и надежд, уехала за границу и влюбилась без памяти. Про то, как этот путь изменил ее и сделал личностью.

Своего будущего мужа я встретила еще в 2001 году. С тех пор ни один мужчина не смог мне его заменить. Но хотя я всегда думала, что Алекс Чапман — моя единственная любовь, позже оказалось, главные отношения в моей жизни не с ним.

Своей историей я хочу показать, что трагедия приносит не только боль и желание расстаться с жизнью. Она также делает нас сильными и мудрыми. Пройдя через испытания, человек в состоянии снова стать счастливым. А иногда одно просто невозможно без другого.

За последние годы я прочитала несколько десятков книг по психологии. Все они были по-своему хороши, но ни одну мне не захотелось перечитать. Слишком много в них было пользы, слишком мало — жизни.

И я подумала: а что, если история может быть терапевтична сама по себе? Вдруг она может остаться с читателем не ввиде заученных истин, а как исцеляющий опыт, который реально прожить вместе с героями? Только не за несколько лет, как было у меня, а за неделю.

Наверно, есть на свете такие чувства, которые возвышают людей и являются примером истинного единения душ. Наверное, чаще они счастливые и взаимные. У меня получилось иначе. Тем не менее сейчас я уже не могу чувствовать ничего, кроме благодарности за весь прожитый опыт. Ведь важно не то, что с нами произошло, а то, какими мы из этого вышли.

Эта книга о том, что все возможно. Даже невозможное. Особенно оно.

Москва, конец 2024

ГЛАВА 1
С добрым утром, любимая!

Лондон, 2003 г.

Что-то острое и холодное впилось в висок.

Я еще не открыла глаза и нежилась на простынях, силясь удержать остатки сна. Но тут дремоту как рукой сняло. Распахнув глаза, я увидела Алекса, нависшего надо мной черной тенью. В руке он держал дрель и все сильнее вдавливал сверло в мою голову.

Мы что, делаем ремонт?

Какие только глупости не приходят на ум, когда не хочется принимать страшную действительность. Вот и я почему-то подумала вовсе не о том, что мой муж, кажется, снова оказался во власти своих демонов. Алекс нажал на курок.

Острая боль, сверло закручивает кожу, брызги крови на белоснежном белье.

На самом деле ничего не случилось. Сверло оставалось неподвижным, но я, объятая неистовым ужасом, буквально ощутила, как холодный металл буравит череп. Алекс грязно выругался и убрал дрель. Он забыл включить ее в розетку.

Он что, на самом деле пытался меня убить?

Мозг наконец-то очнулся и заработал, заставив меня подскочить. Пока Алекс озирался в поисках розетки, я за два прыжка добралась до нашей крошечной ванной, захлопнула дверь, навалилась на нее всем телом и дрожащими пальцами повернула задвижку. Только после этого получилось сделать вдох. Я отошла от двери и почувствовала, что ноги не держат. Ухватилась за занавеску, сползла на пол и замерла, прислушиваясь.

Судя по звукам, Алекс метался по комнате, круша все, что попадалось под руку. Как же он пьян! Настолько пьян, что не видит розетку прямо над тумбочкой у изголовья кровати. Он ведь сотни раз заряжал от нее свой телефон. Слава Богу, что он так пьян!

Звуки в комнате стихли. Я осторожно выпустила шуршащую занавеску и подползла к двери. Он еще там?

— Алекс! — тихо позвала я.

В ответ раздались невнятные ругательства. Алекс, который, похоже, присел отдохнуть, снова заметался по спальне.

Этого просто не может быть! Это происходит не со мной.

Мозг отказывался принимать действительность. Ведь если все это по-настоящему, как жить дальше? Зачем вообще жить, когда самый близкий человек на свете только что пытался меня убить без всякой причины?

Стоп! Не паниковать!

Я поднялась на ноги, отметив, что они больше не подгибаются. Руки тоже не дрожали. Внутри поднималась злость.

Сукин ты сын! Пьяный ублюдок! Нужно выбираться из этого дурдома. Думай, Аня, думай!

Я открыла кран с холодной водой и плеснула в лицо.

Истинная Британия!

У меня вырвался нервный смешок. Могла ли я когда-то представить, что моя мечта об Англии приведет меня именно сюда: на холодную плитку возле унитаза. А за стеной в это время мой муж-англичанин во власти безумия будет разносить нашу уютную квартиру.

Как я до этого докатилась?

Я вдруг вспомнила — нашла время — свои первые месяцы в Лондоне. Тогда я только познакомилась с характерной чертой британского быта — раздельными кранами с холодной и горячей водой.

Как можно создавать самую прогрессивную музыку в мире и одновременно так консервативно относиться к сантехнике?

— А как же умываться? — спросила я Марка — своего тогдашнего парня, стоя перед раковиной в полном замешательстве.

Он со смехом выкрутил на полную холодный кран и брызнул в меня ледяной водой.

— Быстрее проснешься! — хохотал он, глядя, как я, взвизгивая, пытаюсь сполоснуть лицо.

Мне понадобилось несколько недель, чтобы перестать трястись каждое утро, подставляя руки под холодную воду. «Космические корабли бороздят просторы Вселенной, а англичане так и не смогли изобрести нормальный кран», — бормотала я, передергиваясь. Зато потом, привыкнув, каждый раз гордо смотрела в зеркало и чувствовала, что стала чуть более англичанкой, чем была вчера. Что ж, кажется, удалось. Теперь холодная вода меня не пугает — есть вещи пострашнее. Например, муж, который только что чуть не совершил убийство.

Усилием воли я отогнала воспоминания — от них сейчас все равно не было никакого толка — и стала осматривать ванную, судорожно соображая, как выбраться из западни. Было бы здесь окно побольше — без раздумий сиганула бы с четвертого этажа. Что такое пара сломанных костей против перспективы заполучить дыру в голове? В шкафчике под раковиной тоже не нашлось ничего полезного. Я и сама не знала, что надеялась там обнаружить. Аэрозоль, чтобы сделать огнемет?

Удар сотряс дверь. Кажется, Алекс решил просто ее вышибить.

— Алекс! — закричала я. — Прекрати! Завтра ты об этом пожалеешь, ты же знаешь! Это же я, твоя Анджики! — на последних словах голос сорвался.

За что он так со мной? Ведь он любит меня, я это знаю.

— Я тебя сейчас убью, тварь! — заорал в ответ Алекс. От ужаса сдавило грудь. Как под водой, когда в легких заканчивается воздух.

— Потом из окна выброшу куски! Куски русской суки! — злобно продолжал он. Теперь он говорил спокойно, почти с удовольствием. Как будто ему нравилось строить планы по моему уничтожению. От его спокойного голоса мне стало по-настоящему страшно. Этот голос не был похож на голос моего возлюбленного. За дверью стоял совершенно чужой мужчина, жестокий и холодный. Или я просто не хотела верить, что Алекс — мой Алекс — может быть таким? Впрочем, сейчас не время об этом думать.

Алекс снова ударил в дверь. Я с ужасом поняла, что надолго этой преграды не хватит. К тому же часть стены рядом была из матового стекла. Разбить ее ничего не стоило!

Хоть бы он в своем угаре не сообразил! Что же мне делать? Господи, что бы сказал дедушка, если бы видел меня сейчас.

Кажется, впервые в жизни я была рада, что дедушки нет в живых. Возможно, я скоро с ним встречусь. Сейчас Алекс выбьет дверь или все-таки найдет розетку, и тогда я смогу задать деду все волнующие меня вопросы.

Будто в подтверждение моих мыслей из-за двери послышалось металлическое жужжание. Алекс наконец-то включил дрель.

— Давай поговорим! — я снова попыталась воззвать к его разуму. Голос срывался, но я старалась, чтобы он звучал спокойно и мягко. — Алекс, милый, расскажи мне, что случилось? Что тебя расстроило? Ты ведь помнишь, о чем мы договаривались? Все обсуждать. У нас нет запретных тем. Просто скажи мне...

Я и сама понимала, как неестественно звучат все эти разумные слова. Как в дурном фильме, где психолог пытается урезонить сумасшедшего маньяка. Правда, в фильмах этот прием всегда работал, а мы были в реальной жизни, и эта реальность чертовски отличалась от вымысла сценаристов.

— Сейчас я открою эту дверь и просверлю твою тонкую русскую шейку, поняла? — было слышно, как Алекс сплюнул себе под ноги. Он стоял вплотную к двери, до моего слуха доносилось его отрывистое дыхание. Говорил он совершенно спокойно. На мгновение мне даже показалось, что он кристально трезв. Это стало последней каплей.

— Заткнись, мразь упоротая! — завизжала я, брызжа слюной. — Чтоб ты сдох, ублюдок!

Вот тебе и отличница, гордость семьи и подающая надежды студентка столичного вуза. Браво, Аня! Осталось открыть дверь и вырубить его прямым в челюсть.

Еще мгновение, и я бы действительно бросилась на него, наплевав на здравый смысл. Тут дрель прошила тонкое дерево, и блестящее острие выскочило прямо перед моим носом. Я отшатнулась, моментально придя в себя. Мне с ним не справиться. Он и в нормальном состоянии скрутил бы меня одной рукой, а когда не в себе — никаких шансов. Алекс рывком вытащил сверло и тут же снова принялся за дело. Дырки появлялись одна за другой, и я могла только порадоваться, что он не додумался высверлить замок. В пьяном угаре он просто тыкал и тыкал куда попало, надеясь, видимо, покрошить дерево в щепки.

А потом возьмется за меня.

Я инстинктивно отодвинулась подальше от двери. Присела на бортик ванны. Оторванная занавеска задела спину, и я вздрогнула, подумав, что это чья-то рука. Нервы были на пределе. Паника удавкой сжала горло. На миг мне показалось, что я больше никогда не смогу сделать вдох и просто умру здесь, в этой ванной.

Интересно, Алекса это порадует? Или он расстроится, что не смог сам меня прикончить?

Муж продолжал методично сверлить дверь. Я надеялась, что ему не хватит упорства, чтобы довести начатое до конца, но с каждым новым отверстием все более явственно понимала: рано или поздно он ворвется сюда. Я в западне.

Может, соседи услышат и вызовут полицию?

Конечно, соседи прекрасно слышали и крики, и звуки дрели, но наверняка подумали, что симпатичный мистер Чапман просто решил повесить полочку с утра пораньше. А его очаровательная жена слегка недовольна выбранным местом. Нет, помощи ждать бессмысленно.

Когда дверь откроется, брошу в него полотенце, оттолкну и выбегу из квартиры. Он не догонит. Он на ногах-то еле стоит.

Я вспомнила, как за секунду до своего бегства из спальни уловила, что Алекс совершенно дезориентирован. Он двигался неуклюже, его шатало. Лихорадочные метания по комнате подтверждали мою догадку. Значит, у меня был шанс на спасение. Крохотный шансик, что я смогу выбраться на улицу в одном белье, босиком и без денег. Куда бежать в таком виде — решу потом.

Нащупав на сушилке полотенце, большое и пушистое, я поудобнее зажала его в руках и замерла, готовясь к атаке. Как будто собралась ловить бешеное животное. Хотя Алекс таким и был в этот момент.

Теперь я старалась не издавать ни звука. Тихо стояла, чуть выставив вперед одну ногу и вцепившись в полотенце. Как зачарованная смотрела на острие сверла. Мне было очень страшно. Большинство людей даже не подозревают, что бывает такой страх. Казалось, человеческий организм просто не может вынести подобный градус кошмара. Все внутренности как будто скрутились в тугой узел, меня одновременно тошнило и сковывало.

Да сломай ты уже эту чертову дверь! Я больше не могу!

Самым страшным была не угроза жизни, хотя, видит бог, я совсем не хотела познакомиться с дрелью ближе. Главное, я чувствовала огромное разочарование. Оно плотным комом собралось где-то в районе солнечного сплетения и пульсировало. А внутри него была пустота, такая глубокая и черная, что мне было до жути страшно в нее заглянуть. Тело будто уже просверлили и достали что-то важное. Что-то, без чего было трудно дышать и невозможно жить. Да и зачем?

Наверное, я заслужила такое отношение. Ведь он меня любит. Я — его Анджики, его судьба, он всегда это говорил. Хоть бы это был сон! Сейчас я проснусь и забуду обо всем этом...

Я зажмурилась и изо всех сил сжала полотенце. Ничего не изменилось. Конечно, ведь это был не сон. Я прекрасно это знала.

Может, открыть эту чертову дверь и будь что будет?

Внезапно стало тихо. Эта тишина обрушилась на меня бетонной плитой. Я даже негромко кашлянула, чтобы убедиться, что не оглохла. И тут же в страхе зажала рот рукой. Паника отступила. Я еще не понимала, что происходит, но мозг уже лихорадочно анализировал новые условия.

Алекс ушел? Успокоился? Или задумал что-то похуже? Какие инструменты есть в кладовой?

Неизвестность пугала сильнее ревущей дрели. Я прокручивала в голове варианты побега, одновременно прислушиваясь. Мне бы только выбраться на улицу. В квартире я полностью в его власти, здесь негде спрятаться. А на улице можно попросить о помощи. Я уже сбегала раньше, значит, и сейчас смогу. Нужно только сделать первый шаг.

В квартире стояла полная тишина. Я поняла, что сойду с ума, если и дальше буду просто ждать непонятно чего.

Резко открыть дверь, бежать к выходу, а если попытается помешать — толкать изо всех сил. Резко, главное, резко и неожиданно! И бежать...

Я с трудом разжала сведенные судорогой пальцы и отбросила полотенце в ванну. Осторожно шагнула к двери, прислушалась. Тихо. Может, он ушел? Хоть бы это было так!

Через стеклянную стену комната смотрелась, как аквариум с мутной водой. Я различала очертания дивана, горшки с пальмами из Икеи, маску африканского идола, которую мы с Алексом купили в Зимбабве. Туда мы летали в свадебное путешествие. Меня опять затрясло.

Ведь это тот же самый человек! Там, за дверью. Тот, с кем я была так счастлива.

Алекса не было видно нигде. Я еще раз осмотрела комнату, насколько это было возможно. Если бы он вышел из квартиры, я бы услышала. Входная дверь как раз напротив моего убежища.

Мне нужно сделать всего несколько шагов!

Наша квартирка была маленькой, примерно сорок квадратных метров. Я по привычке измеряла метрами, будучи не в состоянии перевести цифры в футы. Сейчас это были сорок метров минного поля.

Что ж, лисы, насколько я знаю, прекрасно умеют ходить по минным полям, не теряя головы. И хвоста.

У меня вырвался истеричный смешок. Я глянула в зеркало. Бледное до синевы лицо и неуместно яркие рыжие волосы. Ну точно лиса в капкане. Нащупала на раковине резинку и быстро скрутила тугой пучок — не хватало еще за что-нибудь зацепиться в самый неподходящий момент.

Больше тянуть было невозможно. Даже если Алекс притаился с дрелью наготове! Придется как-то с этим справиться. Хотя вряд ли, он слишком пьян, чтобы хитрить и выжидать. Удивительно, как он вообще сумел найти розетку и случайно не просверлил себе руку.

За два года жизни с Алексом я научилась определять белую горячку с легкостью опытного врача. Обычно мне удавалось заметить приступ в самом начале и хоть как-то подготовиться. Правда, до такого ужаса, как сегодня, безумие мужа еще никогда не доходило. Да, он напивался до беспамятства, оскорблял и унижал, сыпал угрозами. Однако чаще это были только слова. Хотя иногда эти слова ранили так, что я думала: лучше бы он меня ударил. Он прекрасно знал мои слабые места и метил в самое больное. Наверное, он понимал, что слова вроде «шлюха» и «потаскуха», хоть и ранят, все-таки не проникают в самое сердце. Но стоило ему добавить к этим оскорблениям «русская» — и они превращались в смертельное оружие.

Я хотела стать британкой, и мое происхождение всегда было для меня больной темой. С самого детства я мечтала об Англии так, как другие девочки грезят о прекрасном принце. Я горячо верила: однажды я окажусь в этом городе двухэтажных автобусов и красных телефонных будок. И не просто окажусь, а буду там жить. Навсегда оставлю позади серость и разруху России времен перестройки. Эти мечты давали мне силы. И когда появилась возможность их осуществить, я вцепилась в нее двумя руками.

Оказавшись в Англии, я приложила максимум усилий, чтобы стать в этой стране своей. Я избегала общения с бывшими соотечественниками, помня смешные рассказы о Брайтон Бич — районе в Нью-Йорке, где русская речь звучит чаще английской. О, это было не про меня! Я учила английский с неуемным рвением, старалась избавиться от акцента и с восторгом осваивала сленг. Я подала документы на британский паспорт, как только появилась такая возможность. В общем, я очень старалась стать максимально нерусской. Слиться с городом своей мечты, стать его частью, понять, что он меня принял.

И Алекс, зная все это, очень хорошо понимал, как меня уязвить.

Несколько раз он переходил от слов к делу. Сегодняшний его выход с дрелью был не первым. Как-то он уже гонялся за мной с ножницами, и в тот раз мне не удалось спрятаться. Пришлось убежать из дома и провести ночь на лавочке напротив дома. Благо, была весна.

В Волгограде я бы точно заработала воспаление легких даже за одну ночь.

Бывало всякое, но так сильно Алекса накрыло впервые.

Что им двигало? Что он видел в приступах белой горячки? Для меня, да и для него самого, это оставалось загадкой. Проснувшись на следующий день, Алекс обычно ничего не помнил. Поэтому в глубине души я верила, что муж тут ни при чем. Что-то другое внутри него захватывало власть над волей и чувствами. Нечто чужеродное получало над ним контроль, и Алекс становился безвольной марионеткой. Потому что мой муж был лучшим мужчиной на свете. Он был чутким, деликатным, искренним — моим идеалом. Алекс был потрясающим другом и восхитительным любовником. Мужем вот только непутевым, но ведь невозможно быть безупречным во всем.

Я его любила. Просто любила таким, каким он был, не пытаясь изменить. Растворилась в своих чувствах, безусловных и всепоглощающих. До встречи с ним я и представить себе не могла, что бывает такая любовь. Она просто существовала и заполняла все мое существо. Иногда мне казалось, что это чувство появилось задолго до того, как мы с Алексом встретились. Будто родилось вместе со мной, а может быть существовало еще раньше.

Всю жизнь я ощущала себя пазлом без очень важной детали. Казалось, у меня было все, но в то же время чего-то не хватало. Пустота заполнилась, когда я встретила Алекса.

Мы были словно созданы друг для друга. Говорили без слов, а порой как будто слышали мысли друг друга. Алекс был моей родной душой. Чем-то настолько своим, что остаться без него было как лишиться воздуха.

Я верила, что мы сможем все преодолеть. Вместе нам под силу справиться с чем угодно. Ради нас двоих я согласилась бы пройти любые испытания. Только бы Алекс был рядом!

Но всякий раз, когда разум Алекса в припадках накрывало плотной пеленой забвения, он становился другим человеком. И человеком ли? Сложно подобрать слова, чтобы найти описание той силе, которая завладевала Алексом. Еще вчера вечером он был собой. Моим дорогим мужем, любящим, заботливым, нежным. А сегодня...

Видимо, демоны в его голове решили, что со мной пора заканчивать.

Прошло примерно полчаса. Из комнаты по-прежнему не доносилось ни звука. Я, наконец, решилась. Не сводя глаз со стеклянной стены нащупала замок и повернула его. Он тихо щелкнул, и этот звук прозвучал в моих ушах пистолетным выстрелом. Я замерла. Ничего. Затаив дыхание нажала на ручку и толкнула дверь. Та не открывалась.

Он что, забаррикадировал меня здесь? Чем? Креслом? Но я бы услышала, как он его тащит. Бред!

Я навалилась всем своим весом, и дверь сдвинулась с места. Приоткрылась на несколько сантиметров, и я увидела безжизненную руку, возле которой валялась дрель. Всё встало на свои места: Алекс вырубился прямо под дверью. Видимо, силы покинули его внезапно.

Утомился, бедный, пытаясь прикончить жену!

Первым делом я просунула ногу в щель и осторожно оттолкнула дрель подальше от Алекса, как обычно делают в фильмах с небрежно валяющимся пистолетом. Дрель проскользила по деревянному полу и ударилась о комод.

Алекс шевельнулся. Я замерла.

Нет, это всего лишь подергивания во сне. Похоже, теперь его и землетрясение не разбудит.

Алекс звездой растянулся на полу, подпирая дверь. Грудь мирно поднималась и опускалась, а ресницы безмятежно трепетали на сомкнутых веках. Темные сальные волосы прилипли ко лбу и щекам.

Водкой воняло на всю квартиру — я только сейчас это почувствовала. Как же я ненавидела запах спирта! Даже дезинфицирующие влажные салфетки вызывали тошноту.

Пришлось напрячь все силы, чтобы немного сдвинуть тяжелое тело и выбраться, наконец, из ванной. Меня немного отпустило. Мысли уже неслись вперед, в голове будто бы щелкал счетчик, отмечая пункты плана. Я привыкла быстро перестраиваться — жизнь с Алексом научила.

Нужно было почистить зубы. Ладно, неважно. Что делать? Паспорт, деньги, телефон!

Я металась по квартире, собирая вещи. Побросала в сумочку самое необходимое, не забыла бейдж для прохода на Форум, поискала наличные. У меня была всего пара фунтов. Времени на долгие поиски не было. Я немного замешкалась перед шкафом, потом быстро натянула классический черный костюм — не слишком практично, но в джинсах на важное мероприятие не заявишься. А мне позарез нужно было там оказаться! Надела лодочки, подхватила сумку и поспешила к двери.

Уже на пороге я остановилась и обернулась. Комната выглядела, как место, где только что выясняли отношения мафиозные кланы. И я, как последний выживший бандит, его покидала.

Жаль, без сумки с сотней тысяч долларов.

Алекс лежал, прекрасный и жалкий одновременно. Я на цыпочках вернулась в комнату, стащила с дивана плед и осторожно накрыла спящего мужа.

Если он сейчас проснется, то не сможет сразу встать!

На самом деле я понимала: мне просто не хочется, чтобы он замерз. В квартире вечно было холодно. В глубине души я мечтала лежать сейчас с ним рядом, под одним одеялом. Греться о его тело, слушать его дыхание. Может, оставить ему записку?

Дура ты, Аня. Хоть и умная.

— Нет! — сказала я вслух. Не знаю кому, Алексу или себе. Он не пошевелился.

Я развернулась и решительно вышла из своей теперь уже бывшей уютной квартирки на Гибсон-Гарденс в Сток-Ньюингтоне в Лондоне.

Жить здесь я никогда больше не буду.

ГЛАВА 2
Уйти нельзя остаться

Лондон, 2003 г.

Оказалось, выйти из квартиры было проще всего. А вот лестница далась мне с трудом. С каждой ступенькой я как будто навсегда уходила от той жизни, где все было так привычно и знакомо. Где был Алекс, и мы были счастливы, несмотря ни на что! Шаги отдавались в груди щемящей болью. Пройти босиком по битому стеклу было бы в миллион раз проще, чем спуститься по этой знакомой лестнице.

В голове билась мысль: Алекс остался в квартире в ужасном состоянии. Вдруг ему станет плохо? А рядом нет никого, чтобы помочь. Он ведь может умереть. Я готова была броситься назад.

Приди в себя! Или ты, или он. В следующий раз дверь может не выдержать!

Как же это было сложно — уйти. Но я понимала: это необходимо. Я могла не проснуться там в следующее утро. Из-за страха мы часто отказываемся идти к новым целям. Но без движения не бывает развития.

В жизни мы словно прыгаем между парящими в воздухе платформами. Оказавшись на следующей, ты не можешь вернуться на предыдущую. Пути назад нет! И мысль, что как раньше уже не будет — самая страшная. Поэтому мы часто остаемся там, где нам плохо. Из-за страха перемен. Даже если эти перемены к лучшему.

Я ужасно боялась потерять то, что имела. Ведь ради этого мне уже пришлось пройти непростой путь. Но мне совершенно не хотелось, чтобы этот путь закончился дырой в голове. Поэтому я собирала волю в кулак и делала очередной шаг. Так, шаг за шагом, медленно, как после болезни, я преодолела четыре этажа и вышла на улицу.

Весенний Лондон пах дождем, туманом и сиренью. В шесть утра было довольно холодно. Невозможно было понять, от чего меня трясет: от проникающей под одежду холодной сырости или от тревоги. За Алекса.

Сделав несколько шагов, я обернулась и посмотрела на дом, который только что покинула. Окутанный утренней дремотой он покорно встречал новый день. Кирпичные стены покрывал то ли иней, то ли пыль. На некоторых подоконниках висели ящички с голубыми цветами. А перед домом пролегала узкая дорога с брусчаткой, сохранившейся с 1880 года. Именно тогда построили эти дома для семей рабочих и назвали квартал в честь Томаса Филда Гибсона — директора «Метрополитен Ассосиэйшн». Интересно, догадывался ли мистер Гибсон, что будет происходить тут много лет спустя?

Именно о таком доме я мечтала, когда приехала в Лондон.

Еще вчера это место казалось мне романтичным и уютным. Сейчас же хотелось только убраться подальше.

Внезапно я услышала музыку. В такое время это было так неожиданно, что я замерла. Хотя... Это ведь Лондон. Здесь это нормально. К тому же я знала, откуда доносятся звуки. Я и раньше слышала их через приоткрытые окна квартиры.

Эти звуки напоминали мне о детстве. Подростком я была настоящей бунтаркой. В школе возглавляла все возможные хулиганства. А еще красила волосы в черный, носила «жуть с мертвецами» — так бабушка называла мои футболки и толстовки с черепами — и, конечно, слушала альтернативную музыку. Я была своей в тусовке металлистов и частенько проводила вечера «на квадрате» — так в Волгограде в 90-е называли место сбора неформалов. Встречалась с самыми модными гитаристами, репетировавшими свои новые песни в гаражах, была завсегдатаем воскресных тусовок, где с рук продавали и покупали альбомы культовых групп. Парни, с которыми я дружила, красили ногти черным лаком — немыслимый вызов для Волгограда тех лет. Их длинные шевелюры, которыми они трясли на рок-концертах, заставляли местных старушек испуганно креститься.

Как раз вышел альбом «The Fat of the Land» группы The Prodigy — легендарная пластинка, повлиявшая на вкус целого поколения. Металлисты, с которыми я тусовалась, были довольно радикальны в своих пристрастиях: любую музыку, кроме heavy metal, они просто ненавидели. Но после выхода этого альбома каждый уважающий себя музыкант и меломан вынужден был признать: The Prodigy — крутые. Это была настоящая революция!

Я, как и многие, считала музыкантов The Prodigy своими кумирами и мечтала хотя бы просто их увидеть. А теперь именно они репетировали каждый день в студии под моими окнами. Точнее, уже не под моими. Я еще несколько мгновений постояла с закрытыми глазами, слушая музыку. А потом быстро зашагала к метро.

День только начинался. Для всех, кроме меня, это был обычный апрельский день. Другие жители Лондона машинально совершали привычные утренние действия: просыпались, выходили на пробежку, принимали душ, наливали кофе, разворачивали утренний выпуск «Дейли телеграф» и наслаждались завтраком. А я направлялась к «Элизабет-Холлу», где буквально через три часа начинался Российский экономический форум. Его я ждала, как ребенок Рождества.

На метро и немножко пешком — добираться всего-то час. Но мне не оставалось ничего другого, кроме как отправиться прямиком туда. Лучше просидеть два часа в зоне ожидания, чем здесь, на скамейке, когда-то послужившей мне кроватью.

Я шла медленно. Ноги как будто налились свинцом, и переставлять их раз за разом было непростой задачей. Удивительно, как такой элементарный навык — ходьба — может быть настоящим испытанием! А ведь я никогда не обращала внимание, сколько сил она требует.

Утренний город не баловал солнцем, зато знаменитого лондонского тумана было вдоволь. В своем костюме я продрогла до костей и уже не раз пожалела, что не захватила тренч. Да и вообще, наверное, стоило взять с собой чуть больше вещей. Хотя бы зубную щетку.

От мыслей о щетке по спине побежал холодок. Я наконец осмелилась задать себе вопрос, который гнала прочь всю дорогу.

Что я буду делать потом?

Потом. Это так заботит людей, но ведь на самом деле никакого «потом» не существует. Есть только здесь и сейчас. Кажется, впервые в жизни я по-настоящему ощутила себя полностью в моменте. И это ощущение не принесло мне никакой радости. Ведь в тот момент я четко понимала: мне некуда идти.

Подумаю об этом завтра. У Скарлетт О'Хара это всегда работало.

Я наконец добралась до станции «Энджел» и спустилась под землю. Подошел поезд, и я с облегчением устроилась на потертом синем сидении. Мне всегда казалось, что эта обивка сделана из советского ковра.

Слава Богу, можно передохнуть. Сейчас от меня ничего не зависит. Даже передвижение.

«Двери закрываются», — сказал голос из динамиков. Я закрыла глаза. В вагоне было тепло, по крайней мере, точно теплее, чем на улице. Но я все еще дрожала. Казалось, я кожей ощущаю, как все дальше и дальше уезжаю от Алекса. Это была физическая боль. Что-то в груди сжималось и горело.

Наверное, это душа.

Душа, которую сейчас через силу отрывают от человека, с которым она буквально срослась.

С самой первой минуты меня тянуло к Алексу словно магнитом. Мои мысли, мое тело — все стремилось к нему, ведь только рядом с ним я ощущала свою целостность, могла жить полной жизнью. Он, воплотивший в себе все мои мечты, заполнял собой пустоту, которая всегда была со мной до нашей встречи. Оставив Алекса, я вдруг вновь обнаружила у себя в груди дыру. Она снова открылась, оголилась и теперь болела так, что было трудно дышать.

Как это могло со мной произойти? Когда все пошло под откос? И как я вообще могла все это допустить?

Я не могла вспомнить, в какой момент потеряла себя. И только гадала, куда делась та девчонка, которая знала себе цену. Дерзкая озорная Аня, что носила футболку «Хэви-метал», училась на «отлично» в волгоградском интернате, любила рисовать и жить на полную. Которая никогда не давала себя в обиду. Которая сумела осуществить свою, казалось бы, несбыточную мечту! Я даже думала, что о нас с Алексом напишут книгу. Как же так вышло, что сегодня та девочка чудом избежала гибели от рук любящего мужа?

А как красиво все начиналось...

Додумать я не успела. Поезд дернулся и остановился на станции, вернув меня в реальность. Открылись полупрозрачные двери, аккуратно втянули людей, и состав двинулся дальше, быстро набирая скорость. Вагон задрожал от протяжного гула, будто самолет, собирающийся оторваться от земли.

Я вспомнила Boeing «Египетских авиалиний», на котором мы с Алексом летели в Зимбабве на медовый месяц. Там жили мои родители: отец работал дипломатом при российском консульстве. В ту встречу Алекс должен был познакомиться с моей семьей.

Во время полета у него началась паника. Уже тогда можно было понять, что это вовсе не аэрофобия или внезапно подхваченный вирус. Это была белая горячка, ее безобидное начало. Безобидное — по сравнению с тем, во что она превратилась позже.

— Анджики, у меня живот болит! — скулил в самолете Алекс и хватался за меня, будто я была в силах исправить это.

Не знаю, правда ли он испытывал боль, о которой говорил, или она была плодом больного воображения. Но, судя по душераздирающим стонам, он был уверен, что ему пришел конец.

У стюардесс на борту был приличный запас лекарств, и они суетились, предлагая помощь. Алекс от всего отказался. Он страдал весь полет, ни на секунду не давая расслабиться мне и всему экипажу. Это был настоящий ад.

Я помнила все так четко, будто это случилось вчера. Вот он скрючился в кресле и трясется, хватая меня за руки. Его красивое лицо краснеет и искажается в муках, карие глаза расширяются от ужаса, а футболка темнеет от проступающего пота. В самолете у Алекса была самая настоящая лихорадка, и вызвана она была ломкой — он несколько часов не вливал в себя алкоголь. Когда мы покупали билеты, он не обратил внимание, что на борту «Египетских авиалиний» спиртное под запретом.

Я помнила, как вместе со стюардессами хлопотала над Алексом, как мать над заболевшим малышом. Однако, услышав, что капитан готов экстренно посадить борт, чтобы доставить его в больницу, Алекс сквозь зубы пробормотал, что ему уже лучше.

Покачиваясь на сидении метро, я как будто снова переживала те моменты. Алекс стоял у меня перед глазами. Я вдруг подумала, что в самолете он выглядел точно так же, как и в нашу первую встречу. Даже одежда на нем была та же самая. Как символично.

ГЛАВА 3
Почему тебя так долго не было?

Лондон, 2001 г., 2 года до Экономического форума

Ангар в Доклендсе ревел и вибрировал. Казалось, еще немного, и он треснет по швам от царившего внутри возбуждения.

Мы с Марком — моим тогдашним бойфрендом — пришли на рейв. Это была не просто вечеринка для любителей электронной музыки — ими в Лондоне было никого не удивить. Однако мероприятие под названием «Lost» проходило только раз в месяц, и место проведения каждый раз менялось. Попасть на эту тайную мессу истинных любителей техно можно было, подписавшись на специальную рассылку. Что Марк и сделал. Так мы оказались на восточной окраине Лондона, в огромном ангаре, заполненном разгоряченными людскими телами, вспышками стробоскопов и ритмичными звуками.

С Марком я познакомилась в Африке. Он путешествовал по миру и время от времени подрабатывал диджеем. Мы встретились в Хараре[1], куда я, уже студентка московского университета, прилетела навестить родителей. Широкоплечий парень с дредами и британским акцентом покорил мое юное сердце. Марк был талантливым, но не слишком амбициозным. Зато обаяния ему было не занимать. Он наслаждался жизнью и ко всему относился легко. Это подкупало. Я тоже сразу ему понравилась.

Марк жил в Брайтоне, тихом городке всего в полутора часах езды от Лондона. Туда он и пригласил меня, когда его поездка подошла к концу. А я поняла: вот он! Тот самый шанс, о котором я мечтала с детства! И согласилась, не раздумывая, хотя понятия не имела, как смогу приехать.

Сила мысли способна развернуть Вселенную нужной стороной. Все сложилось, как по нотам. Марк вернулся из Африки и помог мне оформить документы для визы. Остальное было просто. Совсем скоро я отправилась в путешествие в страну своей мечты.

Аэропорт «Хитроу» был похож на лабиринт, в котором, как муравьи, сновали люди. Я в какой-то эйфории прошла паспортный контроль, получила багаж и, наконец, следом за толпой ступила на британскую землю. Зазвонил телефон.

— Я подъезжаю! — прокричал Марк в трубку. — Стой, где стоишь, заберу тебя от выхода.

Он отключился. Я озиралась, пытаясь разглядеть нужную мне машину, хотя понятия не имела, какую именно.

---

[1] Хара́ре (до 1982 года — Со́лсбери) — город, столица Зимбабве.

В этот момент мимо проехал роскошный автомобиль — кажется, «Бентли» — и плавно затормозил в паре шагов от меня. Я расцвела и поспешно шагнула к задней дверце. Тут словно из воздуха материализовалась высокая стройная женщина в темных очках и на умопомрачительных шпильках. Не глядя в мою сторону, она быстро нырнула на заднее сидение, и «Бентли» отъехал. В воздухе остался шлейф сладких духов. А на соседней полосе я увидела фургон, возле которого стоял довольный Марк и радостно махал мне. Что сказать? Это был самый жалкий фургон, который я только видела в своей жизни. Я бы не удивилась, если бы узнала, что половину дороги до аэропорта Марк просто толкал эту развалюху.

Ты что, охотник за привидениями под прикрытием?

Я думала, такие машины бывают только в кино. Но нет, это была вполне реальная тачка, на которой мой английский друг подрабатывал мойщиком. Задние сидения отсутствовали, в кузове были свалены инструменты: ведра, швабры и еще какие-то рабочие приспособления. Все они болтались от стенки к стенке, гремели и отчаянно дребезжали, пока мы ехали в сторону Брайтона. Меня то и дело пробирал смех.

Въезжаю в королевство на роскошном экипаже!

Смутило ли это меня? Конечно, нет! Я была счастлива и улыбалась во весь рот. Мы ехали мимо лугов, как будто сошедших с пасторальных полотен, я любовалась зеленой травой, коровами, сказочными английскими домиками, соборами и даже изящными английскими кладбищами. Мне хотелось кричать от счастья!

Это все наяву! Я в Англии! Все только начинается!

С первых минут после приземления я поняла: это мое место. Здесь я хочу остаться. И с каждым километром дороги я все больше убеждалась в этом. Я уже представляла свою будущую жизнь, полную приключений, интересных знакомств, ярких эмоций и, конечно, любви. Вернуться и жить по-старому? Об этом не могло быть и речи! Я стояла в самом начале пути и собиралась пройти его с гордо поднятой головой.

Фургон подпрыгнул на очередной кочке, и я ударилась макушкой о потолок. Но даже это показалось мне таким забавным, что я от души рассмеялась. Протянула руку и сжала ладонь Марка, который то и дело бросал на меня взволнованные взгляды.

— Все в порядке? — спросил он.
— Спасибо, что встретил! — с улыбкой ответила я.

Я приехала в Англию на месяц, и вот он подходил к концу. На следующий день я должна была вернуться в Москву — начинался новый семестр в университете. Вечеринка в Доклендсе обещала стать достойным завершением отпуска. Лондон, музыка и любовь. Казалось, лучше быть не может.

Я провела ладонями по бедрам, поправляя белое трикотажное платье. Оно обтягивало мою фигуру и без лишней скромности сидело потрясающе. Марк предупредил, что дресс-код — черное. Но мне захотелось выделиться. Я терпеть не могла рамки и ограничения, поэтому выбрала белое. И не прогадала. Среди людей в черном я буквально сияла, и это было восхитительно. В этом наряде я отрывалась на выпускном, а сейчас сидела на коленях у своего парня в центре модной тусовки самого отвязного и музыкального города в мире.

В разноцветных лучах прожекторов я рассматривала людей. Красивые, молодые, свободные, они кайфовали от жизни здесь и сейчас. Невнятная английская речь неслась со всех сторон, сливалась с музыкой и превращалась в гул. Но все же для меня она оставалась прекрасной. Обрывки фраз, долетавшие сквозь шумовую завесу, ласкали слух. Я всем телом впитывала энергетику этого места и заряжалась от людей вокруг.

Обожаю Англию! Я здесь дома!

Я закрыла глаза и почувствовала, как окружающие звуки буквально прикасаются к моей коже. Каждой клеточкой я отзывалась на эти прикосновения. Мне захотелось вдохнуть как можно глубже, вобрать в себя окружающее пространство, его силу, мощь, энергию. Я медленно набирала в легкие воздух, а когда выдыхала, мне казалось, часть моей души выходит и вливается в общий поток. Это ощущение объединяло меня с местом, людьми, с самой сутью происходящего. Я снова вдохнула, погружаясь в свой таинственный ритуал, как в медитацию, и плыла на волнах одной мне видимых флюидов. Мне было так хорошо! Я любила всех вокруг, а главное, я поняла...

— Марк, — я чувствовала, что, если не скажу ему это, меня просто разорвет. — Я тебя...

То, что произошло дальше, лишило меня дара речи. За спиной Марка я увидела ангела. По крайней мере, в первую секунду мне так показалось. Среди танцующих людей в лучах стробоскопов неспешно двигался он, одетый в белое.

Этот мужчина был настолько прекрасен, что я не понимала: это его одежда сияет под ультрафиолетовыми лампами или он сам светится изнутри. Потом я рассмотрела его наряд — светлые потертые джинсы и белую футболку с длинными рукавами.

Все-таки человек. Хотя и самый красивый из всех, кого я видела!

Небрежная прическа а-ля Лиам Галлахер делала его похожим на рок-музыканта. Он шел, опустив голову, и, кажется, улыбался. А танцующие люди словно расступались перед ним.

Слова, которые я только что хотела сказать своему парню, застряли в горле. Впрочем, его это совершенно не расстроило — он и не понял, что я готова была признаться ему в любви. Из-за шума вокруг он ничего не слышал.

— Мне надо отлить, — прокричал он мне в ухо, бесцеремонно пересадил с коленей на скамью и ушел.

Я сидела, не двигаясь. Интересно, если бы я успела сказать те слова, а Марк их услышал — моя жизнь бы изменилась? Какая разница!

Я постаралась вновь найти взглядом парня в белом. Но он исчез.

Как оказалось, исчез не только прекрасный незнакомец. Прошло уже много времени, а Марк не возвращался. Напрасно я высматривала его на танцполе — он как сквозь землю провалился. Я ждала его на той же скамье, где он меня оставил — иначе мы бы в жизни не нашли друг друга в толпе — и уже не на шутку волновалась. Была середина ночи, я устала и ужасно хотела пить. Все мои деньги остались у Марка, ведь в моем платье не было ни одного кармана. Я чувствовала, что начинаю злиться. В конце концов я встала и направилась к бару.

Должен же найтись джентльмен, который купит леди бутылочку воды!

Я шла по широкому проходу вдоль зоны отдыха и даже не подозревала, что в этот момент совсем рядом решалась моя судьба.

Алекс рассказал мне о той ночи гораздо позже, когда мы уже были вместе.

Он стоял на балконе второго этажа и смотрел на волнующееся людское море внизу. И вдруг, среди сотен людей, увидел девушку в белом. Она была как ангел, сошедший с небес. От этого зрелища у него захватило дыхание. На секунду он перестал видеть и слышать все вокруг. Осталась только девушка в белом и глухие удары его собственного сердца. Душа будто вырвалась из тела и устремилась к незнакомке. Алекс вцепился в перила балкона, чтобы удержаться на ногах.

— Смотри, — он изо всех сил дернул за руку своего приятеля Тонка. — Ты видишь? Она — совершенство!

— Кто? — не понял тот.

— Девушка в белом. Это... Моя будущая жена!

— Да? А вы хоть знакомы?

— Нет, но это временно, — с этими словами Алекс рванул вниз.

Я стояла у бара, когда кто-то осторожно дотронулся до моего плеча. Обернувшись, я не поверила своим глазам. Передо мной был он! В одно мгновение люди вокруг словно исчезли. Я видела только его.

Это галлюцинация. Это слишком хорошо, чтобы быть правдой. Наверное, я слишком много выпила.

Он был идеален. Лицо, фигура, одежда — как будто кто-то залез в мою голову, подсмотрел девичьи грезы и перенес их в жизнь.

Это галлюцинация...

Я помотала головой, пытаясь отогнать видение, но парень стоял все там же. Более того, в его взгляде я увидела отражение своих эмоций. Он смотрел на меня с восторгом и каким-то благоговением, как будто тоже увидел чудо.

Стены, пол и потолок, столы и стулья, люди — все вдруг поплыло. Так бывает в моменты, когда изо всех сил стараешься не заснуть, но усталость берет свое. Звуки доносятся, будто из бочки, образы меркнут и растворяются в густой темноте.

Это было невероятно, но это произошло. Я влюбилась. С первого взгляда. Окончательно и бесповоротно.

Неужели еще недавно я хотела признаться в любви кому-то еще?

Марк сейчас казался далеким и совершенно чужим. Как я вообще могла подумать, что между нами что-то настоящее? Я смотрела на парня в белом и ощущала странное, почти мистическое единение душ.

Он сделал шаг. Еще один. Протянул мне руку.

— Выходи за меня! — сказал парень.

От его голоса по спине побежали мурашки. Он не шутил. Лицо было совершенно серьезным.

— А ты не голубой? — так же серьезно спросила я.

Господи, Аня, что ты несешь?

Идеальные губы парня тронула легкая улыбка.

— Нет. Так выйдешь? — повторил он свое предложение. — Даже переодеваться не придется, ты уже в белом.

Так же как ты в белом... среди всех людей лишь мы.

— Аня, — голос предательски дрогнул. Я вложила свои дрожащие пальцы в его раскрытую ладонь.

— Алекс, — он легонько сжал мою руку и нежно увлек за собой. — Я знал, что ты будешь в белом.

Почему-то эта фраза кажется мне знакомой. Будто я уже слышала ее прежде. Мистика!

А дальше мы говорили и говорили. Его акцент сводил с ума. Мы обсуждали все на свете. Музыку — Алекс, как и любой уважающий себя англичанин, горел ей и сам играл на гитаре. Достоевского — он был без ума от его творчества и даже цитировал наизусть отрывки из «Братьев Карамазовых». Мы разговаривали так, будто знали друг друга всю жизнь. Это было прекрасно.

Но даже если бы мы молчали, если бы я не знала английского и не понимала ни единого слова, это не изменило бы ровным счетом ничего. Мы оба будто получили какое-то тайное знание, благодаря которому чувствовали друг друга насквозь.

Для нас мир остановился. Больше не существовало ничего вокруг. Не было ни музыки, ни людей, ни обстоятельств. Все это стало лишь частью материального мира, который уходил на задний план, превращаясь в место, в котором можно просто встретиться и БЫТЬ.

Меня тянуло к Алексу, а Алекса ко мне. Мы, как два магнита, стремясь соединиться, сближались все сильнее. И тут произошло то, что изменило мою жизнь.

Поцелуй.

Есть такое состояние, которое называется Алеф[1]. Оно случается редко, и лишь немногие осознанно соприкасаются с ним. Это точка единения всего сущего, в которой совмещаются время и пространство. В математике Алеф — число, содержащее в себе все числа, в философии — ощущение прошлого и будущего в настоящем моменте времени, пронизанном состоянием счастья. Все прожитые воплощения, все пережитые чувства на мгновения получают возможность открыться тебе. Когда наши губы соприкоснулись — это и был Алеф. Мы открыли портал, который заключал в себе все, и это обрушилось на нас. С того момента начался мой настоящий путь к себе.

Вечеринка подходила к концу. Было уже около шести утра.

— Я хочу тебе позвонить, — сказал Алекс.

---

[1] О понятии «Алеф» как точки единения всего сущего рассказано в одноименном романе бразильского писателя Пауло Коэльо, изданном в 2011 году.

Я тоже больше всего на свете хотела, чтобы он мне позвонил. Но вот беда, как ни старалась, я не могла вспомнить свой английский номер. Цифры перетасовались в голове, как колода карт. Записать номер Алекса я тоже не могла, потому что мой мобильник остался в кармане у Марка. Возле нас топтались его приятели и явно не понимали, почему их друг возится с какой-то незнакомой девицей. Найти ручку оказалось целым приключением. В конце концов, уже буквально на бегу я нацарапала свой e-mail прямо на его руке. Он поцеловал меня в щеку и скрылся, увлекаемый толпой. А я присела на ближайшую скамейку в полном раздрае.

Что это было? И было ли? Мне это точно не приснилось?

Но след от его поцелуя все еще ощущался на щеке. Значит, это правда. Я действительно только что встретила мужчину своей мечты. Нашла среди стольких людей и...

Нет! Не может быть! Как же он теперь меня найдет?

Я осознала, что, торопясь, написала электронный адрес с ошибкой. Перед глазами стояли символы, выведенные на его ладони, и среди них не хватало одной буквы. От бессилия и отчаяния я заколотила кулаками по скамье.

Нужно найти его. Вдруг он еще не ушел!

Я огляделась, но Алекса поблизости уже не было.

Что же теперь делать?

Я вдруг осознала, что осталась совсем одна. Никто из этих людей, стоявших так близко, не мог ничем мне помочь. Им вообще не было никакого дела до меня и моей потери. Какое-то неуютное чувство заставило поежиться, еще не страх, но уже беспокойство.

Нужно выбираться отсюда!

Я оставила скамью, ставшую за несколько минут местом разбившихся надежд, и влилась в толпу. Только сейчас я вспомнила еще об одной проблеме. Марк! Точнее, его отсутствие. Он ведь так и не вернулся, хотя с момента нашего расставания прошло несколько часов! На него это совсем не похоже.

Господи, хоть бы с ним не случилось ничего плохого!

Марк знал, что я здесь без телефона, без денег, без документов — все это лежало в его карманах. Ключи от квартиры тоже были только у него. Хотя это уже не имело значения, ведь сама квартира находилась в Брайтоне, довольно далеко от Лондона. Добраться туда самостоятельно было невыполнимой задачей. Он не мог меня бросить!

Толпа медленно текла к выходу, увлекая меня. Я чувствовала, как беспокойство нарастает с каждой минутой. Эйфория улетучилась, и, кроме того, я была вымотана бессонной ночью и пережитыми эмоциями.

Все бы отдала за возможность прямо сейчас оказаться в кровати!

Но, увы, сон оставался несбыточной мечтой. Прямо сейчас мне предстояло каким-то одному богу известным образом с востока Лондона добраться до вокзала, потом на электричке до Брайтона, а после — забрав свои вещи и документы у пропавшего парня — до аэропорта «Хитроу». Сердце билось как ненормальное, когда я выходила из ангара. К горлу подкатил ком.

Я потерла ладони друг о друга, чтобы унять нервную дрожь. В этот момент толпа наконец-то вынесла меня на свежий воздух. Не успела я сделать вдох, как кто-то схватил меня за руку.

Марк!

— Где ты был? — облегченно вздохнула я.

— Детка, прости, — Марк ткнул пальцем в двух великанов в майках с надписью «Секьюрити». — Эти амбалы не пускали меня внутрь. Я был тут, тебя ждал.

Оказалось, в туалете Марк сцепился с каким-то парнем. Они подрались, и их обоих вышвырнули с рейва. Марк несколько часов караулил меня у выхода, боясь пропустить. Забавно, что Бен — парень, с которым Марк подрался — был вынужден ждать своих друзей на том же самом месте. Спустя полчаса им надоело обмениваться злобными взглядами, ребята подружились и решили, что все вместе поедут к Бену на афтерпати. До самолета еще было достаточно времени, так что я не стала возражать. Честно говоря, я испытывала вину перед Марком, который так долго торчал под дверью ангара, пока я... Да и жил Бен в восточной части Лондона, что, конечно, было куда ближе, чем Брайтон.

Может быть, получится прикорнуть где-нибудь в уголке.

Было сложно поверить, что Бен и Марк знакомы всего несколько часов. В квартиру Бена они заходили уже закадычными друзьями. В планах парней было продолжить попойку и куролесить весь день. А я падала с ног от усталости и думала лишь о том, где бы прилечь.

Хотя бы час передышки.

Увидев незанятый диван, я села на него, поджала под себя ноги, закрыла глаза и погрузилась в себя. Вокруг все гудело: кто-то громко смеялся, кто-то пил, кто-то, едва шевеля языком, бормотал какой-то бред. Но все это было далеко — как будто в пустой темной комнате еле слышно работал телевизор.

В сознании всплыло красивое лицо парня в белой футболке. Почему я не уехала с ним? Зачем отпустила? Я же чувствовала, что он — моя судьба! А теперь уже ничего не изменить.

— Чего грустишь? — раздалось у самого уха.

Оказывается, я уже успела задремать и теперь вздрогнула, выныривая из неглубокого, но вязкого сна. Открыв глаза, я подумала, что все еще во власти дремы — так странно выглядело все вокруг. Все люди в комнате неестественно двигались, будто плавали в аквариуме. Нормальным был только один человек — мальчик, сидящий рядом со мной. На вид — чуть больше десяти лет. Темные волосы, карие глаза. Очень красивый и как будто смутно знакомый.

— Ты чей? — тихо спросила я. Ответа не последовало.

Я попыталась взять мальчика за руку, как вдруг комната пошла рябью, и он исчез.

Куда он делся?

Я ущипнула себя. Кожу обожгло, но ничего не изменилось: я все так же сидела на диване в богом забытой квартире-притоне где-то в восточной части Лондона. Рядом незнакомые люди вливали в себя алкоголь. Сегодня я должна улететь в Москву. От осознания этого стало очень больно. Но еще больнее было от мысли, что я больше никогда не увижу Алекса.

Если чудеса бывают, то сейчас самое время для чуда! Пожалуйста! Я верю, что все возможно!

Реальность ответила на мою просьбу хриплым звонком в дверь. Никто из присутствующих не обратил на него внимания. Звонок повторился. Пришлось встать и пройти в прихожую. Я распахнула дверь, готовая вернуться на свой диван. И замерла. На пороге стоял Алекс. Мой Алекс.

— Ты что здесь делаешь? — я боялась, что он тоже растает, как лондонский туман.

— Я тут живу.

— Почему же тебя так долго не было? — я сама не знала, что имела в виду: последний час или всю мою предыдущую жизнь.

Алекс кивнул на упаковки «Миллера», которые прижимал к груди:

— Я за пивом ходил.

ГЛАВА 4
Вот тебе, сволочь!

Лондон, 2003 г.

— Станция «Грин-парк», — объявил громкоговоритель, выдернув меня из потока мыслей. Несколько секунд потребовалось, чтобы вспомнить, куда я еду. Форум! Значит, на следующей выходить.

Я поерзала на сиденье, расправила плечи и покрутила головой туда-сюда. Потом достала из сумки бейдж и повесила на шею. День только начинался, а я уже чувствовала себя уставшей.

«Ватерлоо». Выйдя из метро, я пошла по Йорк-роуд в сторону моста Хангерфорда. До «Элизабет-холла» было пять минут спокойным шагом.

Солнце припекало, но я никак не могла согреться. Пальцы на ногах так закоченели, что я их почти не чувствовала. Обычно, когда мне случалось так замерзнуть, дома я первым делом залезала в ванну. Но теперь у меня не было дома.

Дом. Перед моим внутренним взором вновь возникла наша квартира. И Алекс, лежащий на полу у истерзанной двери. Разгромленная комната, по которой будто торнадо прошел. И дрель, отлетевшая в дальний угол, когда я ее пнула. Вдруг он так и лежит там. Сердце сжалось от привычного чувства вины.

А если он уже не дышит? Вдруг он умирал, когда я выходила за порог? А я единственная, кто мог помочь: вызвать скорую, оказать первую помощь, позвать кого-то. Кроме меня, с Алексом никого рядом не было. А вдруг он умирает прямо сейчас? В эту самую секунду?

Я будто чувствовала все, что с ним происходит. Сердечный стук, уже не такой уверенный и бодрый, становится реже. Легкие расширяются неохотно. Кровь замедляет свое движение. Пальцы немеют. Мозг начинает умирать от кислородного голодания. Сердце с усилием отбивает свой последний удар и останавливается.

То самое сердце, которое так безусловно любило меня. До тех пор, пока водка не залила это чувство, утопив все хорошее, что Алекс ко мне испытывал.

Хватит выдумывать, Аня! Худшее, что может с ним случиться — жесткое похмелье.

Я даже не заметила, как дошла до места назначения. Впереди виднелось прямоугольное здание, облицованное дорогим светлым деревом. Огромные каменные буквы на фасаде сообщали, что это «Куин Элизабет холл». Рядом со входом стояли две узенькие скамейки. Стеклянные двери еще были закрыты, хотя внутри сновали официанты в фартучках и технический персонал в синих робах. Они суетились, готовились к открытию.

Я посмотрела на часы — полтора часа до начала. Мне стало еще холоднее, я как будто промерзла насквозь и вся дрожала. Раньше у меня никогда не было панических атак, но, наверное, именно так они и начинаются.

Придется подождать. Я села на скамейку, обхватила ноги руками, чтобы унять дрожь. Со стороны, наверное, зрелище было странное.

Интересно, если бы тогда, после вечеринки в Доклендсе, мы с Марком не поехали к Бену, сидела бы я сейчас тут?

Странно, почему я вспомнила об этом. С тех пор, казалось, прошла целая вечность. Впрочем, я знала: даже если бы наша случайная встреча с Алексом не состоялась, я так или иначе вернулась бы в Лондон. И, вполне вероятно, все равно пришла бы сюда.

— Мисс Чапман? Добро пожаловать на Форум, — деловито сказала девушка на входе.

Миссис...

— Да... А как вы узнали мое имя?

Девушка слегка закатила глаза и ткнула в пропуск на моей груди. Точно! Я кивнула, поправила черный пиджак, провела рукой по волосам и вошла в «Элизабет-холл».

Первым делом мой взгляд пал на столы, накрытые для фуршета. Сюда приходили для серьезных дел, а не ради еды. Но даже эти легкие закуски заставили мой желудок болезненно сжаться — только сейчас я поняла, что ничего не ела со вчерашнего обеда. Превозмогая желание набить рот канапе, я прошла чуть дальше — мне нужно было немного перевести дух и осмотреться.

Обстановка по-настоящему поражала. Все вокруг выглядело дорого: гобелены на стенах, дубовые столы, паркет. Каждая деталь буквально дышала благородством и принадлежностью к истории. Англия в чистом виде!

Тот самый неуловимый дух времени, от которого благоговейно замирает сердце. И пусть участниками Форума были в основном русские — Лондон есть Лондон.

В животе предательски заурчало. С длинных серебряных блюд долетал едва уловимый аромат пряных специй, словно приглашая насладиться изысканным вкусом. Игнорировать этот зов было все сложнее. Среди моря закусок виднелись оливки, свежеиспеченные булочки с ломтиками красной рыбы и, конечно, тарталетки со сливочным маслом и икрой — без этого не обходилось ни одно русское застолье.

Один из пробегающих мимо официантов сочувственно улыбнулся и сделал приглашающий жест. Я решила, что этого вполне достаточно, чтобы не выглядеть любительницей набить желудок за чужой счет. И уже через несколько мгновений выбирала еду.

Зал тем временем медленно заполнялся. Первыми появились организаторы и приближенные к ним управленцы, за ними начали прибывать гости. Серьезные и значительные, в темных деловых костюмах, преимущественно пошитых на заказ, они могли служить наглядной иллюстрацией понятий «власть» и «деньги». Правда, несколько цветных костюмов тоже мелькнули, и даже парочка светлых. Из чего я сделала вывод, что власть и деньги не всегда идут рука об руку со знанием делового этикета. Впрочем, эти люди могли себе позволить наплевать на условности.

Еще сильнее в общей сдержанной массе выделялись коктейльные платья девушек. Можно было подумать, что на Форум случайно завернул автобус из модельного агентства — настолько все они были стройны, длинноноги и ухожены. Очевидно, девушки пришли сюда не заключать многомиллионные контракты, а искать богатых мужей. Это было довольно заметно, но они, очевидно, об этом не догадывались. Иначе ни за что не стали бы надевать на себя все лучшее сразу, демонстрируя миру свои старания.

Этот момент учла я. Поэтому на мне был простой деловой костюм. Да, не из дорогого ателье, а всего лишь из «Зары», и брюки слегка коротковаты. Зато он изумительно подчеркивал мою фигуру.

Я понимала, что в обществе деловых людей важно умение говорить. Красивых девушек вокруг полно, а вот красивых и с мозгами — по пальцам пересчитать.

Участников становилось все больше. Я не верила своим глазам и только теперь осознавала значимость этого мероприятия. Здесь были люди, которых я прежде видела лишь по телевизору. А сейчас они стояли на расстоянии вытянутой руки. Я узнала Анатолия Чубайса и Романа Абрамовича. Приглядевшись, нашла Питера Авена — президента «Альфа-банка», Владимира Якунина — главу РЖД, Сергея Богданчикова — президента Роснефти и многих других людей, чье влияние в России, а значит, и в мире невозможно было недооценить.

Нужно было с чего-то начать. Я еще не очень хорошо представляла, с какой целью здесь нахожусь — к сожалению, в моей сумочке лежали всего пара фунтов, а не пара миллиардов на сделку века. Поэтому я доела канапе, взяла чашку с чаем — шампанское пусть пьют «модели» — и медленно пошла вдоль стены, завешенной изумрудным гобеленом. Я неспешно прогуливалась между людьми, время от времени ловя на себе случайные взгляды.

Эх, господа миллиардеры, знали бы вы правду обо мне!

Правда обо мне заключалась в том, что я уже пару недель искала новую работу. У меня не было денег, а теперь и жилья. Да что там, я понятия не имела, где буду сегодня ночевать.

Уверена, господа, ни один из вас не может похвастаться таким набором!

Наверное, тепло и еда благотворно повлияли на мое состояние. Я внезапно почувствовала какой-то азарт, даже кураж. Я ведь здесь! На мероприятии, куда люди с улицы попасть не могут. А я смогла.

Несколько месяцев назад одна моя подруга позвонила и сказала, что русские организуют Экономический форум. Я сразу решила, что обязательно должна там оказаться.

Я добьюсь этой цели! Любой ценой!

Кстати, цена у цели была немалая. Билет на Форум стоил около двух тысяч фунтов. Столько мы с Алексом платили за три месяца аренды квартиры, экономя на других расходах. Нужно ли говорить, что эта сумма была для меня неподъемной? Но отступать я не собиралась: попасть на Форум стало вызовом самой себе. Я договорилась с одним местным русскоязычным изданием и подала заявку на аккредитацию как представитель прессы. Несколько проверок и вуа-ля, заветный бейдж был у меня!

Форума я ждала не меньше, чем ребенок Нового года. Точнее, Рождества — ведь мы в Англии. Конечно, я и представить себе не могла, что случится утром. Но я была здесь вопреки всем обстоятельствам.

Нужно ловить момент и заводить полезные знакомства. Я же не поесть сюда пришла!

Что-что, а знакомиться я умела. Этот навык я считала одним из важнейших своих талантов.

В детстве я сменила десяток школ в России и за границей. Училась в Кении и Зимбабве, куда отца посылали с дипломатической миссией. Каждый раз приходилось начинать с чистого листа: новые люди, новые учителя, новые правила. И я — новенькая. Вечный ярлык. Буквально цветной стикер с надписью «пни меня» на спине. Чтобы этот стикер не пристал намертво, приходилось находить общий язык с окружением и завоевывать авторитет. Порой для этого требовались самые неожиданные таланты.

Некоторое время я училась в католическом монастыре в Найроби — столице Кении. Это было настоящее испытание. В то время я почти не говорила по-английски, знала буквально пару слов. К тому же я была белой — единственной белой ученицей во всей школе. Так себе вводные для радушного приема.

Учителя школы были глубоко праведными и очень строгими. За попытку ослушаться от них можно было схлопотать удар линейкой по рукам или приказ бегать по стадиону до потери сознания. В английских школах подобные наказания давно упразднили, но до африканского католического монастыря гуманные методы воспитания еще не добрались. По пятницам ученицы должны были четыре часа подряд петь религиозные гимны, стоя на коленях. К концу молитв я не чувствовала ног.

Сказать, что было сложно — ничего не сказать. Часто я нарушала какие-то правила, даже не зная, что они существуют. А языковой барьер только усугублял ситуацию. Белая новенькая, с которой невозможно нормально поговорить — готовый аутсайдер не только для одноклассниц, но и для преподавателей. Классическая история новичка в средней школе, которая могла закончиться душевной травмой.

Да вот только не на ту напали!

А помог мне тогда... Леонардо Ди Каприо. Нет, мы не были знакомы, к сожалению. Тогда я еще не знала, что через каких-то семнадцать лет окажусь рядом с ним на яхте на Каннском кинофестивале. Просто на экраны как раз вышел фильм «Титаник». И все девочки от Норвегии до Чили дружно страдали от неразделенной любви к прекрасному Джеку Доусану, попутно проклиная чересчур пышнотелую Розу. В моей благочестивой школе от Лео фанатела каждая первая. А я? Я умела рисовать.

Портреты мне особенно удавались. В своих работах я не просто добивалась сходства, а будто улавливала суть людей. Как-то раз я набросала простым карандашом настолько удачный портрет Лео, что девчонки наперебой уговаривали подарить или даже продать этот шедевр. Тогда в Африке еще не было плакатов, хотя даже в России уже вовсю продавали журналы с изображениями знаменитостей. Очередь из желающих заполучить заветный рисунок могла бы составить достойную конкуренцию той очереди, что выстроилась в первый московский МакДональдс. Я объявила цену — пять шиллингов за рисунок, прибежала к отцу в кабинет, наделала сотню ксерокопий и к вечеру того же дня заработала целое состояние по меркам монастырской школы. Мне повезло: многие девушки и не подозревали о существовании ксерокса. Они были уверены, что каждый портрет я рисовала сама. И охотно раскошеливались за такой «эксклюзив».

Услышав эту историю, папа долго смеялся, а потом сказал, что спокоен за мое будущее: я точно не пропаду.

Но главным были, конечно, не деньги. Благодаря этому случаю меня приняли в школе. Не стану врать, что с тех пор я стала самой популярной ученицей и подружилась со всеми в классе, но в целом отношение ко мне заметно потеплело. А уже через пару месяцев я свободно говорила по-английски.

Позже слухи о моем умении дошли до учителей. Одна из монахинь даже попросила написать по фотографии портрет ее брата. Я сделала это, естественно, наотрез отказавшись брать плату. С тех пор мне стали снисходительно прощать мелкие промахи и нарушения дисциплины. Покидала монастырь я с самыми теплыми чувствами. Хотя о пятничных песнопениях до сих пор вспоминаю с содроганием.

Интересно, если я сейчас набросаю портрет Абрамовича и подарю ему — он откроет мне галерею?

Додумать эту забавную мысль я не успела — объявили о начале деловой программы. Толпа из фуршетного зала плавно перетекла в специально оборудованную аудиторию. Лекция была посвящена вопросу развития нефтеперерабатывающей отрасли.

Я нашла место в первом ряду и слушала спикера, одновременно наблюдая за окружающими. Люди объединялись в группы по интересам. Они менялись местами, перемещались, вступали в беседы и расходились. Это движение напоминало смену узоров в калейдоскопе. Я внимательно следила, стараясь уловить закономерность.

Каждая группа состоит из одного кита и рыб поменьше, которые пытаются хоть какое-то время поплавать под брюхом у гиганта и поучаствовать в его важных китовых делах.

На Форуме встречались птицы самого высокого полета. Место участника в иерархии можно было оценить по количеству помощников, почитателей таланта и желающих перемолвиться хотя бы словом. Они плотным кольцом окружали любого значимого персонажа и следовали за ним, синхронно реагируя на каждый поворот или остановку.

Ничего нового человечество не придумало. Протиснуться поближе к вожаку и заручиться его поддержкой.

Наблюдая за очередным «гигантом» и суетой вокруг него, я вспомнила, как сама когда-то научилась использовать чужую силу и статус. Это тоже случилось в школе, но уже в России.

Волгоград, 1995 г.

Первый день в новой школе — третьей по счету — запомнился на всю жизнь. Я шла по коридору в класс. Из-за угла вышла симпатичная девочка. Когда мы поравнялись, она улыбнулась и с силой пнула меня по ноге.

— Вот тебе, сволочь! — поприветствовала меня новая одноклассница.

Тогда этот случай привел меня в ступор. Я не впервые приходила в новую школу посреди года и была готова к холодному приему. Но такого со мной еще не случалось. Более близкое знакомство с местными нравами расставило все на свои места.

Девочку из коридора звали Зоя, и она была королевой престижной школы-интерната. Меня Зоя возненавидела еще до первого взгляда, буквально сразу, как узнала о моем существовании. Я была «москвичка», хоть и родилась в Волгограде. Да к тому же училась за границей. Большинство новых одноклассников не смогли бы найти Кению на карте, а я там жила. У меня за спиной была британская школа, где я выучила английский, на котором свободно могла общаться с людьми из самых разных стран. Среди моих друзей были азиаты, индусы и даже чернокожие, которых в Волгограде в те годы никто в жизни не видел.

Кроме того, мой внешний вид разительно отличался от местных эталонов девичьей моды. Школьную форму советских времен уже отменили, а новую еще не ввели, так что все одевались так, как позволял вкус и кошелек. Местная «элита» покупала вещи на рынке, я же раздражала модниц иностранными шмотками.

Я не пыталась привлечь внимание мальчиков и не истязала себя мини-юбками, тесными блузками и каблуками. В тот период я фанатела от рока, носила рваные джинсы и футболки с «мертвечиной», нежно «любимые» моей бабушкой. Несмотря на это, парни встретили меня с восторгом и моментально приняли в свою компанию. Девчонок это, естественно, взбесило. Зоя, пользуясь своим авторитетом, объявила меня персоной нон-грата и постаралась превратить мою жизнь в школе в ад.

Можно было подумать, что я попала в исправительное учреждение для малолетних преступников. Но это было совсем не так. В школе-интернате числились дети из самых известных и состоятельных семей Волгограда. Это заведение можно было назвать элитным.

Отпрыски уважаемых фамилий получали образование с художественно-эстетическим уклоном. На уроках они обучались пению, игре на музыкальных инструментах, танцам, культуре разных эпох, рисованию, этикету. Всему, что воспитывало утонченных, талантливых и интеллектуально развитых членов общества. А за пределами классов сбивались в стаи и демонстрировали поведение, от которого даже матерые волки бежали бы, поджав хвосты.

Девочки-подростки отличались особой жестокостью и цинизмом. Если парни ограничивались дурацкими шутками и розыгрышами, то в женских спальнях шли настоящие битвы за выживание.

Я оказалась идеальным объектом для всеобщей ненависти. Новеньким полагалось быть серыми, тихими и незаметными, заискивать перед Зоей, терпеть тычки ее ближайших приспешниц и плакать по ночам в подушку на радость всем в спальне. Я не выполняла ни один пункт из этого списка.

Перечень моих грехов продолжали музыкальные пристрастия. Девочки слушали «На-на» и Алену Апину. А у меня на дисках — не на кассетах, как у всех в то время — были «Нирвана» и «Металлика». Все это вызывало у местных красавиц чувство зависти и заставляло их ощущать себя отсталыми провинциалками.

Вишенкой на торте была моя популярность у парней. Как-то раз меня пригласил на свидание десятиклассник, которого Зоя считала своим поклонником. Я отказалась, но информация быстро разнеслась по школе, и это не добавило мне любви женской ее части.

Если до этого мне в основном шипели в спину и пытались задеть словесно, то теперь начали откровенно выживать.

Но я не собиралась пасовать и проситься домой.

Не дождетесь! Еще посмотрим, кто первый соберет чемоданы!

Обычно я старалась избегать конфликтов, но здесь пришлось орудовать кулаками. Это принесло свои плоды — девчонки стали меня опасаться, ведь раньше никто из новеньких не решался дать им отпор при стычках.

Теперь они просто игнорировали сам факт моего существования. Когда я пыталась вставить слово в общую беседу — мне не отвечали. На уроках перебивали во время выступлений. В коридорах задевали, будто не видя. И постоянно делали мелкие пакости.

Дежурные по столовой «забывали» поставить мне тарелку с едой за обедом, а если все-таки ставили, в ней зачастую оказывался мусор или пара дохлых мух. Однажды я обнаружила, что из моей прикроватной тумбочки пропали все вещи. Позже они нашлись на газоне под окном спальни. А уж пропавшим и порванным тетрадям просто не было счета. Приходилось спать, спрятав под подушку сделанное вечером задание, иначе с утра я вполне могла оказаться среди тех, кто не готов к урокам.

Чтобы выжить в этих подростковых джунглях, нужно было действовать стратегически. Сначала я пыталась пойти по мирному пути. Замечала девочек, меньше других подверженных влиянию Зои, и пробовала сблизиться с ними. Некоторые были не против начать общаться, но боялись попасть в немилость к «правящей верхушке» и тоже стать изгоем. Другие проявляли больше независимости, однако в школе-интернате все были друг у друга на виду. Так что Зоя быстро узнавала о «предательстве» и жестко пресекала любые проблески симпатии.

Ах так? Ну тогда зайдем через главные ворота!

По невероятному стечению обстоятельств моя кровать в спальне была по соседству с кроватью Зои. Место это считалось привилегированным, и, конечно, какая-то новенькая, да еще и впавшая в немилость, не должна была его занимать. Но так вышло, что предыдущая хозяйка кровати переехала и ушла из школы в тот же день, когда я туда поступила. Девочки просто не успели провести передел территории и решить, кому достанется великая честь приблизиться к царственному телу. А я, зайдя в пустую спальню со стопкой белья и сумкой, просто заняла единственную незастеленную кровать. Конечно, стоило девочкам вернуться после уроков, как меня сразу же попытались выдворить. Однако интуиция подсказывала: если уступлю — никогда уже не смогу завоевать хоть какой-то авторитет в этом мирке. Поэтому в кровать я вцепилась в прямом и переносом смысле.

Ту битву я выиграла и могла наблюдать за Зоей, как говорится, в естественной среде обитания.

Очень быстро я поняла, что первое впечатление о ней — красивая, но глупая, берет голосом и нахрапом — было ошибочным. Зоя оказалась довольно умной и не такой уж злобной, как можно было подумать. Она хорошо училась, много читала и замечательно танцевала. Несмотря на внешнюю крутизну, девушка была очень неуверенна в себе. И так сильно боялась потерять свою власть, что начинала кусаться еще до того, как к ней успевали подойти.

У Зои не было подруг. Другие девочки, даже те, кто считался приближенными, относились к ней со смесью восхищения и страха. Каждая боялась совершить ошибку и попасть в опалу. Ведь это означало тотальный игнор и прочие прелести групповой нелюбви, которые я ощутила на собственной шкуре. Сама же Зоя порой, может, и хотела просто поболтать и посмеяться вместе со всеми, но как будто одергивала себя — королева должна держать лицо. В общем, на вершине своего великолепия Зоя была совершенно одинока.

Она обожала Майкла Джексона. Я к творчеству поп-идола относилась с изрядной долей скепсиса, но именно он стал той соломинкой, которую я перекинула через пропасть.

Как-то вечером, перед отбоем, Зоя включила на своем стареньком кассетнике сборник любимого певца. Это была своего рода традиция, никто не возражал, но и не выражал восторга. Я заметила, что Зоя в приподнятом настроении. Она пританцовывала на кровати, явно желая устроить дискотеку. Но девочки вокруг занимались своими делами. Я тоже уже собиралась погрузиться в книгу, когда заиграла песня «Billie Jean».

Была не была! Все равно терять уже нечего!

Магнитофон стоял на тумбочке между нашими кроватями. Я протянула руку и выкрутила звук на полную. Потом вскочила с кровати и прямо в проходе стала исполнять танец, отдаленно похожий на те, что Майкл демонстрировал в своих клипах.

Танцевала я средне, но в католической школе мы на Хэллоуин готовили номер именно под эту песню. Так что движения я помнила отлично.

Все девчонки затихли и чуть ли не с ужасом смотрели, как я отплясываю. Переводили взгляды с меня на Зою и обратно. Зоя сидела, открыв рот. Потом вдруг встала и присоединилась к моему танцу. Мы скакали в проходе, подпевали магнитофону и старательно выполняли все положенные движения. Завершили выступление «лунной походкой», которая нам обеим совершенно не удалась.

Песня закончилась, и следом заиграл медляк. Меня как будто кто-то толкнул под ребра. С широкой ухмылкой я повернулась к Зое и предложила ей руку. Она замешкалась лишь на секунду — и вот мы уже топтались, обхватив друг друга. Девчонки, смеясь, тоже стали разбиваться на пары, и вскоре спальня напоминала танцпол в каком-то сельском клубе, где отчаянно не хватает кавалеров. Разгонять нашу дискотеку пришлось дежурным учителям — мы никак не хотели укладываться.

На следующий день, когда мы с Зоей вдвоем выходили от директора после головомойки, она посмотрела на меня в упор.

— Так и знала, что ты — нормальная! — сказала она наконец.

— Могла бы просто спросить, — хмыкнула я в ответ.

Тем же вечером состоялась моя коронация.

Это была традицией школы, о которой все знали, однако испытать это на себе случалось немногим.

Вечером меня выгнали из спальни, и около получаса я провела в классе под присмотром двух девочек. Потом мне завязали глаза чьим-то платком, от которого ужасно разило дешевыми духами, и повели по коридорам. Я то и дело спотыкалась, рискуя подвернуть ногу.

Да уж, наверняка английская королева прибыла на свою коронацию с большим комфортом!

В спальне платок сняли, чуть не выдернув мне заодно половину волос. И я замерла, не зная, смеяться или сбежать, пока не поздно.

По углам горели свечи, создавая таинственную атмосферу. Правда, вставлены они были в банки из-под варенья — одна из девочек постоянно таскала из дома заготовки и лопала их прямо в спальне, хоть это и было строго запрещено.

Кровати были сдвинуты к стенам, а посреди комнаты лежал большой ковер. Я пригляделась. Точно! Это был ковер из кабинета директора! Одному богу известно, как Зое и девчонкам удалось его стащить.

Если нас заметут — выговором не отделаемся!

На ковре лежала подушка, а вокруг стояли девочки — четверо по углам ковра, еще четыре — с каждой его стороны.

— Прошу вас, королева! — Зоя, замотанная в белую простыню, подала мне руку и провела на ковер. Там я уселась на подушку, подобрав под себя ноги. Чувствовала я себя совершенно по-дурацки, но девочки были так серьезны, что я невольно прониклась обстановкой.

— Взяли! — скомандовала Зоя.

Стоящие вокруг девчонки наклонились, подхватили ковер и не слишком синхронно подняли его над полом. Я чуть не заорала. Ткань подо мной провисла, и я замахала руками, пытаясь удержать равновесие.

— Разойдитесь! — взвизгнула Зоя, кажется, с трудом сдерживая хохот.

Девочки кое-как растянули ковер, и я вдруг почувствовала, что могу сидеть прямо. Я расправила плечи, напряглась, подняла голову.

— Несите королеву! — уже спокойнее сказала Зоя.

Девочки стали медленно обходить комнату. Я посмотрела вниз и вдруг ощутила себя на вершине мира. Я была китом, нет, акулой! А под моим брюхом сбились мелкие рыбки, придавленные моим величием.

Сейчас изящно сойду на пол и скажу...

Увы, изящного спуска не получилось. Одна из девочек споткнулась, всю конструкцию перекосило, и я опять потеряла равновесие. В конце концов мне удалось приземлиться на ноги и отпрыгнуть прежде, чем всю процессию накрыло пыльным ковром. Мы хохотали, зажимая рты руками, чтобы нас не услышали в соседних спальнях.

— А теперь, ваше величество, потащили ковер на место! — прохрипела Зоя.

Мы снова рассмеялись. Я поняла: теперь мы с ней равны. Больше меня никто не посмеет тронуть.

ГЛАВА 5

Луч света в советском подъезде

Лондон, 2003 г.

Лекция закончилась, и все постепенно вернулись в фуршетный зал. Блюда пополнились роскошными закусками, а карманы людей — визитками.

Я взяла еще пару канапе, чай и снова пошла блуждать по залу.

— Нам кредитов никто не дает без залога, — услышала у одного из столов. — Составит ли Московское правительство программу поддержки компаний с технологическим профилем?

— Мы получили субсидии у фонда Бортника. Скажите, есть ли шанс податься к вам? — донеслось откуда-то сзади.

К столу, возле которого я остановилась, подошел высокий мужчина в черном костюме. Он выбрал маленький сэндвич, взял чашечку кофе и остался стоять рядом.

Как бы невзначай я завела с ним разговор. После нескольких дежурных фраз диалог сам собой обратился к теме только что прошедшей лекции. Я внимательно слушала спикера, поэтому поддерживать беседу было довольно просто. К тому же мужчина, как это часто бывает, предпочитал говорить и был рад заполучить благодарную и немногословную собеседницу. Прощаясь, он протянул мне визитку.

Так вот как тут все устроено!

Форум превратился для меня в азартную игру. Эдакая «Монополия», где нужно собрать как можно больше карточек с названиями разных предприятий.

Вселенной затея пришлась по вкусу, и все пошло как по маслу. Если честно, я и сама не до конца осознавала, насколько легко умею заводить знакомства. Обычно людям трудно начать разговор, но с моим школьным опытом заговорить с незнакомым человеком было проще простого.

Тогда я даже представить себе не могла, что через два десятилетия создам курс по коммуникациям, где расскажу, как располагать к себе людей и заводить полезные знакомства. Но это будет позже. А пока...

Схема была простой: незаметно оказаться рядом с каким-нибудь отбившимся от стаи гостем, кинуть случайную фразу — и дальше диалог выстраивался сам собой. Мужчинам, оторванным от родины, было приятно поговорить с русской девушкой, которая разбиралась в экономике и действительно вникала в деловую программу. Я пользовалась популярностью.

Первый день Форума подошел к концу. Столы опустели, свет приглушили, усталые официанты провожали гостей к выходу. В моей сумочке лежал ворох визиток, и я была в невыразимом восторге от происходящего. Ровно до того момента, пока не вышла из «Элизабет-холла».

В основном гостей уже ждали автомобили: от классических британских такси до лимузинов. Те, кто остановился в отеле неподалеку, уходили пешком. Вскоре я одна осталась возле дверей, запертых изнутри.

Уже смеркалось. Собирался дождь. В воздухе пахло сыростью. Облака вытянулись по небу длинными туманными прядями — верный признак грядущего ливня.

Идти было некуда.

Вернуться домой? К Алексу? Об этом не может быть и речи!

Даже от самой мысли меня тут же затошнило. А ведь я не думала про Алекса почти весь день. На Форуме было не до этого. Видимо, мозг вытеснил неприятные мысли, переключился на более актуальные задачи. Но вот пришла пора вспомнить о произошедшем.

Меня охватило чувство горечи и всепоглощающей тоски. Стиснув зубы, я попыталась вытеснить их из своего сознания. Но было кое-что еще, от чего я никак не могла отмахнуться. Боль. Самая настоящая, физическая. Живот крутило и сдавливало, будто затягивало в узел. Видимо, так душа терзалась от потери.

Через спазмы в области желудка в сознание пробивалось отчаяние. Что-то внутри сковывало, сжимало меня так сильно, что приходилось незаметно сгибаться, скрещивая руки на груди. Я словно пыталась зажать невидимую рану, из которой хлестала кровь.

Вдруг боль стала просто невыносимой. Я задержала дыхание, уверенная, что сейчас сердце просто разорвется. Приступ длился несколько секунд, но, к счастью, спазм прекратился. Я сумела сделать вдох и вновь расправила плечи и взглянула вверх — на копившее напряжение небо.

Сейчас польет! Нужно на что-то решаться. Не стоять же здесь до завтра.

Внутри нарастала тревога. Безысходность и отчаяние кружили над головой, как коршуны над умирающей добычей.

Куда пойти?

Стоять на месте было невыносимо, поэтому я просто пошла по улице, надеясь, что на ходу мысли прояснятся, и решение найдется. Радовало одно: на Форуме я, похоже, наелась на неделю вперед. Хотя бы голодной смерти можно было не бояться. К тому же в сумочке предусмотрительно лежал сэндвич, завернутый в салфетку.

Кто бы мог подумать, что в любимой сумке я однажды буду нести бутерброд, который умыкнула с фуршета.

Эту белую сумочку от Chloé я купила в Москве, когда закрыла сессию на отлично. Хотелось верить, что сейчас она принесет мне удачу. Или хотя бы спасет от дождя.

С неба начали падать первые капли. Они громко разбивались об асфальт. Люди ускорялись, открывали зонтики, поднимали кейсы над головой и спешили по домам.

Дом. У меня не осталось места, о котором можно было бы сказать банальное «Home, sweet home». Некуда было вернуться после непростого дня, чтобы снять костюм, помыться, сесть на диван, вытянув ноги, и почитать Достоевского. Негде закрыть окна, когда пойдет дождь, чтоб не залило пол. Негде смотреть на непогоду, укутавшись в плед с чашечкой дымящегося чая.

Даже зубы не почистить! Как это вообще возможно, чтобы человек в наше время не мог просто почистить чертовы зубы!

Может, позвонить кому-нибудь и напроситься переночевать? Я мысленно перебирала варианты. Кристине? Она говорила, что собирается со своим парнем за город на несколько дней. Тонку? Но это приятель Алекса, а не мой. Ему придется все рассказать, а я не чувствовала в себе достаточно сил, чтобы даже начать говорить о событиях этого утра. К тому же, Тонк наверняка сразу бы перезвонил Алексу. Никогда не любила этого парня!

Тогда кому? Я с ужасом осознала, что список возможных помощников исчерпан. Людей, к которым я могла бы обратиться в сложной ситуации, просто не было. Живя с Алексом, я не задумывалась о том, что практически ни с кем не общалась. Нам двоим никто не был нужен. Теперь я понимала, в какую ловушку сама себя загнала.

От этих мыслей я в полной мере ощутила свое одиночество. Слез не было, я вообще никогда не плакала. Мрак произошедшего утром вернулся с удвоенной силой.

Улицу осветила молния, следом раздался ошеломляющий раскат грома. Дождь превратился в ливень.

Прямо библейский потоп.

Резко похолодало, и мой старый друг озноб поспешил вернуться.

Я забежала под козырек у ближайшего магазинчика. Это оказалась уже закрытыая антикварная лавка. Тротуары опустели за секунды, остался лишь нескончаемый поток машин, фонари которых желтели сквозь пелену воды размытыми пятнами.

Может, вернуться на знакомую скамейку напротив дома в Гибсон-Гарденс? Хотя зачем? С таким же успехом можно спать прямо здесь. А может…

Не так давно я читала статью про тщетную борьбу правительства Лондона с бездомными, устраивающими под мостами целые поселения.

Там хотя бы сухо.

Сумочка Chloé — не лучшая замена зонту, но другой у меня не было.

Спасибо, что кожаная.

Я выскочила из-под козырька лавки и побежала в сторону моста «Ватерлоо». Он был ближайшим к «Элизабет-холлу», каких-то пять минут пешком, а бегом и того быстрее. На полпути меня одолевали сомнения.

Ты что, действительно собираешься ночевать под мостом?

Возможно, это была не лучшая идея. Я понятия не имела, как меня встретят люди, живущие на самом дне. Но вряд ли дома с Алексом было безопаснее.

Придется справиться и с этим. Домой я не вернусь — это решено! Просто еще одно испытание. Мало ли их было!

Казалось, на улице осталась только я. Каблуки звонко цокали по мокрому бетону. Ноги в промокшей насквозь обуви неприятно скользили. На коже появились мозоли, натертые пальцы адски болели при каждом шаге. Еще через минуту хлюпающие туфли стали ужасно раздражать. Забежав под металлические балки моста «Ватерлоо», я первым делом скинула с ног черные лодочки.

Не лодочки, а настоящие лодки. И, судя по всему, готовые затонуть!

Там, где бетонная конструкция моста вырастала из земли и уходила в сгущающуюся темноту, я увидела с десяток людей, укутанных в драные лохмотья. На ком-то были и брюки, и юбка одновременно, на другом — коричневая шуба в проплешинах и, кажется, блевотине. Перчатки без пальцев, вытертые шапки, прохудившиеся ботинки — похоже, не из одной пары — и драные длинные шарфы, обматывающие шеи.

Прямо как в кино.

На календаре был апрель, но под мост весна как будто не добралась. Здесь все двенадцать месяцев в году была зима — мягкая, сухая, но покрывающая душу толстой коркой льда.

Бродяги занимались своими делами. Кто-то обустраивал постель. Кто-то перебирал вещи в дырявом рюкзаке. Кто-то даже читал под мигающим лучом карманного фонарика. Если на меня и обратили внимание, то лишь потому, что для этого места я была слишком легко одета.

В центре этого импровизированного лагеря стояла ржавая бочка, а в ней жарко горел огонь. Я почувствовала, что если сейчас же не согреюсь — просто умру от холода. Не обращая внимания на хмурые взгляды, я подошла к бочке и протянула к ней озябшие руки. В нос ударил едкий запах пота, мочи и экскрементов, исходящий от бездомных. Даже запах горящего дерева не перебивал эту тошнотворную вонь. Я постаралась не сморщиться. Вряд ли здесь было принято выражать недовольство такими мелочами. Мокрые туфли, до этого зажатые под мышкой, я тоже протянула к огню.

— Не подноси близко, сожжешь, — произнес мужчина с черной как уголь бородой.

Я отодвинула обувь подальше и благодарно кивнула бородатому.

Руки потихоньку согревались, и единственное, что волновало меня в тот момент, — как бы исхитриться и придвинуть к огню все остальные части своего одеревеневшего от холода тела. Босых ног, стоящих на ледяном бетоне, я уже практически не чувствовала.

Как только туфли высохли, я сразу же надела их. Телячья кожа нагрелась и окутала онемевшие стопы долгожданным теплом.

По мосту проносились машины, создавая монотонный гул, но скоро я перестала его замечать. Слышала лишь треск огня, дождь и шорох мягких волн Темзы, накатывающих на бетонный берег. То, что я грелась у костра под мостом по соседству с бездомными, уже не казалось таким уж невероятным.

Ко всему можно привыкнуть.

Удивительно, как мудро устроен человеческий разум. В нем предусмотрен механизм, который позволяет адаптироваться к любой ситуации. Это называется гедонической адаптацией. Даже если вчера ты жила в бараке и питалась помоями, а сегодня вышла замуж за олигарха, эйфория не продлится вечно. Вскоре комфорт и достаток войдут в привычку, станут нормой.

Справедливо и обратное. Неважно, что совсем недавно ты жила в уютной квартире вместе с любимым мужем, спала с ним в обнимку в теплой кроватке, чувствовала обожание и трепет. Оказавшись под мостом с самыми презираемыми членами общества, ты также адаптируешься. Мозг привыкает к новым обстоятельствам шокирующе быстро.

Эти мысли блуждали в голове, пока тело наполнялось теплом. На меня вдруг навалилась ужасная усталость. Адреналин, поддерживавший мой дух в последние пару часов, пошел на спад, и я без сил опустилась на землю.

Я провела под мостом уже больше часа, и меня все еще не прогнали.

Это успех!

На самом деле на меня почти не обращали внимания.

Сама я искоса поглядывала на бродяг. Они казались мне пришельцами с другой планеты, а ведь сейчас, как ни печально было это признавать, мы с ними стояли на одной ступени социальной лестницы. Просто я еще только наступила на нее, а они уже прочно обосновались. Я невольно задумалась, чем от них отличаюсь.

Каждый здесь столкнулся с чем-то, от чего не смог оправиться, и дальнейшая цепочка событий привела его к жизни под мостом. Брошенные, никому не нужные, забытые люди. Я такая же.

Несмотря на исходившее от костра тепло по спине побежали ледяные мурашки.

Нет! Это не про меня!

Я не собиралась сдаваться. А вот эти люди сдались, я это видела, читала в их пустых бесцветных глазах. Они приняли свою судьбу и просто доживают отведенное им время. Даже не так — досуществуют. Хотя такого слова и нет.

Я на такое не согласна!

Наконец я почувствовала, что согрелась. Стиснутые челюсти расслабились, а лицо раскраснелось от жара. С теплом пришло скудное спокойствие. Хоть одной проблемой стало меньше.

— Плохой день? — спросил бородатый, тот самый, что спас мои туфли.

— Не то, чтобы, — уклончиво ответила я. Ведь если забыть о случившемся утром, а еще отбросить настоящий момент — день был не так уж и плох.

Кого ты пытаешься обмануть? Это один из худших дней твоей жизни!

Да, дела мои были плохи, но я решила ограничиться тем, что уже сказала. Не жаловаться же бездомному на жизнь!

Мужчина, кажется, ждал продолжения. В его глазах даже появился проблеск интереса.

— А вы давно здесь? — спросила я, чтобы перевести тему.

— Не то, чтобы, — передразнил меня бородатый. Стоявшая рядом с ним женщина усмехнулась.

Я проигнорировала его сарказм и внимательно посмотрела на нее. Женщина перестала ухмыляться.

— Я, считай, уж лет пять. А Боб и того больше, — откашлявшись и сплюнув мокроту, хриплым голосом сказала она.

— Помолчала бы ты, Мэрилин, — буркнул бородач, тот самый Боб.

Мэрилин, как в «Брате-2».

Кто знает, может у женщины в тряпье была история, как у героини фильма, которая в итоге и привела ее сюда.

Впервые приехав в Лондон, я была поражена, сколько же здесь бездомных. Они наводняли вокзалы и станции метро, дремали на скамейках в парках, сидели в своих спальниках прямо на тротуарах, даже на Оксфорд стрит, и ежедневно толпились в огромных очередях около социальных организаций, раздававших еду и предлагавших ночлег. Бродяг можно назвать неотъемлемой частью Англии, ее своеобразным культурным кодом.

Здешний климат позволяет таким людям спокойно жить на улицах в любое время года. Если верить газетам, большинство беспробудно пьют и сидят на тяжелых наркотиках.

И теперь я — одна из них.

— Почему вы остаетесь под мостом, когда в мире столько возможностей? — не выдержала я.

Услышав вопрос, бородатый Боб неопределенно шамкнул губами, словно прикидывая в уме, как можно остроумно ответить, но так ничего и не придумал. Демонстративно порывшись в складках одежды, он достал пузырек дешевого спиртного и, дрожащими руками открывая его, проворчал:

— Мне и здесь хорошо.

Почему-то мне показалось, что ему неуютно под моим пристальным взглядом, и я стала смотреть на огонь. На ржавом боку бочки виднелась неровная полоса ярко-желтого цвета. В голове тут же вспыхнули воспоминания.

— Когда я была маленькой, я часто представляла себя жительницей Лондона. В моих мечтах далекий город был как настоящий. Завернутый в одеяло тумана, он будто потерялся во времени.

— Красиво сказано, — вставила Мэрилин, словно желая поддержать.

Я почувствовала благодарность и улыбнулась.

— Помню, мне было лет пять. Я жила в Волгограде — это Россия. Тогда в стране были тяжелые времена. На прилавках — пустота. Вокруг — серость. А я, глядя на советские панельки, представляла, как гуляю около Букингемского дворца. Стоя у подъезда девятиэтажки, задрав голову, я воображала, что смотрю на Биг-Бен. Когда-то я думала, что он такой большо-о-ой, — я нарочно растянула последнее слово. — Мне так хотелось оказаться в Лондоне, жить тут, пройтись по пропитанным историей улицам, заглянуть в глаза людям, таким же, но будто бы совсем другим.

— Ну и как, заглянула? — Боб улучил момент, чтобы вставить очередной колкий комментарий.

Я не обратила внимания на его слова, еще глубже погружаясь в воспоминания из детства:

— Один раз я поднималась по лестнице на третий этаж, и в одном из пролетов увидела, что по ступенькам течет ярко-желтая краска. Кто-то разлил ее по полу лестничной клетки. У стены валялась уже почти пустая банка. Если честно, почему-то в ту секунду этот солнечный ручей в унылом советском подъезде для меня стал символом надежды. Знаете, как это иногда бывает в детстве? Внутри рождается импульс, и у вас будто появляется особая миссия, как у секретного агента.

Я вытянула руки и сквозь пальцы посмотрела на языки пламени. Свою историю я рассказывала впервые, а тут еще такие необычные слушатели.

— Вот и я тогда решила, что мне обязательно нужно, миновав краску, добраться до квартиры. «Если смогу проскочить, не запачкавшись, значит у меня все получится», — сказала я сама себе. Будет у меня и Лондон, и двухэтажные автобусы, и счастливая жизнь. Смешно, правда? Глупо как-то даже. Но я так серьезно этого пожелала. Прямо чувствовала, что это знак. У вас такое бывает?

Я интуитивно как оратор, пыталась вовлечь аудиторию. Мне и правда было интересно услышать ответ на свой вопрос.

— Хм, — протянула Мэрилин. — Почему-то судьба никогда не была ко мне благосклонна, и к моему маленькому Николасу тоже. Мы жили в старом обветшалом домике на окраине города, боролись за выживание каждый день. Николас был хилым мальчиком. Болезни и холод все больше и больше ослабляли его юное тело. Мой Николас... Он очень сильно болел. Однажды в подворотне нашего дома я нашла старинную медаль, на которой был изображен ангел с поднятым мечом. И я не помню, почему... Я точно не могу сказать... Я увидела это как знак с небес и принесла его домой, и повесила на шею Николасу. С того момента наша жизнь изменилась. Николас начал выздоравливать, как будто ангел на медали защищал его от беды. А потом... — на глаза Мерилин навернулись слезы. Она всхлипнула и замолчала.

— Спасибо, Мерилин, — повисла пауза, а потом я продолжила. — А мне тогда казалось, будто вся жизнь решается в эту секунду. Каждой клеточкой я ощущала: у меня будут силы преодолеть любые испытания в жизни, стоит лишь пройти эту полосу препятствий. А лужа радостной желтой краски между делом расползалась. Мне до квартиры оставался всего один пролет. Я собралась с силами, разбежалась и, ловко наступая на еще пока свободные от краски островки на полу, стала пробираться к цели.

Я вошла во вкус и так азартно рассказывала, что все невольно придвинулись ближе. Мерилин, высунувшись из своего тряпья, вытянула шею. А Боб, вначале делавший вид, что не слушает, теперь не сводил с меня глаз.

— В какой-то момент я оказалась в западне. Цветная река, которую я планировала с легкостью перепрыгнуть, превратилась в море. Впереди не осталось пространства, чтобы поставить ногу. Тогда я решилась на отчаянный шаг.

Тут я выдержала театральную паузу. Бездомные зачарованно ждали продолжения. Даже те, кто, казалось, мирно дремал в стороне, открыли глаза.

— Ну? — не выдержал Боб.

— Я вернулась назад! Добежала до пролета ниже, взяла газету, валявшуюся на полу — я заметила ее, когда поднималась! Оторвала клочок и бросила его на пол. Он стал моим островком надежды. Наступив на него, я в два прыжка оказалась на ступеньке следующего лестничного пролета. Красочное море осталось позади. Кстати, этот клочок газеты и сейчас там, намертво впечатанный в плотный слой желтой краски. А ведь прошло 15 лет, представляете!

Тот случай я запомнила на всю жизнь. Тогда я впервые поняла, что в жизни не бывает безвыходных ситуаций. Просто иногда нужно взглянуть на проблему под необычным углом.

Было тихо. Каждый думал о своем. Боб, потупив взор, смотрел под ноги. Мерилин ушла в тряпичный кокон по самый нос. А я чувствовала необычный подъем, до краев наполненная детскими воспоминаниями. Пришла уверенность, что все возможно.

Я смогла тогда. Смогу и сейчас.

Наступила ночь. Машины проезжали все реже, течение Темзы слышалось громче. Под убаюкивающий шелест волн я почувствовала, что засыпаю, хотя была уверена, что не смогу сомкнуть глаз. Но ведь я так рано проснулась сегодня, а день был такой насыщенный.

Бродяги побросали в бочку какой-то хлам — огонь разгорелся ярче — и стали укладываться на ночлег. У каждого было какое-то подобие подстилки.

У меня, естественно, ничего не было, но Мэрилин по доброте душевной предложила мне тонкое одеяло. От него неприятно пахло потом и мочой.

После ночи на такой постели от меня будут в ужасе шарахаться.

В конце концов я все же легла на одеяло. Удивительно, но меня совсем не волновало, что вокруг полно людей, и кто-то наверняка смотрит на меня прямо сейчас. Единственное, о чем я могла думать — второй день Форума. Мне — с божьей помощью — необходимо выспаться на грубом ледяном бетоне, да так, чтобы костюм не слишком помялся. Завтра я должна выглядеть не хуже, чем сегодня, и неважно, что обстоятельства изменились.

Прорвемся. Ныть — удел слабаков!

Себя я к таким никогда не относила.

Вместо подушки я пристроила свою сумку — легла на нее щекой, поджала ноги и закрыла глаза.

Измученный мозг держался из последних сил и сдался, как только тело приняло горизонтальное положение. Я не успела даже додумать последнюю мысль, как провалилась в глубокий сон.

Борнмут, 1673 г.

В предрассветном тумане едва вырисовывались силуэты фургонов и повозок. Двое детей стояли чуть в стороне от дороги. Шестилетняя Энни наматывала на палец длинную светлую косичку, а Эл — мальчик немногим старше — упрямо смотрел под ноги и время от времени поддавал носком башмака мелкие камешки. Оба молчали.

— Я не хочу, чтобы ты уезжала, — сказал он тихо и почувствовал, как щеки заливает краска. Этого еще не хватало — рдеет как девчонка!

— Мне тоже грустно. Не хочется прощаться. Раньше я легко забывала людей, с которыми знакомилась в пути. Но тебя я не хочу забывать.

Они стояли в предрассветных сумерках и готовились расстаться навсегда.

Первый луч солнца прорезал туман. Кто-то в голове колонны подал знак, и фургоны со скрипом и скрежетом стали один за другим трогаться с места.

Энни сжала руку Эла и потянула за собой. Их с отцом дом на колесах еще стоял. Папа сидел на козлах и оглядывался в поисках дочери. Увидев детей, он приподнял шляпу, приветствуя Эла, и крикнул Энни, чтобы она поторопилась.

— Подсади, — попросила девочка, хотя прекрасно могла сама забраться по невысокой лестнице на крышу фургона.

Эл подал ей руку и помог вскарабкаться на ступеньку.

Отец тронул лошадь поводьями, и фургон покатился. Эл остался стоять у дороги, глядя, как туман поглощает вереницу повозок.

— Энни! — вдруг крикнул он. И побежал вслед.

— Что? — голова девочки вынырнула из соломы на крыше.

— Я знаю, мы увидимся! — закричал он. Мальчик бежал как мог.

— Где?

— В Лондоне! Обещаю!

— А как я пойму, что это ты... — ее голос потонул в тумане. Фургон скрылся за поворотом дороги.

— Я обязательно тебя узнаю. Ведь ты будешь в белом... — прошептал Эл.

ГЛАВА 6

А ты кого ждал, Бэтмена?

Голова больно ударилась о бетон. Волшебный сон сменила неприглядная реальность.

Кто-то выдернул сумку прямо у меня из-под головы и побежал в темный переулок — я слышала топот ног, который стремительно удалялся.

Сон как рукой сняло. Вскочив, будто на меня вылили ведро ледяной воды, я стала оглядываться в поисках помощи, но откуда ее было ждать? Бродяги даже не проснулись.

Прошло всего несколько мгновений, а звук шагов уже стих. Вор убежал с моей сумкой, и...

Там паспорт! И все визитки с Форума!

Я схватилась за голову и упала на колени. Настоящая катастрофа! Эти визитки были соломинкой, за которую я ухватилась, когда уже, казалось, потеряла все. А теперь ее так бесцеремонно вырвали из моих рук! Как я смогу подтвердить назначенные встречи, если все номера телефонов остались на визитках в злополучной Chloé.

Вот тебе и счастливая сумочка! Все усилия коту под хвост!

Если бы не мое плачевное положение, я бы, наверное, расхохоталась. Воришка надеялся поживиться, но стал богаче всего на два фунта и один изрядно помятый сэндвич. Незавидная добыча. Ворох прямоугольных бумажек этот ублюдок просто выбросит в канаву, прежде чем толкнуть по дешевке саму сумку.

Все пропало. У меня больше не осталось надежды. У меня вообще ничего не осталось. Теперь я точно стала такой же, как эти бродяги, и умру под этим мостом.

Адский спазм скрутил мои внутренности. Почуяв слабость, боль накатила, да так сильно... Я схватилась за живот и согнулась пополам. В этот момент впору было заорать во все горло, но вместо крика у меня вырвался нервный смешок.

Да уж, теперь я действительно выгляжу жалкой. Свернулась калачиком на грязном асфальте рядом с вонючими бомжами... Если ты не знала, как выглядит дно, Аня, познакомься. Это оно.

Полежав с минуту, я почувствовала, что спазм отступает. Вскоре мне удалось привстать на локтях, а затем и сесть.

Обхватив колени руками, я отчаянно сжала кулаки. От напряжения костяшки побелели. Из груди вырвался стон, больше похожий на рычание. Эмоции рвались на волю, а я изо всех сил старалась удержать их в себе. Злость и отчаяние заполняли все мое существо. Я злилась каждой клеточкой тела. Но не пускала это чувство наружу.

Люди окрестили злость неприглядным мерзким чувством, которое нельзя испытывать. Это внушают нам с самого детства. «Не хмурь бровки, ты становишься некрасивой». «Не кричи, на нас все смотрят». «Не злись, я тебя боюсь». Так формируется четкое убеждение: злыми мы предстаем перед миром не в лучшем свете, можем расстроить кого-то или потерять чью-то любовь. Именно поэтому человек начинает подавлять злость.

При этом она никуда не уходит, копится внутри, создавая колоссальное напряжение. От того люди находятся в постоянном тонусе, будто напрягают все мышцы сразу. Это снижает качество жизни.

Табу на злость приводит к еще более губительным последствиям. Разделяя эмоции на плохие и хорошие, не позволяя себе испытывать полный спектр, мы блокируем свой духовный рост и мешаем своим трансформациям. Не до конца извлекаем уроки. От того мудрая Вселенная снова и снова водит нас по кругу, окуная все в те же ситуации, в надежде, что однажды броня лопнет и человек даст волю своим эмоциям.

Злость — ключ от двери, которая ведёт в глубину. Любой конфликт — это путь к своим истинным чувствам. Когда мы сами в себе принимаем злого, позволяем себе гневаться, выражать эмоции, принимаем в себе слабого и, возможно, даже проигравшего, нам открывается мудрость. Мудрость — быть собой и испытывать уязвимость без стыда.

Конечно, эти мысли пришли ко мне гораздо позже. В тот момент я просто изнемогала от бессилия и подавленной злобы на весь мир и конкретно на того, кто сейчас убегал с моей сумкой все дальше.

На глаза попалась бочка, огонь в которой почти догорел. Я вновь скользнула взглядом по желтой полосе. В памяти возник город Волгоград, советский подъезд и краска, разлитая по полу. Я вспомнила, как оторвала кусочек от свежей, пахнущей типографией газеты. Как бросила его на пол. Как своими руками создала остров надежды, который помог преодолеть испытание. В тот момент внутри у меня что-то щелкнуло. Будто кто-то зашел в темную комнату и зажег свет.

— Ни черта подобного! — сказала я вслух. И побежала в переулок вслед за вором.

Я верну эти гребаные визитки, чего бы это ни стоило!

Адреналин ударил в кровь, и я перестала чувствовать холод.

Каблуки слишком звонко стучали — если вор был где-то неподалеку, он мог услышать погоню и затаиться. Да и бежать в туфлях не особо получалось. Я сняла их и взяла в руки. Дождь уже давно прекратился, но асфальт еще был мокрым, холодным и крайне мерзким для босых ног. Адреналин бил в кровь с такой силой, что ничего этого я не ощущала.

Глаза привыкли к темноте, и я различила стены и мусорные баки. Переулок оказался длинным и темным, но, главное, из него некуда было свернуть.

Вор не мог далеко убежать. Он где-то рядом.

Надежда, вспыхнувшая робким огоньком, с каждым шагом разгоралась все ярче.

Переулок кончился, и я оказалась в аллее. Тут дорога распадалась на три тропы: одна шла прямо, вторая - левее, а третья уходила направо. Вспомнилась русская сказка. Куда же он побежал?

Тропа, что вела налево, тянулась вдоль набережной. Слишком открытая местность для воришки. Если бы мне нужно было укрыться, я бы туда не сунулась. По дороге направо буквально через несколько шагов начинались уличные фонари. В их тусклом свете вряд ли можно было читать, и даже черты лица человека, стоящего на расстоянии трех метров, угадывались бы с трудом. И все же свет — грабителю не друг. Оставался один вариант.

Налево пойдешь — коня потеряешь, направо пойдешь — жизнь потеряешь, прямо пойдешь — жив будешь, но себя позабудешь.

Я побежала прямо. Там было больше всего деревьев и ни одного фонаря.

Сердце стучало как сумасшедшее. Я чувствовала, как легкие, набирая воздух, упираются в ребра и как до боли сжимаются, выпуская его наружу, но бежать не прекращала.

Эта сумка будто стала материальным воплощением надежды. Я чувствовала, что если верну ее, то смогу и свою жизнь взять в руки. Это звучало по-детски, совсем как с краской пятнадцать лет назад. Но мозгу так было легче справиться. Он превратил реальность в игру, сам назначил правила и верил в успех.

Бог знает, сколько времени я петляла по парковым тропинкам, засыпанным мокрой листвой и дождевой грязью, и скоро выдохлась. Было ощущение, что еще десять секунд бега, и я просто-напросто задохнусь. Тяжело дыша, я рухнула на колени, жадно втягивая воздух. Вокруг было сыро и гадко.

Я оббежала всю темную часть небольшой аллеи. Дальше начиналась освещенная редкими фонарями улица и довольно оживленная дорога, по которой туда-сюда сновали автомобили. Ни одного человека я не увидела.

Кажется, все действительно потеряно.

Этого не может быть! Ну что я делаю не так? Почему это происходит именно со мной?

Позже я узнаю невероятную вещь. Оказывается, вопрос, который ты себе задаёшь, когда случается очень сильный стресс, влияет на то, что ты сделаешь. И если перепрограммировать этот вопрос, то исход ситуации может оказаться абсолютно другим. Например, если перефразировать его: «Как сейчас я могу изменить ситуацию к лучшему?» — то просто от одного вопроса находишь массу ресурсов, чтобы действовать.

Как-то один знакомый сказал мне: «Когда с тобой случается беда, и ты придаешь слишком большую важность решению проблемы, смирись с самым плохим исходом. И если произойдет что-то лучше самого плохого — будет повод порадоваться».

Я смертельно устала. Босые ноги были в грязи. Пиджак изрядно потрепался. Я лишилась последнего, что у меня было. Нет, не сумки — надежды. Можно было порадоваться хотя бы тому, что я еще жива, но зияющая в груди пустота, как черная дыра, поглощала каждую крупинку дофамина. Я уже и забыла, каково это — так жить. Раньше пустоту заполняла любовь к Алексу. Теперь же... Я просто не представляла, что делать дальше.

Потом разберусь. А сейчас нужно заново высохнуть и согреться.

Еще нужно было отмыть в Темзе ноги — стопы были черные и липкие. И с этим стоило поторопиться. Кажется, назревал новый ливень. Воздух сгущался, ветер усиливался, и где-то недалеко уже слышались раскаты грома.

Засунув туфли под мышку, я направилась обратно к мосту.

Еще немного, и я буду говорить про это место: «Домой».

До темного переулка оставалось совсем немного, когда я услышала хруст веток. В кустах слева кто-то шевельнулся и тут же притих. Я замерла. Возвращалась я бесшумно — преимущество босых ног, — и оказалась надежно скрыта за массивными стволами деревьев. Тот, кто сидел в кустах, не мог ни слышать меня, ни видеть. А вот я его услышала.

Я присела на корточки и бесшумно подкралась ближе. Сверкнула молния, на секунду озарив все вокруг. Этой секунды хватило, чтоб разглядеть невысокого небрежно одетого человека. Это был мужчина лет тридцати, грязный и, по-видимому, не трезвый. Он сидел на большом камне, дико озираясь, держал в руках белую сумку от Chloé и жадно запихивал в рот сэндвич, который я забрала с Форума.

На меня обрушилась лавина счастья — сумка нашлась, — но сразу после прилива радости я ощутила ярость. Вор как будто сделался виновником всего, что случилось со мной за последнее время. Все беды вдруг смешались, как краски на палитре в один мутный цвет, и их средоточием стал этот человек.

Усталость испарилась. Я была так зла! Не возникло даже мысли, что я с ним не справлюсь.

Покрепче сжав туфли, я гордо вышла из-за кустов и направилась к ошалевшему мужику. Он перестал жевать бутерброд и чуть не упал с камня от ужаса. В моих глазах наверняка было столько гнева... Я бы не удивилась, если бы они пылали адским огнем. Я решительно надвигалась на вора под вспышками молний, как герой голливудского блокбастера.

Мужик, а ты кого ждал, Бэтмена?

Подойдя вплотную, я замахнулась туфлями. Вор и не думал сопротивляться, он сжался, прикрыв голову рукой. Бутерброд из второй так и не выпустил. Наверное, он думал, что я сейчас на него наброшусь. Но я лишь рывком выхватила свою сумку, едва не порвав ее.

Мужчина замер, понимая, что против такой воительницы у него ни единого шанса. На мгновение мне даже стало его жалко.

Hasta la vista, baby.

Закинув сумку на плечо, я надела туфли и спокойно отправилась обратно под мост. Вся грязная, мокрая, в листьях и каких-то ветках — но счастливая. Такого прилива радости и гордости за себя я не испытывала давно.

Документы, телефон и все визитки были на месте. Приняв это за хороший знак, я вернулась к бочке с тлеющими углями и улеглась. Заснуть той ночью больше не получилось ни на минуту. Порой мысли улетали в бездну, но импульс, проносящийся по телу, будто разряд дефибриллятора, возвращал меня в реальность. Нервная система дала сбой. После той ночи я больше никогда не могла спать в общественных местах.

ГЛАВА 7
Побывать на дне и оттолкнуться

Лондон, 2003 г. Утро второго дня Форума

— Да уж... — я со вздохом посмотрела на свое отражение в витрине пока еще закрытой булочной.

Зрелище было жалкое. Костюм весь в грязи, лицо тоже. Ранним утром я, конечно, умылась в Темзе и попыталась почистить брюки, но все равно выглядела так, будто меня хорошенько извалили в песке.

Так идти на Форум было нельзя. До начала оставалось еще два часа, и за это время я должна была найти новую одежду, и не абы какую, а соответствующую случаю.

Закрутив волосы в пучок, я направилась вдоль по улице, которая уже начинала заполняться людьми. Все торопились на работу и не обращали на меня никакого внимания. В тот момент меня это вполне устраивало.

Недалеко от «Элизабет-холла» был магазин одежды, я проходила мимо него вчера.

Зайду туда. Только вот... Как же я куплю хоть что-то? А будь что будет! Внутри хотя бы тепло.

В большом светлом торговом зале я побродила между вешалок. Подобрала костюм, похожий на тот, что был на мне, нашла свой размер и, проигнорировав удивленные взгляды немногочисленных посетителей, с вешалками в руках направилась к консультанту.

Девушка восточной внешности с темными, почти черными волосами, подвязанными розовой косынкой, переклеивала ценники. Некоторое время я постояла в стороне, наблюдая. Она казалась очень милой.

Наверное, мусульманка.

Девушка вежливо и подробно отвечала покупателям на все вопросы и делала это исключительно с улыбкой. Именно такие люди обычно проявляют эмпатию.

— Простите, Айла, вы не могли бы мне помочь? — обратилась я к девушке, отметив про себя имя, написанное на ее бейджике.

— Конечно! Не подошел размер? — уточнила та с сочувствием.

— Нет. То есть... я еще не мерила. Вопрос в другом... — я набрала побольше воздуха: — Дело в том, что мне нужно, чтобы вы согласовали сделку между вашим боссом со мной...

Айла кивнула, участливо, но растерянно:

— Мисс, что конкретно вы от нас хотите?

Я совсем не умела просить. Мне всегда было проще сделать самой, а не искать чьей-то помощи. Но сейчас ничего другого не оставалось.

Я нервно потерла ладони о грязные брюки, заметила, как некоторые гости магазина с любопытством поглядывают в мою сторону, и, понизив голос, попросила:

— Можно, я возьму этот новый костюм? Скажем, в рассрочку, может быть? Или нет, давайте так: если вы разрешите мне взять этот костюм, то я отдам вам свой паспорт, завтра выплачу полную стоимость костюма и, допустим, в течение недели переведу еще половину его стоимости на ваш личный счет.

Я понятия не имела, где найду деньги, но была уверена — что-нибудь придумаю.

Глаза Айлы округлились, рот приоткрылся. Она посмотрела по сторонам, будто ища поддержки, и сказала:

— Простите, мисс, но я боюсь, что...

— Я вместе с паспортом оставлю вам сумку в залог! — положение становилось отчаянным. — Она стоит тысячу долларов!

— Мисс... — с видимым сочувствием произнесла Айла.

— Я уверена, что у вас и у вашего управляющего были критические ситуации, — напирала я, впрочем, стараясь, чтобы голос звучал мягко и убедительно. — Поговорите с ним!

Айла несколько секунд смотрела на меня, будто оценивая, а затем кивнула.

— Я попробую, но скажу сразу, он у нас человек не особо... отзывчивый.

Я поспешила в примерочную. Едва заметный лучик надежды вспыхнул в моей душе.

Костюм сел не идеально, но неплохо. Брюки были широковаты, классического кроя, а пиджак длиннее, чем я привыкла. Впрочем, на моей фигуре все смотрелось хорошо. Был даже какой-то неуловимый шарм в этих вещах, лишенных изящества и подчеркнуто деловых. Главное, костюм был чистый и отутюженный.

Айла появилась как раз, когда я выглянула из-за шторы. По ее взгляду и сжатым губам было понятно, что разговор с управляющим не увенчался успехом.

Прежде чем Айла успела открыть рот, я пообещала, что сейчас верну костюм на рейл. Слышать отказ совсем не хотелось. Проще было сделать вид, что все в порядке.

— Мне очень жаль, — грустно произнесла Айла и ушла в торговый зал.

Физически ощущая отчаяние, я переоделась обратно в свои вещи, которые теперь казались еще более жалкими. Минут пять я просто стояла перед зеркалом в примерочной и убеждала себя, что выгляжу...

Приемлемо. Может быть, никто и не заметит. В конце концов, не одежда красит человека.

Мысленно я проговаривала все возможные и невозможные слова самоутешения, но это не помогало. Я прекрасно понимала: в таком виде меня даже на порог не пустят. А если все-таки удастся просочиться мимо сотрудников на входе, никто из гостей не заговорит с девушкой, от которой за версту несет ночевкой под мостом.

Я планировала оказаться на Форуме через час — к самому открытию все равно почти никто не приходил. За это время нужно было что-то придумать!

Найти салфетки и попытаться почистить костюм? Постирать его в туалете ближайшего кафе и высушить в сушилке для рук? А может, просто не идти на Форум?

От последней мысли меня замутило. Я вышла из примерочной и с горечью повесила костюм на место.

За то время, что я провела в магазине, посетителей стало в несколько раз больше. Все консультанты суетливо бегали между рядами, нагруженные вешалками, коробками и пакетами. Про меня все забыли, будто бы меня здесь и не было. Я задержалась у стойки и еще раз посмотрела на новехонький чистый костюм. Если взять его и выйти на улицу, никто и не заметит. Потом я, конечно же, как-нибудь анонимно извинюсь и верну деньги. Как только они появятся. К тому же стоит костюм всего ничего, подумаешь.

Столько магазинных краж происходит в Англии, да и во всем мире, каждый день? Десятки тысяч, если не миллионы. Одной больше, одной меньше. Тем более, у меня совершенно особая ситуация. Это ведь не ради наживы, от костюма зависит мое будущее. Если я появлюсь на Форуме как бродяга, то буду обречена на провал.

Решайся!

Я сделала неуверенный шаг к рейлу. Сознание пронзила горькая мысль: а ведь кому-то попадает за недостачу. Сотрудников магазина наверняка оштрафуют, когда недосчитаются товара. Возможно, деньги вычтут из зарплаты Айлы, которая, хоть и не смогла помочь, все же была добра ко мне.

Так же нельзя. Или можно?

Последние несколько лет я чаще думала о других, чем о себе. Нужды и потребности людей ставила выше своих и всегда была готова отдать первенство. Помогала сначала другим, а потом, если останутся силы и время, уже себе. Может быть, пришло время выбрать себя?

Ожесточенное сражение амбиций с совестью заняло считанные мгновения, а казалось, что оно длится вечность.

Решив, что нужно в первую очередь обеспечить себе достойную жизнь, я смирилась с неизбежностью.

У меня просто нет другого выхода!

Трясущимися руками я сняла костюм с рейла и, чтобы не привлекать внимания, спокойным шагом направилась к выходу.

Господи, а если поймают? Меня посадят в тюрьму?! Какой ужас! Хотя... В тюрьме тепло, да и накормят, если что. Точно не хуже ночевки под мостом.

Несмотря на эти мысли я испытывала панический страх. Колени подкашивались, губы пересохли, ладони вспотели. Организм был в замешательстве: убежать сломя голову или оставаться спокойным, чтобы не подстегивать и без того растущую тревогу.

Я притормозила перед большим зеркалом, поправила волосы и искоса глянула, не бежит ли кто-нибудь следом. Никто не бежал. Ускорив шаг, я уже почти добралась до выхода — через стеклянные двери было видно улицу и проезжающие мимо машины, — но вдруг остановилась.

Что бы сказал на это дедушка?

Нет, не могла я украсть этот костюм. Меня не так воспитали. Спокойствие разлилось по венам. Сделка с совестью не удалась. Мои принципы остались неколебимыми. Я вернулась в зал и повесила костюм на место.

А на Форуме как-нибудь выкручусь. Как? Не имею ни малейшего понятия!

В глубине души я все еще надеялась на чудо. Ведь чудеса случаются. И, как правило, это происходит в момент максимального отчаяния. В кино все решается в самую последнюю секунду, а чем моя жизнь не сюжет для остросюжетной драмы?

Вдруг я почувствовала легкое прикосновение к плечу. Сзади подошла Айла.

— Мисс, — произнесла она, оглядевшись по сторонам. — Я выкуплю костюм со своей скидкой для персонала. Вы, пожалуйста, пообещайте, что вернете мне эту сумму. Больше ничего не нужно.

— Конечно! — я не верила своим ушам. Казалось, Айла сейчас растворится в воздухе, как мираж.

Я протянула Айле свой паспорт в залог, но та с улыбкой помотала головой:

— Не надо. Я вам верю. Надеюсь, что не напрасно.

Я почти прослезилась. Видимо, доброта незнакомой девушки стала последней каплей в чаше моего терпения. Однако слезы так и не пролились — характер взял верх.

А ведь вчера под мостом мне совсем не хотелось плакать!

Люди — это ступеньки, проходя по которым, мы поднимаемся выше, раскрываемся, становимся теми, кем действительно хотим быть. Доброта Айлы — совершенно посторонней девушки, которая не обязана была мне помогать, но все же сделала это — растопила мое сердце. А ведь я была почти уверена, что у меня в груди все окаменело. И тем не менее... Все, что случилось раньше, все мои невзгоды не смогли пробить броню. А бескорыстный поступок Айлы попал в единственную нужную точку — и вот уже на моем каменном панцире зазмеились трещины. Мы не становимся лучше сами по себе, только с помощью других людей. Я была счастлива, что не украла этот костюм.

Оторвав бирку со штрихкодом, Айла протянула мне вещи, пожелала удачи и пошла на кассу.

Получилось! Я до конца не верила и на всякий случай ущипнула себя за руку.

Ай! Больно! Значит, не сон!

У меня теперь был новый деловой костюм. И я точно знала, что верну своей благодетельнице Айле всё, что пообещала и даже больше.

До Форума идти всего двадцать минут.

Залетев в примерочную, я с невероятным удовольствием оторвала оставшиеся этикетки и переоделась. Пальцами расчесала волосы, забрала их в низкий пучок, используя нитку от одной из бирок, и остановилась, глядя на старый костюм. Что делать с ним? Запачканные брюки и пиджак отдавали ароматами, собранными с самого дна жизни. Я вспомнила бездомных, рядом с которыми провела прошлую ночь.

Нет, что бы ни случилось, под мост я больше никогда не вернусь!

Я уверенно кивнула своему отражению, положила старый костюм в мусорный бак и поспешила в «Элизабет-холл», который уже гостеприимно распахнул свои двери.

— Ну, погнали! — сказала я себе, расправила плечи и отправилась гулять по залу.

К концу второго дня количество визиток в сумочке утроилось. Теперь почти половина из них принадлежала руководителям высшего звена, в то время как вчера преобладали начальники подразделений и проектные менеджеры.

Я снова была в восторге. А еще я заметила, что не испытываю дискомфорта, разговаривая с миллионерами, даже наоборот. Чувствовала себя как рыба в воде, и это чувство мне чертовски нравилось.

На целый день я забыла, что, когда двери «Элизабет-холла» закроются, мне снова будет некуда идти. Сейчас я была той, кто легко и непринужденно поддерживал разговор с главами крупнейших российских компаний. Даже несмотря на бессонную ночь.

Дело близилось к вечеру. Я с горечью смотрела в окно, наблюдая, как дневной свет тускнеет и переходит в сумерки. Вместе с ним тускнела и моя радость. За последние лучи солнца хотелось зацепиться, как за надежду. Но, увы, вскоре официанты стали освобождать столы, а гости потянулись к массивным дверям.

Ну хоть дождя не намечается.

Торопиться теперь было некуда. Я скептически оглядела изрядно потрепанные туфли и подумала, что еще одного забега по мокрым улицам они точно не переживут. Едва я ступила на тротуар, собираясь перейти дорогу, как меня кто-то окликнул.

— Анна, вы сильно заняты? — спросил мужчина по имени Глеб. Его визитка уже пополнила коллекцию в белой сумочке. Он был производителем промышленных вагонов, и во время Форума мы проговорили добрых полчаса.

Сделав вид, что задумалась, я серьезно посмотрела на часы, помолчала и вынесла вердикт:

— Вообще-то, у меня еще были кое-какие дела...

Ха-ха, например, раздобыть картонку получше.

Собеседник не заметил усмешки.

— Но они могут подождать! — закончила я фразу.

— Замечательно! — воодушевился Глеб. — Мы собираемся посидеть в ресторане при отеле «Клариджес». Не хотите присоединиться?

Внутри у меня будто зажглась лампочка.

— Если честно, я с радостью! — я постаралась не выдать своего восторга и вежливо улыбнулась.

— Садитесь к Вите, — сказал Глеб, указав на одно из нескольких такси, стоящих у «Элизабет-холла».

Сам он направился к другой машине, пообещав, что мы встретимся у отеля «Клариджес» через десять минут. Я и не переживала.

Оказавшись в такси, я тут же узнала сидящего сбоку мужчину. Мне бы никогда не пришло в голову назвать его Витей, только полным именем — Виктор.

ГЛАВА 8
Загадка из 4 цифр

Лондон, 2003 г. Второй день Форума

Впервые я увидела его несколько часов назад на лестнице «Элизабет-холла». Я отошла, чтобы ответить на звонок, и как раз закончила разговор, когда в здание вошел мужчина, который сейчас сидел в такси на соседнем кресле. Закрыв зонт, он вручил его девушке, проверяющей регистрацию.

— Это будет у тебя, — отрезал мужчина.

— Простите, сэр, но я не могу, — смутилась сотрудница Форума. — Мы не следим за вещами.

Отказ мужчину явно не устраивал.

— Так, давай, не делай мне мозги, — властно сказал он. — Ты берёшь этот зонт. Теперь это твоя личная ответственность.

Этот мужчина явно не привык слышать отказов. От него исходила такая мощь и власть, что я даже слегка смутилась, став невольной свидетельницей этого проявления грубой силы.

В тот самый момент мужчина поднял глаза. Наши взгляды встретились. Суровое лицо непреклонного диктатора смягчилось. Ни слова больше не говоря, он оставил зонт в руках растерянной сотрудницы Форума, которая не решилась дальше спорить.

Мужчина поднимался по лестнице, все время глядя мне прямо в глаза. К своему удивлению, я тоже не отвела взгляд. Собрав всю уверенность, я смотрела на мужчину, пока тот не прошел мимо.

И вот теперь он сидел совсем рядом: одна рука на подлокотнике, во второй — кейс. Все такой же властный. Твёрдый, как скала. Собранный. Его русые волосы каскадом падали на лицо. Небольшие мешки под глазами создавали впечатление усталости. Мужчина был одет в дорогой коричневый костюм и белоснежную рубашку, которая выглядела безупречной и будто светилась. Парфюм наполнял машину тонким ароматом свежести с древесными нотками.

Я, наконец, поняла, кто передо мной. Лицо этого мужчины периодически мелькало в прессе. Он был верным другом одного известного бизнесмена-оппозиционера, которого арестовали около полугода назад.

Очень приятно, Виктор, я Анна, уверена, вы тоже рады знакомству.

Кроме короткого приветствия, Виктор больше не проявлял ко мне никакого внимания. Всю дорогу до «Клариджеса» мы молчали, глядя каждый в свое окно.

В ресторане приехавшие с Форума заняли три стола. Кроме меня, тут было еще несколько девушек, но в деловом костюме оказалась только я. Неудивительно, ведь наши с ними задачи кардинально различались.

Я села за стол с тремя мужчинами, среди которых были Глеб и Виктор. Третьего звали Антон. За столом еще была Катя — молоденькая девушка в голубом платье, которая, по-видимому, имела виды на Антона.

Глеб уточнил, чего я хочу выпить, и вскоре у всех участников беседы появились бокалы и фужеры.

Сначала обсуждали Форум, спикеров и налоговую систему. Вскоре, когда алкоголь разбавил кровь и смягчил разум, все заметно расслабились — Антон развязал галстук, оставив его свисать двумя полосками с плеч, — и разговоры сменились на более личные.

— Как тебе второй день? — спросил Глеб у Виктора. — Встретил кого-нибудь, кто мог бы дать развитие твоему вопросу?

— Да нет, сегодня даже министров не было, одни замы, — равнодушно ответил Виктор. — И пара губернаторов, с которыми у меня были нерешенные задачи. Может быть, выйти через прокурорских?

— Я бы не рисковал. — Глеб покачал головой. — И региональным тоже ничего не говори. Я бы действовал через федералов.

— Слушай, а я сегодня решил переключиться на местных. Может, тут представительство открыть? Проконсультировался по налогам, по кредитным ставкам и по возможному финансированию в случае необходимости.

— Я бы сначала закрыл до конца все вопросы в Женеве, — сказал Глеб, покрутив бокал с янтарной жидкостью.

— Тут ты прав! Я пока нащупываю почву, — согласился Виктор и тут же добавил: — Да что мы все о бизнесе и о бизнесе! С нами тут такие прекрасные ladies...

Я кинула на него острый взгляд.

Он сменил тему после упоминания Женевы. Его явно что-то тревожит.

Похоже, такие мысли пришли только в мою голову. Катя же при упоминании «прекрасных дам» покраснела, застеснялась и попыталась перекинуть ногу на ногу, как Шерон Стоун в «Основном инстинкте». Девушка заманчиво улыбнулась и кокетливо посмотрела на Виктора.

Антон спросил с лукавой ухмылкой:

— Катюш, а каким для тебя был бы идеальный исход сегодняшнего вечера? — ему явно не терпелось использовать Катю по назначению.

Остальные мужчины заулыбались. Они прекрасно понимали, на что тот намекает.

Екатерина не блистала интеллектом. Бедняжка растерялась и не знала, что ответить.

У меня возникло необъяснимое желание спасти Катю, вероятно, из женской солидарности.

Девочка ведь даже не понимает, что происходит.

Я уже придумала подходящий ответ и собиралась его озвучить, протянув тем самым руку помощи наивной жертве обстоятельств, но не успела.

— Анна, а какая у тебя гипотеза насчет Кати?

Что? Это он мне?

Я слегка приподняла бровь и испытующе посмотрела на автора вопроса — Виктора. Мужчина внимательно следил за моей реакцией. Казалось, он мысленно прикидывает разные варианты ответа и делает ставки, что же я скажу.

Сомнений быть не могло: теперь проверяют меня. Желание спасти Катю сменилось азартом.

Сделав глоток из фужера и лучезарно улыбнувшись, я ответила одновременно тому, кто завел разговор — Антону и тому, кто передал мне эстафетную палочку:

— Идеальный исход вечера для Екатерины — это качественный секс в роскошном номере этого отеля и две тысячи фунтов за неудобство при лечении возможных венерических последствий.

От такой прямоты за столом повисла пауза. Я дала сидящим несколько секунд, чтобы переварить информацию, и подумала, что если уж я хотела ей помочь, нужно добавить ложку дегтя:

— Кроме того, завтра утром нужно дать водителю распоряжение купить Кате платье ее любимого бренда, какое она сама захочет, — я ни к кому конкретному не обращалась, но все всё понимали.

И еще чуть подумав и воспользовавшись паузой от неожиданного исхода диалога, добавила:

— И, конечно, самое важное — это создать иллюзию теплых долгосрочных отношений в первых двух фразах после секса. Надеюсь, их озвучивать не надо?

Улыбнувшись и осторожно откинувшись на спинку кресла, я пожинала плоды своего смелого выпада. Все сидящие за столом молчали. Шокированный Глеб смотрел на меня, открыв рот. Антон еле сдерживал ухмылку. Теперь он легко мог предложить Кате перейти к этому плану, ссылаясь на то, что не он его придумал. Виктор одобрительно кивнул, он был доволен. А Катя лишь еще больше покраснела, потому что все сказанное было чистой правдой.

Неловкую паузу нарушил Глеб:

— Ань, а каков для тебя идеальный исход сегодняшнего вечера?

Ни секунды не колеблясь, я ответила:

— Для меня идеально выспаться одной в теплой и мягкой кровати с подушкой и одеялом. Сегодня я просто счастлива, что вообще жива, — воспоминания о вчерашнем утре придали моему голосу самое искреннее выражение. — Я нахожусь в тепле и, более того, сижу с интеллектуальной элитой своей страны в лобби «Клариджес». Поэтому я даже не удивлюсь, если скоро судьба подкинет мне новые испытания. Кто знает, может быть завтра я получу должность в компании, чей основатель возглавляет «Форбс».

Глеб с Виктором заинтересованно переглянулись. Тирада была похожа на ребус.

— А ты считаешь, что достойна этого? — скептически спросил Антон, запоздало мстя за «венерические».

Я медленно, позвонок за позвонком, выпрямила спину, расправила плечи, сложила руки на столе и опасно улыбнулась. Миниатюрную нежную девочку в один миг сменила хищница. Позже я поймаю себя на наблюдении, что такая способность часто встречается у русских людей. Они могут долго терпеть, но при открытой атаке мобилизуются и переходят в нападение.

— Антон, — хладнокровно сказала я, вспоминая эмоции, которые испытывала, когда выдергивала свою сумку из рук вора. — А я никого не спрашиваю. Я просто беру и делаю это своей реальностью.

Произнеся последнее слово, я расслабилась в кресле, откинулась на мягкую спинку и взяла свой бокал. Будто рычаг переключили. Мне больше не нужно было защищаться, а значит, я могла снова стать кроткой женственной голубкой с опущенными глазами.

Почти двадцать лет спустя, когда я стану амбассадором крупной часовой империи, мне негласно дадут прозвище «Алмазы и сталь».

Краем глаза я заметила, что Виктор преисполнился любопытства. Как и Глеб, он с интересом слушал мою речь. В отличие от них, Антон смутился и через десять минут нашел повод ретироваться к барной стойке, прихватив Екатерину. Еще через некоторое время я увидела, как они вместе поднимаются в номер.

Час спустя удалился Глеб. Оказалось, что он улетает ранним утром и пропускает последний день Форума. Глеб сердечно поцеловал мне руку и взял с меня слово, что, когда вернется, мы встретимся, и я непременно расскажу ему, чем закончилось мероприятие.

Соседние столики тоже потихоньку пустели.

В этот раз я чувствовала себя намного спокойнее. Во-первых, я уже выжила прошлой ночью, а значит, смогу сделать это снова. А во-вторых, алкоголь притупил чувство тревоги и добавил нотку легкой безмятежности и надежды, что Вселенная не оставит меня в беде. Сидя там, в ресторане «Клариджеса», впервые за долгое время я чувствовала себя в безопасности.

— На кого учишься? — спросил Виктор, когда мы остались наедине.

Еще в начале вечера он безошибочно определил, что я здесь не в поисках богатого мужчины. А вот из какого теста я сделана — не разгадал. Позже он признается, что ему не хватило деталей, хотя обычно он буквально видит людей насквозь.

Поэтому Виктор стал задавать вопросы. На первый взгляд рядовые, они позволили ему собрать более подробную картину.

Спустя полчаса мужчина вдруг произнес:

— Выкладывай, Аннушка.

Я нахмурилась и села ровнее. Кажется, пришло время поговорить по-настоящему. Виктор ободряюще кивнул и повторил:

— Не бойся. Рассказывай все, как есть.

Его слова меня озадачили. Что он имеет в виду? Чего хочет? Интуитивно я понимала, что это не праздная фраза и не приглашение на сеанс доморощенной психотерапии. Я почувствовала, что этот человек хочет знать обо мне больше и воспримет всерьёз все, что я скажу. Обманывать такое доверие было нельзя. Я должна была сказать правду, без лишних эмоций, но искренне.

В итоге я выложила все, что произошло в моей жизни за последние два дня. Сухие факты. Воспроизвела события, как телеведущая в сводке новостей после фразы «главное к этому часу». Кто бы мог подумать, что нечто подобное станет моей основной профессией всего через несколько лет.

Окончив рассказ, я внимательно взглянула на Виктора. Он был удивлен.

— Что ж... — задумчиво выдохнул он, наконец, сделал глоток виски и уточнил: — А твой муж — он часто пытался сделать нечто подобное?

— Нет-нет! — я даже немного испугалась, что сгустила краски, рассказывая про Алекса. — То есть... Да, были случаи, когда... Но дрель... Такое в первый раз! Он... У него проблемы с алкоголем, и иногда он сам не знает, что творит.

Виктор с задумчивым видом наблюдал за мной.

— Уверена, что готова уйти от него? — помолчав, спросил он. — Навсегда.

Интуитивно я поняла, что это был главный вопрос. На ответ потребовалась секунда.

— Да. Я больше не вернусь к нему. Мы не можем быть вместе.

Говоря эти слова, я действительно верила: так и будет. Вот только дыра, что образовалась в груди, внезапно напомнила о себе. Где-то в районе солнечного сплетения заныло, а следом заболело в области желудка. Я подавила стон. Виктор, кажется, ничего не заметил.

Он как-то странно взглянул на меня и сделал то, чего я никак не ожидала. Встал, сказал: «Всего доброго», — и ушел. Не то чтобы я на что-то рассчитывала, но зачем он вообще спрашивал? Этот разговор не был похож на банальное любопытство.

Нужно дозвониться до кого-нибудь из знакомых. Не возвращаться же под мост!

Минут десять я перебирала номера в телефоне. Слава Богу, батарейка пока позволяла. Увы, поиски не увенчались успехом. Не представляя, куда отправлюсь, я взяла сумочку и вышла из-за стола. Подходя к стеклянным дверям, сжала зубы — на улице снова начался дождь. Не такой сильный, как вчера, но все же. Снова вымокну до нитки. Ноги будут мерзко скользить в чертовых туфлях, а новый костюм превратится в бесформенные тряпки.

Чтоб тебя!

Я уже почти вышла, когда услышала за спиной:

— Мисс, ваш ключ готов.

По инерции я обернулась и с удивлением обнаружила, что сотрудница отеля в строгой синей форме обращалась именно ко мне. Я даже несколько раз оглянулась, чтобы убедиться, что рядом нет никакой другой «мисс».

Сохраняя внешнее спокойствие, подошла к стойке ресепшн. Все еще ничего не понимая, я решила промолчать и позволить ситуации проясниться самой. Иногда эта стратегия была самой выигрышной.

Девушка за стойкой улыбнулась и протянула мне ключ-карту со словами:

— Президентский люкс. Сейчас вас проводят.

Это какая-то ошибка? Или чья-то злая шутка?

Интересно, сколько стоит ночь в этом номере? Точно больше, чем ничего — а именно такую сумму я могла заплатить. Я сама не поняла, почему пошла вслед за портье по мраморному полу. Мы поднялись на самый верхний этаж, прошли через бронзовые двери и оказались в просторной гостиной, которая была в два раза больше, чем вся квартира в Гибсон-Гарденс, в которой еще два дня назад я жила вместе с мужем.

Трехкомнатный номер с интерьером в светлых тонах дышал спокойной роскошью. Мрамор и декоративная штукатурка сочетались с дорогими тканями и деревом. Мягкие подушки на пухлых белых диванах, лампы в стиле тридцатых годов на дубовых комодах, бархатистые кресла и фарфоровые люстры — все было первоклассным. В огромных окнах я видела ночной Лондон, подсвеченный мириадами огней.

Я даже не заметила, что все это время мой рот был открыт от удивления, а пальцы так сильно сжаты, что костяшки побелели.

— Вот, это тоже вам. Просили передать.

Я обернулась, взяла из рук портье запечатанный конверт, заикаясь, поблагодарила его и закрыла за ним дверь.

Воцарилась тишина. С улицы был слышен еле уловимый гул проезжающих машин.

Ничего не понимаю!

Покрутив в руках конверт без опознавательных знаков, я вскрыла его и уже приготовилась прочитать про удачный розыгрыш, но обнаружила лишь крохотный листочек с четырьмя цифрами: 6487 — написанными от руки. У меня не было ни одной идеи, что они могли бы значить. Я убрала записку обратно в конверт, положила его в карман и отправилась осматривать номер.

Если это сон, нужно успеть им насладиться!

Никак не получалось отделаться от мысли, что я вот-вот очнусь и окажусь замерзающей под мостом. Я аккуратно скинула туфли и настороженно замерла. Номер остался на месте.

Босые ноги утонули в пушистом ковре, когда я вошла в спальню, такую же светлую, как гостиная. Посреди комнаты стояла огромная кровать, на которой вполне могли уместиться человек шесть. При виде этого роскошного ложа я чуть не взвизгнула. Спина все еще отлично помнила твердость бетона.

До сих пор не понимая, что происходит, я с опаской опустилась на идеально натянутое покрывало с изящной серебряной вышивкой.

Очень хотелось поверить, что это мой ангел-хранитель соизволил наконец-то обратить внимание на свою подопечную.

Чудо, не иначе!

Внезапно я почувствовала, что от меня воняет. Это было неудивительно. Странно, что я не заметила этого раньше. Решив обязательно со всем разобраться завтра, я начала раздеваться.

Срочно мыться! С пеной, солью, и что там еще у них есть. Лепестки роз? Годится!

Открыв зеркальный шкаф, чтобы повесить костюм, я кроме вешалок обнаружила еще и встроенный железный сейф.

На зеленом экране в ожидании ввода нужных цифр мигала черточка. Точно! Я порылась в кармане пиджака, выудила листочек, набрала нужные цифры и, затаив дыхание, провернула круглую ручку.

Замок щелкнул. Тяжелая дверца лениво распахнулась.

На дне сейфа лежало сто тысяч долларов.

ГЛАВА 9
Просто сделай шаг

Лондон, 2001 г. Два года назад

Я обожала лондонские автобусы. Те самые, красные, двухэтажные, похожие на игрушечные, которые обязательно показывают в любом фильме, если главный герой пусть даже на пять минут оказывается в Лондоне.

Мне нравилось ездить на втором этаже. Особенно ближе к ночи, когда Лондон превращался в мистическую картинку. Жадная до впечатлений, я с наслаждением рассматривала оживленные улицы, освещенные фасады старинных зданий и английскую архитектуру, которую ни с чем не перепутать.

Оксфорд-стрит. Наверное, самая популярная улица в британской столице.

Мы с Алексом шли, держась за руки, и изучали пестрящие красками соблазнительные витрины бутиков.

Я ощущала себя частью этого фешенебельного мира и была уверена, что однажды стану незаменимой единицей светской культуры Англии. Правда, учитывая тот факт, что пару дней подряд мы ели пустой рис из-за нехватки денег, трудно было представить путь, который привел бы меня к роскошной жизни. Но я все равно нисколько в себе не сомневалась.

Мы с Алексом не спеша двигались вдоль глянцевых фасадов, и мир моды, не стыдясь своего излишества, смотрел на нас стеклянными глазами роскошных витрин. Мы и сами выглядели, как пара из романтического фильма: я в легкой приталенной курточке, Алекс в черном стильном пальто и, как всегда, с растрепанными волосами.

Мимо спешили люди. Гудя, проезжали автомобили. Курсировали автобусы. Один из них, отсвечивая красным боком, вывернул совсем рядом.

Вдруг Алекс схватил меня за руку и крикнул:

— Проедемся?!

Автобус двигался, у него не было остановки в этом месте. Красная двухэтажная громадина как ехала, так и ехала. Не быстро, но все же.

— Алекс, как? — у меня вырвался нервный смешок.

— Просто сделай шаг побольше! — сообщил Алекс как нечто очевидное.

Тогда в автобусах на первом этаже не было дверей, лишь ступенька и поручень.

— Просто... — я не успела договорить.

Алекс ускорился, в три шага догнал автобус и запрыгнул на край платформы, схватившись за поручень.

У меня захватило дух, настолько Алекс был прекрасен в тот момент. Непослушные волосы развевались на ветру, когда он на миг взмыл в воздух. Пальто нараспашку черными крыльями открылось за его спиной. Это было так легко и естественно. Алекс будто был неподвластен законам гравитации. Еще бы, какие могут быть законы, когда ты так преступно красив. Мне почудилось, будто еще мгновение, и мой любимый воспарит над землей, но он грациозно приземлился на ступеньку автобуса!

— Давай, Анджики! — он улыбнулся и протянул руку.

Я сама не заметила, как ускорилась и потянулась к Алексу.

— Сделай шаг! — рассмеялся он. Я готова была поклясться, что в жизни не видела ничего прекрасней этой картины: красный автобус, в дверях которого стоял самый восхитительный мужчина на всем белом свете. И протягивал мне руку.

Шаг — и я оторвалась от земли. Дыхание перехватило. Из легких будто вышел весь воздух, а новый так и не поступил. Уже через мгновение мою талию мягко обхватила рука Алекса. Носочек туфли плавно опустился на платформу покачивающегося автобуса. Я благополучно приземлилась в объятия любимого. Алекс притянул меня к себе и поцеловал. Поцеловал так, что сердце попросило не поминать лихом.

Это был хороший день.

Лондон, 2003 г. Два года спустя

Утро началось с телефонного звонка. Спросонья я не сразу поняла, что звонили из кадрового агентства, в котором я стояла на учете для поиска работы.

— Появилась информация, что представители «Джетсейлс» на днях прилетели в Лондон, — сказала девушка на английском. — Удобно вам будет подойти на собеседование сегодня в пять?

Насколько я помнила, «Джетсейлс» — компания известного американского миллиардера Арона Глаффита, входившего в первую десятку рейтинга «Форбс». Их профиль — продажа частных самолетов.

— Да, конечно! В пять буду в офисе. Спасибо! — я быстро соображала. С Форума можно уйти пораньше.

Кровать в номере была шикарная, обстановка уютная, но я все равно не выспалась. Тревожность не покидала меня всю ночь. Где-то в глубине сознания сидела мысль, что кто-то вот-вот ворвется в номер и попросит меня уйти. Казалось, все это было лишь ошибкой, которую работники отеля непременно обнаружат. И поднимутся сообщить, что я должна заплатить за президентский люкс или покинуть его без промедления. Поэтому сон был беспокойный, рваный и поверхностный, не приносящий сил.

Поднявшись утром, я первым делом проверила, не приснились ли мне деньги в сейфе. Они все еще были там.

После утреннего душа ничего не изменилось. Никто не пришел меня прогонять, и я решилась заказать завтрак. Подали нежный омлет, хрустящие брускетты с творожным сыром и английский черный чай.

Закончив трапезу, я пришла к выводу, что никакой ошибки не было. И теперь я знала, что нужно сделать до начала последнего дня Форума. Я открыла сейф, вынула несколько купюр и выбежала из номера.

К слову, на стойке ресепшн мне сообщили, что президентский люкс полностью оплачен на две недели вперед, и на номер открыт депозит.

Может, поужинать черной икрой?

Впрочем, на дворе было еще только утро, и у меня были другие планы.

Двери флагманского бутика «Карен Миллен» открылись, и из них выпорхнула рыжеволосая девушка с аккуратной укладкой и новой белой сумочкой из натуральной кожи. На ней был роскошный розовый костюм в стиле Шанель с обтягивающей блузкой с корсетом, а на миниатюрных ножках красовались перламутровые лодочки, удобные для обильной ходьбы.

Если бы я была героиней романа про путь к успеху, то именно так меня бы мог описать автор. В реальной жизни все было гораздо проще: я наконец-то купила себе костюм, глядя на который не приходилось себя убеждать, что молодость ничем не испортишь.

Впрочем, своему предыдущему наряду я была бесконечно благодарна. Перед Форумом я забежала во вчерашний магазин, нашла Айлу и возместила ей все, что обещала: полную стоимость черного костюма и еще столько же сверху — за веру в меня. По глазам девушки я поняла, что та и не рассчитывала на такой исход. Ее улыбка была поистине восторженной, а в глазах застыли слезы искренней радости.

Когда же я вошла в главный зал «Элизабет-холла», мне показалось, что все одновременно повернулись в мою сторону. Я знала, что выгляжу великолепно — без ложной скромности. Это было прекрасное ощущение!

Кто бы что ни говорил, встречают по одежке.

По одежде здесь не только встречали, но и выбирали тон общения. И хоть я умела бороться со стереотипами, все же разница была очевидна. Как будто до этого в моем теле на Форум приходил один человек, а теперь — совершенно другой.

В первые дни я сама была инициатором большинства знакомств. И мне всякий раз приходилось доказывать, что я достойна внимания. Сегодня же я просто попивала кофе, задумчиво рассматривая гобелены. Не проходило и двух минут, как рядом появлялся мужчина, представляющий какую-нибудь компанию.

Даже Питер Авен удостоил меня своим вниманием. Находясь в окружении множества людей, он не мог подойти, но, поймав мой взгляд, дружелюбно улыбнулся и отсалютовал своей чашкой. Я ответила тем же.

Время клонилось к вечеру. До собеседования оставалось всего ничего, и я собралась уходить.

Пухлую стопку визиток я связала резинкой и убрала в сумочку. Бросила последний взгляд на зал и тут заметила человека, с которым мне так и не удалось познакомиться.

Он стоял неподалеку и выбирал круассан. Увидев его еще в первый день Форума, я удивилась, насколько он рыжий. Сейчас он стоял один и, казалось, не был расположен с кем-то говорить. Вероятно, поэтому его впервые не окружала толпа людей.

Я подошла к фуршетному столу и принялась выбирать. Нас разделяло полметра.

Иногда нужно почувствовать энергетику человека, оказаться в его поле, чтобы понять, что ему сказать. Постояв рядом секунд тридцать, я взяла такой же круассан, как у него, улыбнулась и произнесла:

— Я не могу поверить, что выбираю булочку рядом с человеком, который придумал приватизацию!

Мои дедушка с бабушкой, как и многие другие, не жаловали эту реформу, считая ее причиной постигшей их бедности. Очевидно, что изменения, которые в 1992 году призваны были спасти пошатнувшуюся экономику, в итоге привели к неравномерному распределению ресурсов, образованию олигархии и госперевороту. Однако спорить с тем, что ваучерная приватизация являлась историческим событием, было бы неверно. И прямо сейчас передо мной стоял человек, бывший главным идеологом той легендарной реформы. Уже не говоря о его деятельности в целом во время работы в Администрации Президента бок о бок с Ельциным.

— Вы часть большой истории большой страны, вы же сами осознаете это?! — серьезно добавила я.

Мужчина заметно расслабился, посмотрел мне в глаза и задумался:

— Возможно… Я благодарю.

Мы перекинулись еще парой фраз, и мне нужно было бежать.

Выходя в тот вечер из «Элизабет-холла», я и подумать не могла, что через каких-то шесть лет снова встречусь и с Питером Авеном, и с этим человеком. Только уже в совершенно других обстоятельствах.

До офиса «Джетсейлс» я добралась быстро. Не успела перевести дух, как меня уже пригласили в кабинет.

За столом сидели двое мужчин. Они оказались не просто представителями «Джетсейлс», а вице-президентами компании.

— Присаживайтесь, — сказал один из них, на бейдже которого значилось: «Матс Андер».

Я послушно опустилась на стул, думая, что сейчас меня попросят рассказать о себе. Приготовилась начать с образования… Но пауза затянулась.

Матс долго смотрел на меня и неожиданно сказал:

— Видел вас на Форуме. Как сходили?

В этот момент у меня в голове как будто сошелся пазл. Я вдруг поняла, для чего мне были нужны все эти визитки. Которые я не только собрала, но и отбила у грабителя буквально с риском для жизни.

Меня захватил азарт. Не говоря ни слова, я пристально посмотрела Матсу в глаза. Он улыбался с видом явного превосходства. Тогда я, не отводя взгляд от него, взяла свою сумочку, раскрыла ее и перевернула над столом.

Содержимое посыпалось во все стороны. Паспорт, деньги, телефон, помада...

Слава Богу, сегодня без бутербродов!

Резинка, стягивавшая пухлую пачку визиток, лопнула, и картонные прямоугольники разлетелись по столу. Перед Матсом оказалась карточка моего последнего собеседника. Он взял ее и внимательно рассмотрел.

— Какого... — начал его коллега, но Матс поднял руку, останавливая. За все это время ни он, ни я не проронили ни слова.

Он неторопливо собрал рассыпавшиеся визитки в аккуратную стопку. Потом все так же молча полез во внутренний карман и выудил пачку визиток, которые, как и я, получил за время Форума. Положив ее рядом для сравнения, Матс удовлетворенно кивнул. Мои трофеи в три раза превосходили добычу потенциального работодателя, и я догадывалась, что визитки, венчающей мою стопку, в его коллекции не было.

— Что и требовалось доказать, — улыбнулся Матс, поднялся и протянул руку. — Добро пожаловать на борт!

Вероятно, это было самое короткое успешное собеседование за всю историю компании. Потому что я не произнесла ни слова!

ГЛАВА 10
Самый меткий лучник в дружине

Лондон, 2003 г.

Через турникет третьего входа прошел молодой стильно одетый мужчина. Он сверился со своим билетом — место в пятом ряду — и поднялся на нужный уровень. Со стороны могло показаться, что это обычный болельщик, который пришел посмотреть футбол. Хотя, если присмотреться, можно было заметить, как его глаза быстро скользят по лицам людей, — будто сканируют. Проходя между рядами к своему креслу, мужчина ни на ком не задерживал взгляд дольше пары секунд. И все же он видел каждого. Как будто фотографировал взглядом и складывал кадры во внутреннюю картотеку.

Мужчину звали Кирилл. Он прилетел в Лондон несколько недель назад. На вид ему было лет двадцать пять. Высокий, накаченный, явный завсегдатай тренажерных залов. Голубоглазый блондин, он был из тех, кому вслед томно вздыхают девушки.

Добравшись до своего места, Кирилл устроился поудобнее, насколько это было возможно на пластиковых стульях, и посмотрел на часы. Посторонний решил бы, что перед ним обычный человек, который, как и все, ожидает начала игры. Кирилл без интереса блуждал взглядом по западной трибуне. Так было лишь на первый взгляд.

На самом деле он со скукой во взгляде осматривал самые дорогие места домашнего стадиона английского клуба «Челси». Пятый ряд он выбрал не случайно — отсюда лучше всего просматривались вип-ложи.

Кирилл узнал людей, чьи фамилии периодически мелькали в списке «Форбс». Увидел Абрамовича, долго следил за ним, прикидывая, какие вопросы он может сейчас решать. Были среди зрителей в вип-ложе и незнакомые лица. Кирилл внимательно рассмотрел их и запомнил, чтобы позже поискать в новостных лентах финансовой прессы.

А это кто? К своему удивлению, среди серьезных статусных мужчин он обнаружил рыжую девчонку лет восемнадцати в светлом деловом костюме.

Девушка активно участвовала в разговорах, а собеседники — топ-менеджеры, политики и бизнесмены — внимательно слушали, время от времени кивая, с чем-то соглашаясь.

Стадион загудел, как разбуженный улей, когда всеми любимая команда показалась из темного туннеля. Игра началась.

Кирилл недолго следил за ходом игры. Вскоре он снова перевел взгляд на западную трибуну. Мужчины продолжали переговоры, периодически поглядывая на поле, а рыжая девушка сидела в кресле и с восхищением наблюдала за мячом. Будто впервые в жизни оказалась на футболе.

Брови Кирилла подпрыгнули вверх. Кто это? Чья-то жена, любовница, дочь или секретарша? Ни один из этих вариантов не бился с сухой логикой. Слишком молодая, чтобы быть чьей-то женой, и слишком взрослая, чтобы оказаться дочерью. Девушка была сдержанно одета и, насколько Кириллу было видно с его места, даже не накрасилась. Для любовницы она вела себя как-то по-детски восторженно. И слишком свободно вступала в разговоры, явно ощущая себя ровней, чтобы счесть ее секретаршей.

Кирилл едва не встал с места, чтобы лучше рассмотреть черты лица, фигуру, взгляд загадочной девицы. Что в ней было особенного? Мужчина и сам пока не мог сказать, но отчетливо понимал, что с ней не все так просто. Он пообещал себе, что непременно выяснит, кто эта девушка, как оказалась в вип-ложе и о чем могла беседовать со «сливками» общества.

«Челси» выиграли один — ноль. Борьба была нешуточная, а гол — поистине потрясающий. Кирилл — вероятно, единственный человек на всем стадионе — пропустил его. Он запомнил, кто кому пожал руку или слегка улыбнулся, намертво запечатлел в памяти рыжие локоны и одним из первых покинул стадион «Стэмфорд-бридж».

Лондон, 2003 г., на следующий день после матча

Кирилл влетел в кабинет начальника, едва постучав, и выложил все, что успел увидеть во время матча.

— Эту девчонку нужно взять в разработку, — заключил он.

— Какая еще девчонка, Кирилл? — начальник, Сергей Михайлович, устало потер переносицу. — Я понимаю твое желание показать себя. Может, тебе стоит заняться насущными делами? А не футбол смотреть... Все тебе неймется!

— Но я...

— Я тебе конкретное задание дал, оно выполнено?

— Почти, я пока собираю детали, и...

Сергей Михайлович заткнул подопечного взглядом.

Кирилл встал ему поперек горла сразу, как приехал. Этот юнец вообще не должен был попасть на службу. Таких в разведку не берут. Слишком много пыла, слишком сильно хочет доказать, что достоин. Мнит себя секретным агентом. Обычно такие и прокалываются: излишние инициатива и энтузиазм мешают замечать важнейшие детали. Хороший оперативник — тот, кто умеет выжидать годами, а этот работает крайне неаккуратно. Словом, не наш человек.

Тем не менее, после месяцев изнурительных проверок парень был принят в ряды доблестной разведки.

— Разрешите все же проявить инициативу? — не унимался Кирилл. — Я чую, эта девчонка может быть полезна!

— Чуешь? — прищурился Сергей Михайлович. — Это каким таким местом, позволь спросить? И почему это твое «чую» для тебя важнее приказа старшего по званию?

— Понимаете, — Кирилл немного смутился, но старался этого не показывать, — мне кажется, эта девушка — не просто рядовая фигура во всей этой компании. Не секретарша или чья-то любовница. Она может быть...

— Она может быть кем угодно. Подругой жены, родственницей или английской королевой. Все это — твои догадки. А как оно на самом деле... О, есть идея! Дай-ка, я тебе расскажу на одном примере. Историческом, так сказать, как раз для таких умников, как ты. Только лови суть.

Кирилл хотел было возразить, но Сергей Михайлович снова посмотрел так, что молодой сотрудник предпочел не открывать рот.

— Жил-был князь, — начал Сергей Михайлович тоном учителя, растолковывающего нерадивому ученику элементарную истину. — И был у того князя стрелец — что-то типа телохранителя, выражаясь современным языком. Самый меткий лучник в дружине.

Как-то поехал князь в лес. Смотрит — на деревьях мишени вырезаны. Как в тире, круглые. И у каждой в самом центре по стреле торчит. Князь велел сыскать того, кто эти мишени наструтал. Ведь такой лучник — просто подарок! Хана, как говорится, зверью краснокнижному во всей округе.

На следующий день притащили ко двору пацана. Тощий, белобрысый, как ты, кстати, ну чисто Иванушка-дурачок.

Ты? Спрашивают. Я! Говорит.

А как же, удивляется князь, тебе, паразит, удается все мишени поразить?

Ой, смеется Иванушка, да это ж легко. Я сначала в дерево стрелу пускаю, а потом вокруг нее мишень вырезаю!

— Понимаешь, к чему я клоню? — Сергей Михайлович сменил тон. Почти неуловимо, но Кирилл знал — разговоры и уговоры закончились. Начальник по-настоящему сердит, и спорить дальше — плохая идея.

— Понял, — вздохнул он. — Все не то, чем кажется на первый взгляд. И эта девушка, возможно, тоже. А я Иванушка...

— Вот именно, — кивнул Сергей Михайлович. — Не трать время на ерунду. Занимайся тем, что я тебе поручил. Жду рапорт.

— Есть, — чуть громче, чем следовало, отчеканил Кирилл. — Разрешите идти?

— Иди уже, — вздохнул начальник. — Джеймс Бонд недоделанный.

Кирилл вышел из кабинета в смятении. Было неприятно, что Сергей Михайлович не принял его всерьез и отчитал, как мальчишку. Сказочку ему рассказал, только что в угол не поставил. Зудело от несправедливости: не подчиниться приказу было нельзя, но ведь он чувствовал, знал, что эта девчонка — перспективный вариант! Или нет? Опыт старшего товарища против интуиции...

«Никто не запрещал мне знакомиться с девушками в свободное от работы время», — решил он наконец.

Кирилл пообещал себе непременно найти рыжую девчонку и узнать, кто был прав. В глубине души он не сомневался: интуиция его не подводит.

ГЛАВА 11
Вот ты какое, блаженство

Москва, январь 2002 г., за год до Форума

Я уже несколько минут смотрела на поисковый запрос в истории браузера.

«Симптомы алкоголизма». Несколько просмотренных вкладок.

Алекса не было дома — вероятно, пошел за пивом, — но это было последнее, что он искал в Интернете.

Вернувшись полчаса назад из университета, я хотела быстро закончить доклад, но теперь, как завороженная, уставилась в монитор компьютера. Что-то темное и тяжелое нависло над моей головой. Как будто я попала под пресс собственных мыслей.

Значит, он тоже понимает, что с ним что-то не так.

Временами мне казалось, что я выдумала проблему. На самом деле с Алексом все нормально, а мне в голову просто лезет всякая чушь.

Это паранойя. Может, к специалисту обратиться?

Но, как оказалось, у моей тревоги была реальная причина. С одной стороны, я даже испытала облегчение: дело не в том, что я сошла с ума. Но с другой… Пока эти догадки были лишь в моей голове, казалось, что все это не на самом деле, и никакой опасности нет. Теперь же пришлось посмотреть в глаза неприглядной правде.

Алекс действительно был зависим, и знал об этом. С каждой неделей его состояние ухудшалось.

А на завтра у нас была назначена роспись в ЗАГСе.

Дверной замок щелкнул. Я быстро свернула браузер и вышла в коридор.

Алекс открыл дверь и, увидев меня, расплылся в улыбке. По его глазам было ясно, что баночка «Балтики-9» в его руках уже не первая за сегодня.

И как он, не зная ни слова по-русски, умудрился выяснить, какое пиво самое крепкое?

— Привет! Ты рано сегодня, — Алекс поцеловал меня и прошел в квартиру.

Ярко выраженный запах спиртного шлейфом тянулся за ним. Я поморщилась, стараясь не выдавать своей неприязни к этому факту.

— Хочешь мои фирменные? — как ни в чем не бывало спросил Алекс. Он говорил про горячие бутерброды.

— Давай, — я поймала себя на том, что нервно улыбаюсь. Глаза Алекса выдавали, что он не просто слегка «подшофе», а уже почти «в дрова».

Алекс ушел на кухню, и я тут же услышала характерное «пш-ш-ш» очередной открываемой пивной банки. Сделав усилие, чтобы на лице не отражались мысли, я зашла следом и села на кухонный диванчик.

Попивая пиво, Алекс достал два куска хлеба, на каждый положил лист салата, ломтик поджаренного бекона, кружок помидора и тертый сыр. Собрав из половинок сэндвич, он отправил свое творение в микроволновку. Через минуту та вернула его горячим. Алекс разрезал бутерброд, как принято в Англии, на два треугольника и отдал один мне.

Все это время я смотрела на будущего супруга и думала, стоит ли поговорить о том, что обнаружила десятью минутами ранее.

— Жду не дождусь завтрашнего дня, — произнес Алекс, жуя бутерброд.

Он смотрел на меня с обожанием. Я улыбнулась и решила, что разговор про алкоголизм подождет. Незачем ругаться накануне важного дня.

Алекс приехал в Москву ради меня. Так я могла спокойно продолжать учебу. А срок действия документов, которые он приготовил в сентябре, заканчивался.

Мы жили в трехкомнатной квартире моих родителей — они с сестрой уже долгое время находились за границей. Это позволяло не думать о найме жилья, который мы бы и не потянули. Наши доходы складывались из сотни долларов, которые я получала с аренды папиного гаража и моей небольшой университетской стипендии за отличную успеваемость. Алекс приносил в дом только «Балтику-9».

Может, стоит поискать ему подработку. Хотя бы пока я учусь. Будет полегче, да и времени на пиво меньше останется.

План казался неплохим, но только на первый взгляд. Я отчетливо понимала, что реализовать его не выйдет: Алекс не знал русского языка. Ему даже передвигаться по городу было тяжело, не то что работать. Так что Алекс продолжал сидеть дома. Он сочинял музыку, играл на гитаре и пил.

Денег едва хватало. В основном мы ели рис, картошку или гречку. Редко видели мясо или позволяли себе сходить в клуб — как правило, по приглашению.

Я чувствовала, какую жертву мой любимый ежедневно приносит ради меня. Это осознание пудовой гирей висело на шее. Каждый день я ощущала вину за страдания близкого человека, который по моей милости находился вдали от своего города, культуры, семьи и друзей.

Он бросил все ради меня! Уехал из Англии, где у него так или иначе была налажена жизнь.

Алекс, хоть и временно, но все же поселился в чужом, нелогичном и местами враждебном для него мире. Это и восхищало, и расстраивало.

Ради любви он уехал из привычного мягкого климата. У него не было теплых вещей, он постоянно болел и ужасно себя чувствовал. За это я тоже ощущала вину и, как заботливая мамочка, кружилась вокруг любимого с пледом и поила его чаем с малиновым вареньем в надежде на скорое выздоровление. Чуть поправившись, Алекс заболевал снова.

Он ведь поэтому и пьет. Ему здесь сложно! Как только мы вернемся в Англию, все изменится.

Тогда я искренне в это верила. Я не сомневалась: как только шасси самолета коснутся британской земли, ко мне вернется прежний Алекс. И вот тогда мы заживем по-настоящему. Все у нас будет.

А пока — как есть.

До вечера я занималась рефератом. За это время Алекс еще раз сходил за пивом. Потом мы поужинали рисом, окрашенным в желтый цвет куриным кубиком, и отправились в клуб по случаю завтрашней росписи.

Мы встретились с единственным англоговорящим другом Сергеем в одном из московских клубов «Цеппелин».

Сергей не так давно приехал из Сан-Франциско после развода с женой, с которой прожил десять лет. Он окончил Стэнфорд, и в США у него была успешная карьера в IT-сфере, но развод подкосил его. Он не смог справиться с одиночеством и решил искать новые горизонты на исторической Родине. По крайней мере, так он говорил.

В Москве он первым делом купил пентхаус, что выходило далеко за общепринятые рамки. В России еще сильны были отголоски девяностых годов: люди не успели привыкнуть к роскоши, только начинали познавать, что это такое. Покупка двухэтажного пентхауса была по-настоящему эпатажным поступком.

Сергей же не ограничился неприлично роскошной квартирой. Он с головой нырнул в мир бесконечных тусовок, клубов, женщин и алкоголя. Собственно, на одной из тусовок в клубе мы и познакомились.

Миллионы москвичей даже не подозревали, что в «Цеппелине», «Шамболе», «Мосте», «Гараже», «Миксе» зарождалась новая, совершенно иная жизнь. Почти сказочная.

Если бы Алиса из Страны Чудес попала в Москву нулевых, она бы открыла дверь в «Цеппелин». Дверь, скрытая на задворках Олимпийского проспекта, казалась неприступной. В клуб пускали только богему и просто красивых людей. Деньги не имели значения. Face control работал на славу. Парни, стоявшие на входе, считали эту миссию смыслом жизни. Неприметные и незначительные днем, ночью они становились вершителями судеб. К счастью для нас, британцы были в фаворе, особенно такие стильные красавцы как Алекс.

Люди, допущенные в клуб, как будто обретали свою реальную — ночную — жизнь. Богема нулевых годов заполняла пустоту внутри себя драйвовыми движениями и неутомимым желанием забыться. И все же, даже самая шумная тусовка не могла заглушить смятение, которое таилось в сердцах людей. Клуб, словно персонаж собственной таинственной истории, не разочаровывал гостей. Наоборот, очаровывал, завлекая в сети. Он предлагал видимость радости и развлечения, но в его глубинах скрывалась непостижимая трагедия — пустота, которая поглощала каждую душу, попавшую сюда. Световые мерцания и веселые звуки лишь заглушали глубокое одиночество, которое скрывалось внутри каждого тусовщика. Пустота, безмолвно стервозная и неизменная, танцевала посреди танцпола, переходила то к одному, то к другому, напоминая людям, что веселье и радость здесь только для того, чтобы обнажить самые темные уголки человеческой души.

Стеклянная дверь отделяла танцпол от зоны чилл-аута, окруженной полосатыми диванами. Каждую ночь здесь разворачивалось удивительное зрелище. В ночном клубе горящие огни превращали танцпол в мерцающий огненный остров. Москвичи, проникшие в тайное эксклюзивное заведение для избранных, отрывались от реальности под звуки басов. Диджей Spider замедлял ритм, затем набирал обороты, качая зал.

Заиграл трек «Miura» от Metro Area. Это моментально перенесло меня в момент, который произошел со мной и Алексом в клубе «13» на Мясницкой в сентябре. Тогда Алекс впервые приехал в Москву.

Москва, клуб «13», полугодом раньше

Ритм города не смолкал ни на секунду. Один клуб сменял другой. Вызов был во всём: в тематических костюмах — никто не умеет наряжаться так, как умеет это делать московская богема, — в декорациях, которые менялись от мистических и неоновых до винтажных и откровенно порнографических.

Вход в клуб «13» на Мясницкой улице вёл в классический особняк. Мраморная лестница и улыбка Моны Лизы на огромной картине. При входе на первом этаже возвышалась золотая клетка, внутри которой легко и свободно двигалась танцовщица, словно волшебная птица в зазеркалье. Её тело изгибалось в грациозных позах, гармонично вписываясь в ритмы музыки. Рядом встречали карлики, одетые в средневековые одежды.

Происходящее казалось нереальным, особенно если вспомнить, что за дверью ждали серые будни города. По улицам в поздний час ходили старушки, собирающие бутылки, почтальоны, уже вышедшие на смену, какие-то другие случайные прохожие. И все они даже не подозревали, что самые красивые тела города пробуждают древнюю магию всего в нескольких метрах от их унылой повседневности.

Девушки-танцовщицы, как и парни на face control, считали свою работу призванием. Они не просто двигались, услаждая взоры гостей, а задавали планку клубной жизни во всём мире. О них ходили легенды, и, казалось, они приходили в клуб не ради денег, а чтобы служить красоте и свободе.

Last night the DJ saved my life...

На престижной клубной вечеринке в Москве зазвучал микс от диджея Spider. Мы видели гостей клуба под яркими мигающими лазерными лучами, создающими эффект замедления и роботизации. Парни за барной стойкой сбивались с ног, обслуживая заказы на крепкие напитки. Индустрия работала на полную катушку.

Люди двигались в такт, смешиваясь в один мощный поток страсти, похоти и секса. Каждый чувствовал единение. С миром. С танцующими рядом. С музыкой.

Вокруг царило возбуждение и наслаждение.

Мы с Алексом стали частью этого мира, когда вышли на танцпол. Толпа людей в экстазе окружила нас. Музыка била в ушах с необыкновенной силой, и мы растворялись в происходящем. Темп нарастал, пронизывая тела энергией секса и блаженства.

Все вокруг курили, пили и танцевали. Каждый жил здесь и сейчас. Никто не вспоминал вчерашний день и не планировал завтрашний. Время осталось за дверью.

В какой-то момент мы с Алексом остановились. Просто встали как вкопанные посередине танцпола и молча, не отрываясь, смотрели на друг друга. Алекс нежно провел рукой по моей щеке. Приблизил свое лицо к моему, страстно поцеловал и сказал: «Анья, я люблю тебя».

Сказал так, как будто я была всем смыслом его существования. Как будто я была вершиной этого удовольствия и центром Вселенной. Во время поцелуя моя голова закружилась, как будто мир начал вертеться вокруг нас.

Вот ты какое, блаженство...

Мы не замечали никого вокруг. Мир сжался до размера глаз человека напротив.

Смысл жизни — это любовь.

В этом мы не сомневались.

ГЛАВА 12

Свадьба, которой не было

Москва, клуб «Цеппелин», январь 2002 г.

Алекс пропал.

Я отошла в туалет, а Сергей отправился к бару, чтобы обновить напитки. Когда мы вернулись к столику, Алекса там не было. Меня охватила тревога.

Что-то случилось!

Сергей отправился проверять мужской туалет, я же пошла по залу, вглядываясь в лица людей. Их было так много! Найти кого-то в этом хаосе казалось невыполнимой задачей.

Музыка оглушала, вспышки стробоскопов ослепляли. Я понимала, что ищу иголку в стоге сена, но не готова была отступить. Мы с Сергеем обшарили каждый уголок заведения, даже вышли на улицу — вдруг Алекс решил покурить или освежиться, — но его нигде не было.

Беспокойство нарастало. Сергей пытался успокоить меня, но я видела: он и сам заметно нервничал. Сергей уже успел довольно близко узнать привычки своего нового британского друга, поэтому рассматривал худшие варианты.

Мы искали Алекса уже целый час. Я решила обратиться к управляющему клуба, когда кто-то вдруг коснулся моего плеча.

— Эй, это не ваш друг там? — спросил высокий блондин в зеленой рубашке.

— Где? — меня охватило нехорошее предчувствие.

Блондин провел нас с Сергеем в вип-ложу, и там мы наконец-то нашли «любезного» — вдрызг пьяного. Рядом с моим практически отключившимся возлюбленным сидел Богдан Титомир. Я так волновалась, что даже не обратила внимание на звезду из своего детства.

Алекс был не в себе, его глаза не могли сфокусироваться на одном объекте дольше трех секунд. Сидеть или стоять, а тем более идти он тоже не мог. Сергей тащил его на себе, пока я ловила такси.

К тому времени, как мы доволокли Алекса до квартиры, я сама полностью протрезвела.

Ни в тот момент, ни после Алекс не смог объяснить, как он оказался в отдельной вип-ложе, что он там делал, и кто его туда пригласил. Он был мертвецки пьян, вопросы летели мимо его сознания, а наутро он просто ничего не мог вспомнить.

Кое-как уложив его в кровать, я долго сидела в темноте и смотрела на спящего жениха. Сил переодеться или хотя бы снять обувь не было. Я примостилась на краю постели как была, в платье и ботильонах.

Как я буду жить с этим дальше?

Я не знала, что делать. Все мое существо наполняла гнетущая беспомощность. Не так я себе представляла взрослую жизнь. Совсем не так.

Москва, январь 2002 г.

Родители уехали, да они бы и не поняли, что меня терзало. Подруги и друзья отдалились. Или это я отдалилась от них — все свободное время я проводила с Алексом. Он был моим миром. И теперь это пугало до ужаса.

Может не стоит связывать свою жизнь с этим человеком?

Эта мысль казалась такой страшной!

Я не заметила, как задремала. И проснулась ровно за час до регистрации в ЗАГСе.

— Вот черт! — я вскочила и побежала в ванную.

Наскоро умылась, встряхнула волосы и собрала их в пучок, чтобы хотя бы фату прицепить. Надела белое трикотажное платье — то самое, в котором была в день нашей первой встречи. Мне хватило пяти минут. Я уже хотела тормошить Алекса, как вдруг остановилась.

Если поднять его сейчас, мы как раз успеем. Даже останется время похмелиться пивком перед регистрацией.

От этой мысли в комнате стало темнее.

Прошло пару минут, а я так и стояла у края кровати в белом платье, с фатой в руке и смотрела на лежащего передо мной человека, от которого разило перегаром. Даже сейчас мы все еще успевали...

Ни одной эмоции не было в душе, когда я развернулась и вышла из спальни. Сняла платье, убрала в шкаф. Не проронив ни слезинки, аккуратно сложила в мешочек и спрятала в глубине выдвижного ящика фату, распустила волосы, попила воды и легла в кровать рядом с Алексом.

Уснула я раньше, чем успела закрыть глаза.

Алекс вспомнил о пропущенном походе в ЗАГС через шесть дней.

Через 2 месяца мы все-таки поженились, очень романтично — вдвоем. Единственный, кто присутствовал на свадьбе, был наш фотограф. Мы долго не говорили об этом даже родителям. А я лишь написала короткое письмо, переезжая в Лондон. Мол, мам, пап, я вышла замуж и уезжаю в другую страну.

Лондон, 2003 г.

— Поднимаю этот бокал за нашего бравого ассистента! — Матс пытался перекричать грохочущую музыку и улыбался мне.

Мы были в Nobu — модном лондонском ресторане. Праздновали заключение контракта с одним из потенциальных клиентов.

Большинство деловых вопросов решались именно в клубах и ресторанах, а вовсе не в рабочей атмосфере дубовых кабинетов в традиционном стиле. Сегодня у нас было сразу несколько поводов для праздника.

Во-первых, я проработала в «Джетсейлс» ровно два месяца.

Во-вторых, за это время добыла руководству столько контактов русских олигархов, сколько все сотрудники вместе взятые не смогли бы получить и за год.

В-третьих, я готовилась сдать последние экзамены в университете. Вскоре я должна была получить диплом. А это значило, что мне больше не нужно будет мотаться в Москву. Я перестану кочевать между странами и наконец смогу навсегда обосноваться в любимом Лондоне.

В тот вечер я без ложной скромности праздновала свой триумф.

Мне удалось подняться с самого дна.

И это были не пустые слова! Я варилась в гуще деловой жизни, вращалась в кругу топ-менеджеров ведущих мировых корпораций и известных бизнесменов. И чувствовала себя на своем месте, будто была рождена для больших дел. Должность в «Джетсейлс» казалась лишь ступенькой лестницы, которая непременно приведет к успеху. Я набиралась опыта, принимая каждый день на работе как подарок — ключ от двери в новую жизнь, полную побед. Я накапливала знания, чтобы когда-нибудь применить их все, но уже в своем деле, о котором мечтала с юности. Мне безумно хотелось самой управлять бизнесом. Это все случится потом. А пока я была счастлива здесь и сейчас.

Работать с Матсом было весело. Мы понимали друг друга с полуслова и при обработке клиентов составляли отличный тандем. Еще мы одинаково любили тусоваться, и никого из нас не коробило желание второго отплясывать на барной стойке среди бокалов и бутылок. У Матса, видимо, не ладилось дома в Швеции с женой, и командировки в Лондон были для него отдушиной, местом, где он был по-настоящему ценен и счастлив.

Матс обожал жизнь во всех ее проявлениях. Он всегда был готов к неожиданным встречам, с легкостью чокался бокалом шампанского с незнакомцами и вообще быстро сходился с людьми. Не углубляясь, Матс тем не менее, мгновенно завоевывал доверие. Всех подкупала его открытость и видимая простота, а бесшабашные выходки одновременно шокировали и приводили в восторг.

Когда в ресторане меня позвали танцевать на столе двое пьяных американцев, Матс не осудил, а лишь откинулся на диване и улыбался.

Новых знакомых звали Курт и Джей. Они были бывшими сослуживцами — морпехами. Курт с недавних пор работал в инвестиционном банке. Он долго жил в Германии и лишь несколько месяцев назад перебрался в Лондон. А Джей приехал к старому другу в гости из США.

Я, Матс, Курт и Джей вчетвером как-то сразу нашли общий язык — пили, танцевали и смеялись до колик в животах.

Джей был отвязным. Возможно, это был посттравматический синдром или, может, что-то из детства, но пил он так, как будто жил последний день. Даже Курт побаивался его, хоть и сам был безбашенным парнем.

В свои тридцать шесть Курт пользовался невероятной популярностью у женщин. Темные волосы, ярко-голубые глаза, идеальное тело и прекрасное лицо. Настоящий голливудский красавчик, он был хорош и прекрасно знал об этом.

Между мной и Куртом сразу что-то промелькнуло. Мы обменялись телефонами, и я была уверена, что он позвонит.

Так и случилось. Курт позвонил на следующий день и жаждал снова встретиться. Вспыхнул бурный роман.

Курт был без тормозов. Несмотря на высокую должность управляющего директора, чудил он как шкодливый ребенок. Запросто мог раздеться догола в любой момент, и неважно, было дело на отвязной тусовке в клубе или на корпоративной вечеринке после заключения делового контракта. А как-то раз на вечеринке он со второго этажа особняка спрыгнул в декоративный бассейн. Чуть не переломав себе ноги и руки, Курт оказался в центре внимания — чего и добивался. Он барахтался в бассейне, словно порхающая бабочка, потому что воды там оказалось по колено. Всем было весело, а Курту веселее всех. Такие выходки делали его популярным среди подчиненных, особенно женского пола.

В то время я не замечала очевидного: уйдя от Алекса с его алкогольной зависимостью, я тут же связалась с парнем с похожими проблемами. Тогда мне было весело и кайфово. По сравнению с другими качествами Курта это были сущие пустяки. И я упорно игнорировала ощущение неправильности происходящего.

Жизнь пестрила яркими красками: интересная и высокооплачиваемая работа, бойфренд, с которым не соскучишься, любимый город, красота и молодость. Вот только чего-то не хватало…

ГЛАВА 13
Русские не сдаются!

Лондон, 2003 г.

Ко мне прилетела мама. Мы не виделись больше двух лет, и если бы я сказала, что очень скучала по родителям, это была бы неправда. У нас были непростые отношения.

Мама была строгим и волевым человеком. Наверное, с другим характером она бы не смогла быть женой моего отца и вести ту жизнь, которая ей досталась. Это я поняла, когда сама повзрослела. В детстве же мне казалось, что мама слишком требовательна. Она всегда знала, как правильно, и не допускала даже мысли, что можно поступить иначе. Порой я подозревала, что мама совсем не умеет смеяться и шутить. Наверняка это было не так, но... Подростки весьма категоричны в своих суждениях, поэтому я не желала видеть нюансы и полутона.

Мы никогда не ругались в открытую. У нас в семье вообще не было принято громко выяснять отношения: внешне все «держали лицо». Но я постоянно ощущала на себе груз, который давил на плечи, как гранитная глыба. Это был груз возложенных на меня ожиданий, которые я не оправдывала.

Я всегда хотела, чтобы у нас с мамой были теплые доверительные отношения. Мне не хватало ее участия, внимания, принятия. Конечно, я не говорила об этом — во времена моей юности еще не было в порядке вещей обсуждать свои чувства. Возможно, именно тогда внутри меня впервые появилась та самая пустота.

И все-таки я была рада маминому приезду. Ведь я уже не была подростком, который вечно не дотягивал до высоких стандартов своих родителей. Мне было чем гордиться: я жила в городе мечты, работала в крупной компании, снимала чудесную квартиру в престижном районе.

Квартиру свою я просто обожала. После Форума я прожила в «Клариджисе» две недели — на такой срок был оплачен номер. А потом поселилась в Южном Кенсингтоне. Сняла светлую, просторную квартиру с высокими потолками и потрясающим ремонтом в роскошном здании с белыми колоннами.

Неплохо для той, кто не так давно ночевала под мостом.

Я встретила маму в аэропорту «Хитроу», мы обменялись рядовыми вопросами, сели в такси и поехали домой.

Пока мама раскладывала вещи, мы вели обычную беседу родственников после долгой разлуки. Она рассказывала, как дела у отца и сестры. Я в общих словах описала суть своей работы и спросила, куда мама хотела бы сходить. Мы обсуждали достопримечательности, когда у меня вдруг вырвалось:

— Мам, помнишь, когда я была подростком, ты все время заставляла меня мыть посуду?

Мама перестала перекладывать одежду и как будто задумалась.

— Ну... Помню. А что?

— А почему ты никогда не пробовала со мной договориться? — я поняла, что давно хотела это спросить.

Наверное, сейчас не лучший момент... Но он, может, вообще никогда не наступит!

— О чем договориться? — не поняла мама.

— Ну, ты часто ставила ультиматумы, грозила чем-то. А могла ведь просто сесть со мной за стол и сказать: «Слушай, мне трудно самой, помоги мне, пожалуйста. Давай, я сегодня помою, а ты завтра. Давай распределим зону ответственности на кухне между нами. Кроме нас это никто не сделает». Неужели ты думаешь, что я бы тебе отказала?

— Я как-то не думала... А что, так можно было? — мама выглядела искренне удивленной.

— Ну да...

— Не знаю, я, наверное, просто не знала, что так сработает лучше.

— Знаешь, мам, а я всегда тебя немного побаивалась. И даже сейчас...

Договорить я не успела — меня прервал звонок в дверь. Оставив маму стоять над чемоданом с растерянным видом, я поспешила в прихожую. На пороге стоял Курт.

— Идем в «Корову»! — не здороваясь, скомандовал он, уверенно заходя на квартиру и звонко чмокнув меня в щеку.

Я совсем забыла, что Курт должен был прийти. Он появлялся у меня на пороге почти каждый вечер. С бутылкой вина или просто с предложением, от которого невозможно отказаться, как сейчас с «Коровой».

Ресторан занимал историческое здание в модном райончике Ноттинг Хилл. Этот район был таким уютным и по-английски традиционным, что много раз появлялся в голливудских фильмах. По выходным здесь проводили блошиные ярмарки, а раз в год даже устраивали собственный карнавал.

На первом этаже дома был бар — типичное лондонское заведение, шумное и тесное. По вечерам он был забит под завязку. Люди толпились у стойки, выходили на улицу. Я вспомнила, как, приехав в Лондон, поначалу удивлялась, что посетители стоят на улице возле пабов с бокалами в руках, общаются, смеются. Это было непривычно и забавно.

На втором этаже ресторана царила совершенно иная атмосфера. Здесь был изысканный интерьер со множеством оригинальных картин. Столики отдавали только по предварительной брони, причем время посещения было регламентировано в зависимости от количества гостей. Официанты — уже немолодые, исполненные достоинства — разносили тарелки с ловкостью фокусников. Публика — сплошь респектабельные британцы. В общем, это было очень английское место. Мы стабильно ужинали в «Корове» раз в неделю, но сейчас у меня были другие планы.

Я кинула быстрый взгляд на комнату, где сидела мама:
— Ко мне мама приехала, сегодня никак.

Курт смотрел на меня, будто пытаясь понять, что это такое он услышал. Этот человек в принципе не воспринимал слово «нет». Он не просто игнорировал отказы, а, казалось, не слышал их — как люди не слышат ультразвук.

— Мама приехала? — восхищенно воскликнул он и сразу же рванул в комнату — знакомиться.

Мама была в восторге. От Курта, его неземной красоты, харизмы, дружелюбия и интереса к ее персоне. От того, как он называл ее Айрин вместо привычного Ирина. От его костюма — он не переоделся после работы и выглядел очень представительно в своем строгом пиджаке и стильном галстуке. И, конечно, от факта, что этот мой британско-американский бойфренд — директор крупного инвестиционного банка.

Курт болтал без умолку. Мы с мамой и не поняли, как оказались в «Корове» с уже не первыми бокалами вина в руках. Хохотали от шуток Курта до колик, хватаясь за животы и друг за друга.

— Айрин, что вы видели в Англии? — спросил Курт, подливая всем вина.

— Да вообще ничего! Я ведь только приехала. В первый раз, — ответила мама, поглядывая на Курта.

Курт театрально ужаснулся, схватившись за сердце.

— В таком случае я просто настаиваю, чтобы мы завтра рванули в... — он открыл карту Англии в своем ежедневнике и наугад ткнул пальцем, — в Винчестер гулять!

Отказываться никто и не собирался. Мама действительно хотела увидеть как можно больше разных мест, а я была рада, что Курт поедет с нами — в его обществе просто невозможно было скучать.

На следующий день мы втроем отправились на поезде в Винчестер.

Курт превзошел себя, нарядившись настоящим стереотипным британцем на отдыхе — хоть в кино снимай. На нем был шерстяной клетчатый пиджак с замшевыми заплатами на локтях, брюки свободного кроя, жилет и сверкающие ботинки. То ли заслуженный профессор филологии, то ли современный Шерлок.

Слава Богу, без кепи и плаща с пелериной.

Я подозревала, что он сгонял в центр и вынес подчистую бутик какого-нибудь традиционного английского бренда с вековой историей.

Мама разглядывала Курта с явным удовольствием — он выглядел очень представительно и благополучно. Наверное, именно такого жениха она бы хотела видеть рядом со мной.

Видела бы мама, как он ныряет в бассейн в трусах и галстуке...

Прогулявшись по городу, мы решили задержаться еще на денек и нашли какой-то старинный английский отель — еще более традиционный и кинематографичный, чем наряд Курта. В отеле было всего с десяток номеров, но нам повезло. Портье был похож на всех Бэрриморов сразу и говорил с таким выраженным британским акцентом, что даже я понимала его с некоторым затруднением.

Заселившись, мы спустились в ресторан на ужин. Курт был в ударе. Он снова и снова подливал нам вина, и мне оставалось только с изумлением смотреть, как моя сдержанная и серьезная мама болтает и пьет, будто вырвавшаяся из-под родительского контроля старшеклассница.

— Айрин, может, проветримся и выкурим по сигарете? — предложил Курт, когда официант забрал тарелки и сообщил, что горячее будет подано через несколько минут.

Мама стала отнекиваться, но Курт со своим обычным напором как-то легко и естественно увел ее на улицу.

Я пошла следом. Мы вышли в небольшой задний дворик, где чуть в стороне от двери было оборудовано место для курения. Мама продолжала увлеченно болтать с Куртом, путаясь во временах глаголов.

Он достал портсигар, выудил пару самокруток и протянул одну маме. Чиркнул зажигалкой и галантно поднес ей огонек. Мама затянулась, выпустила дым и закашлялась.

— Крепко? — сочувственно спросил Курт.

— Нет-нет, все хорошо, — тут же отозвалась мама, снова затягиваясь.

Моя мама курит? С ума сойти! Кажется, Курт напоил нас...

— Хватит спаивать мою... — начала я, но Курт толкнул меня локтем и взглядом указал на маму.

Так счастливо она улыбалась и, кажется, была совершенно довольна происходящим.

— Мам, ты в порядке? — спросила я по-русски. Мама в ответ показала мне большой палец и снова принялась с довольным видом оглядывать окружающий нас двор.

Внезапно мама повернулась к нам и заявила:

— А теперь устроим велогонку! Янки против красных!

— Что? — я подумала, что ослышалась, или мама, возможно, перепутала английские слова. Но Курт, кажется, все понял.

Чуть поодаль, у самого переулка, соединяющего дворик с улицей, стояли два велосипеда. Судя по их виду, стояли они там уже не первый год. Кроме того, почва вокруг них чуть просела, и недавний дождь наполнил углубление водой и жидкой грязью.

Мама затушила в пепельнице окурок — я удивилась, как естественно у нее это получилось — и двинулась к велосипедам. Курт ее опередил. Прямо в своих сверкающих ботинках прошлепал по луже, разбрызгивая жидкую грязь во все стороны. Ухватил велик, выглядевший более крепким, и галантно подкатил его маме.

— Прошу вас, леди!

Мама ухватила руль и ловко перекинула ногу через раму. Я захихикала. Курт с невозмутимым видом протянул руку и одернул подол маминого платья.

— Гран мерси, — провозгласила мама, а потом крутанула педали, обдав нашего галантного джентльмена грязью. От неожиданности Курт отскочил, чуть не сбив меня с ног.

— Янки, гоу хоум! — крикнула мама и покатила в сторону проулка. Миг — и она уже скрылась за углом.

Мы с Куртом согнулись пополам от хохота. С улицы донесся звук велосипедного звонка. Мама явно была рада, что оставила позади директора инвестиционного банка, который точно был склонен угнать велосипед первым, учитывая деятельность инвестиционных банков за последние пятьдесят лет.

— Лови ее, — завопил Курт, дернувшись в сторону второго велосипеда.

Я оседлала велосипед на какую-то секунду раньше, хоть в чем-то опередив представителей американского глобалисткого режима, и рванула за мамой. Курт что-то кричал вслед, но я не слышала.

Мама уже была довольно далеко, и я налегала на педали, пытаясь ее догнать. Это было непросто: меня душил смех. Оглянувшись, я увидела, что Курт выбегает из переулка, размахивая руками. Его щегольской пиджак был весь в грязи, и даже по лицу стекали струйки.

— Поднажми! Противник с тыла! Pokryshkin in der Luft! — закричала я маме, почему-то вспомнив немецкий.

Она обернулась и чуть не съехала в кювет.

— Русские не сдаются! — крикнула она, с трудом удерживая велосипед на дороге. Заднее колесо его нещадно болталось. Мой железный конь был не лучше — надсадный скрип, который он издавал, наверняка перепугал всех овец в окрестных полях.

Нам казалось, что мы мчимся со скоростью триста километров в час. Наши юбки развевались, трусы сверкали, а ветер свистел в ушах. Однако, когда через пять минут капиталист-банкир с нами сравнялся, мы поняли, что скорость была лишь иллюзией.

Курт тяжело дышал, лицо раскраснелось, а одежда выглядела так, будто его вываляли в сточной канаве.

Под моим любимым мостом сошёл бы за своего!

— Уууу, — провыл Курт, подняв руки, как волк на зайца в мультиках, словно собирался схватить нас обеих. — Стойте! Подождите!

Мы налегли на педали с удвоенной силой. Минут через пять нам навстречу попался маленький местный мальчонка на самодельном деревянном самокате. Курт, буквально на ходу перехватив пацана, за минуту сторговался с ним, сунул в ладошку купюру и забрал транспортное средство. Согнувшись в три погибели, чтобы удержать хлипкий руль, он так лихо стартанул, что сшиб незадачливого владельца самоката. Мальчик так и остался сидеть на дороге, глядя вслед высокому мужчине, который чудом удерживал равновесие и мчался вниз по улице, рискуя свернуть шею на первом же повороте.

Мы зашлись в новом приступе хохота, и это положило конец нашей гонке. Я совсем выбилась из сил, так что с облегчением прислонила велосипед к какой-то ограде. Мамин и вовсе остался лежать на тротуаре.

— Женская сборная победила, — провозгласил Курт, предлагая нам руки. Мы буквально повисли на нем с двух сторон. И все вместе рухнули на землю.

— Капитализм пал, — захохотала мама.

Если бы я не видела это собственными глазами, я бы ни за что не поверила, что моя мама может так себя вести. И все же это происходило прямо передо мной: мама сидела на земле рядом с моим бойфрендом, в испачканном платье — ведь приземлились мы аккурат в лужу — старшую сестру той, из которой достали наши велосипеды. И смеется так, словно ничего забавнее с ней в жизни не происходило. А ведь она обычно мыла руки даже после легкого прикосновения к чему-то, что, по ее мнению, было недостаточно чистым.

Курт поднял руку и швырнул в меня комок грязи. Я взвизгнула. Через секунду в самого Курта прилетел мощный шлепок — это мама встала на мою защиту. Мы кидались грязью, рискуя привлечь внимание полиции. Вскоре мы с мамой оказались такими же грязными, как Курт.

— Из князя в грязи, — заявила мама по-русски.

Мы решили, что нам срочно нужна еще бутылка вина. Курт помог нам с мамой встать, и мы направились в отель.

К счастью, уехали мы недалеко. Держась друг за друга и то и дело покатываясь со смеху, мы ввалились в холл. Портье с совершенно невозмутимым видом осмотрел нашу грязную компанию. Ни один мускул не дрогнул на его гладко выбритом лице.

— Рад снова видеть вас, сэр, — обратился он к Курту. — Полагаю, вы желаете заплатить за ужин?

— О, разумеется! — расцвел тот в улыбке. — Пожалуйста, подержите пока моих дам. Эти русские такие быстрые. Представьте, я впервые в жизни бегал за женщинами.

С этими словами он полез во внутренний карман за бумажником. Грязь комьями посыпалась с его пиджака, пачкая идеально вымытый пол.

— Не беспокойтесь, сэр, — портье вежливо придерживал маму за локоть и как будто не замечал, что ее пальцы оставили грязный след на его белоснежном манжете. — Спасибо, что потрудились доставить нам немного английской земли.

— О, тогда мы и в номер отнесем, — в тон ему отозвался Курт, сунул в руку портье пачку фунтов — явно больше, чем стоил ужин — и, перехватив маму, направился к лестнице. — Мои грязные девочки!

— Горячее подать в номер? — спросил портье вслед.

— О да, — обернулся Курт. — И бутылку игристого.

На следующее утро мы спустились к завтраку совершенно чистые. Маму мучила головная боль, но она улыбалась. В обед мы вернулись в Лондон.

Позже, когда мама уже улетела обратно в Москву, Курт признался, что хотел бы себе такую маму.

Не уверена, что ты умеешь достаточно хорошо мыть посуду, милый.

Лондон 2003 г., позже
Кирилл искал. Сходил еще на несколько футбольных матчей, но девушку там не встретил. Видимо, интерес к футболу у нее был мимолетный и зависел от спутников.

Тогда он на удачу стал прочесывать места, которые, как ему казалось, могли привлечь молодую красивую девушку из приличного общества. Заглядывал в дорогие рестораны и магазины, на светские мероприятия, в которых не было недостатка. Все без результата. Он даже еще раз случайно наткнулся на Абрамовича, но девчонки в его обществе не обнаружил.

Действовал Кирилл упорно и методично, но надежда на случайную встречу таяла с каждым днем. Пора было возвращаться к основной работе — сбору данных по тем персонам, которые куда чаще попадали в его поле зрения. Начальник уже несколько раз спрашивал рапорт и явно устал получать «завтраки».

Чтобы как-то отвлечься, Кирилл пообещал знакомой девушке по имени Лесли сходить с ней на выставку картин какого-то молодого британского художника. Современное искусство он не понимал, но для человека его профессии любое место сбора светских персон могло стать кладезем полезных сведений. Тем более, на это мероприятие нельзя было попасть просто так — Лесли чудом достала билеты. Значит, там однозначно будут интересные лица.

Выставка проходила в галерее на Мэнсон-Ярд, в самом сердце Лондона. Просторные залы, белые высокие стены, стеклянные проходы и картины. Сколько Кирилл на них ни смотрел, он не видел ничего из того, о чем восторженно вздыхали стоящие рядом ценители искусства. Лесли, Слава Богу, в пространные рассуждения не ударялась, ограничиваясь лишь сухим «нравится» или «не очень». А Кирилла больше интересовали люди. Привычка, ничего не поделаешь.

И тут он увидел ее. Она стояла у размалеванного полотна и задумчиво взирала на него. Рыжие волосы, аккуратно собранные в низкий хвост, шелковое изумрудное платье, подчеркивающее формы. Девушка была всего в паре метров. Кирилл мог рассмотреть аккуратный носик, розовые губы и зеленые глаза.

Стоп, а это что? На левом плече девушки виднелся характерный круглый след. У Кирилла тоже был такой — от прививки, которую всем детям делают буквально в первые дни жизни. Точнее, не всем, а детям в России и на постсоветском пространстве. Насколько было известно Кириллу, в Европе вакцина не пользовалась популярностью.

Девушка обернулась, бросила на Кирилла мимолетный взгляд — он уже, конечно, смотрел в другую сторону — и направилась в соседний зал. Заглянув туда, она подошла к группе мужчин в дорогих костюмах и тут же влилась в беседу.

В этом зале был основной фуршет. Сообщив Лесли, что будет ждать ее у столов, Кирилл незаметно прошелся по комнате и, делая вид, что выбирает еду, встал спиной к рыжей девушке, чтобы отчетливо слышать, о чем она так увлеченно рассказывает.

Частные самолеты? Кто бы мог подумать!

В общении со статусными людьми она чувствовала себя непринужденно. В интонациях не было флирта или кокетства. Говорила девушка по делу, четко и ясно. Еще и с таким энтузиазмом, будто собирала самолеты собственными руками.

— Я бы хотел узнать подробные условия сотрудничества, — сказал сурового вида мужчина с густыми как у филина бровями. По его костюму, винтажным запонкам, а также по щегольским ботинкам, сшитым на заказ, можно было сделать вывод, что он принадлежит к высшему обществу. Как эта девчонка его обработала! И это всего за несколько минут, что Кирилл слушал, стоя за ее спиной.

— Тогда завтра вам наберут из «Джетсейлс», — лучезарно улыбаясь сказала девушка.

«Джетсейлс». Кирилл слышал название этой компании.

— Спасибо, Анна, — отозвался «филин».

Кирилл зафиксировал: Анна и «Джетсейлс». Уже что-то. Не густо, но можно работать.

Дальше оставаться рядом было подозрительно, поэтому Кирилл нашел Лесли и удалился из галереи.

ГЛАВА 14

У нашей страны больше нет шансов?

Лондон, 2003 г.

Анна и «Джетсейлс». Уже на следующий день Кирилл сидел за компьютером и пытался найти что-нибудь, связанное с рыжей девчонкой и ее работой. Однако результат не слишком радовал — никакой интересной информации на сайте компании он не обнаружил. Оставался единственный способ.

— «Джетсейлс», добро пожаловать на борт, чем я могу вам помочь? — ответил на звонок приветливый женский голос.

Номер департамента по работе с клиентами Кирилл нашел все на том же сайте. Он постарался придать своей речи как можно больше значительности, представился личным помощником некоего русского бизнесмена — подходящее имя нашлось в списке

«Форбс», и, тщательно подбирая слова, стал объяснять:

— Мы общались с вашей сотрудницей, — Кирилл говорил деловито, — но, к сожалению, я потерял ее визитку. Не могли бы вы мне помочь? Ее зовут Анна, молодая, рыжие волосы...

— О, вы, наверное, работали с миссис Чапман! — радостно отозвалась девушка на другом конце провода. — Могу продиктовать ее номер. К сожалению, ее сегодня нет на рабочем месте.

Кирилл записал полученные сведения, отметив, что девушка назвала Анну «миссис» — значит, та замужем. Интересно, фамилия мужа, или она все-таки англичанка, а тот шрам на руке — последствия какой-то детской травмы?

Он уже собирался попрощаться, когда его собеседница добавила:

— Возможно, у вас сейчас не получится связаться с миссис Чапман. Завтра она на пару дней улетает в Москву, но уже на следующей неделе будет готова с вами встретиться...

Кирилл замер, не дописав слово. В Москву? Есть! Он так и знал!

«Анна Чапман», — ввел он в поисковую строку. Ничего. Кирилл добавил номер телефона. В этот раз появилась ссылка.

По ссылке оказался форум русскоязычных жителей Лондона. Кирилл немного походил по веткам и наконец наткнулся на то, что могло его заинтересовать — профиль девушки с лисой на аватаре. Судя по номеру, это была именно Анна. Впрочем, на этом его везение закончилось — сообщений девушка не оставляла.

Кирилл наспех зарегистрировался, используя безымянный номер, чтобы держать форум в поле зрения. Перешел в текстовый редактор и стал дописывать рапорт.

— Разрешите?

Сергей Михайлович поднял глаза на вошедшего и мысленно поморщился. Кирилл положил перед начальником два документа.

— Что это?

— Рапорт по делу, которое вы мне поручили, — бодро отчеканил Кирилл, указывая на более объемный документ. — Прошу прощения, что затянул, нужно было проверить некоторые детали.

Сергей Михайлович пробежал глазами первую страницу. Выглядел рапорт весьма толково, ни придерешься.

— А это, — продолжил Кирилл все тем же бодрым голосом, — наработки по Анне Чапман.

— По кому? — не понял начальник.

— По той девушке, помните...

Сергей Михайлович закрыл глаза и медленно досчитал до десяти. Представил, как пишет докладную вышестоящему руководству, и мальчишку с треском вышвыривают из управления, несмотря на все его родственные связи. Улыбнулся этим мыслям.

Кирилл с недоверием наблюдал, как на лице начальника гнев сменялся довольной улыбкой. Решил, что это добрый знак, и поспешил воспользоваться удачей.

— Могу я взять отпуск? — быстро спросил он.

— Зачем? — Сергей Михайлович тут же открыл глаза, утратив всякое довольство.

— Хочу слетать домой. У дедушки годовщина смерти, мы с родителями обычно собираемся в этот день, —

без запинки Кирилл выдал заготовленный ответ. Сказанное было правдой.

Против этого Сергей Михайлович возразить не мог. Решив, что может оно и к лучшему — хоть отдохнет от назойливого парня, — начальник согласно кивнул.

— За свой счет, — уточнил он, когда Кирилл уже направлялся к выходу.

— Конечно, — радостно отозвался тот. На скорбящего внука он в этот момент совсем не походил.

Сергей Михайлович потер виски, чувствуя подступающую головную боль. Вечно у него после этого юнца давление скачет. Потом взял второй документ и стал читать.

Лондон, несколько часов спустя
Кирилл стоял под табло в аэропорту «Хитроу». Он еще утром разузнал обо всех рейсах на Москву и надеялся, что Анна, скорее всего, студентка. И, вероятно, полетит не каким-нибудь бизнес-классом «Бритиш эйрвейс», а обычным «Аэрофлотом».

Он забронировал билет на рейс, нашел нужную стойку, поставил небольшую сумку на пол и стал ждать. Время шло и шло, а девчонки все не было. Посадка подходила к концу. Неужели просчитался?

Кирилл ежеминутно смотрел на часы, почти уже отчаялся и собрался сдавать чертов билет, когда в зал регистрации прибежала она с маленьким чемоданчиком.

Анна Чапман. Рыжеволосая бестия, из-за которой он все это затеял. Девушка быстро зарегистрировалась и проследовала на паспортный контроль. Кирилл за ней, чуть ли не дыша ей в затылок.

Анна подошла к стойке и протянула британский паспорт. Кирилл убедился, что оказался прав в своих догадках. Русская, владеет несколькими языками, британское гражданство и английская фамилия. Для вербовки лучше и не придумать.

Кирилл сделал несколько неуклюжих шагов назад: будто бы случайно оказался слишком близко и только что это заметил.

Девушка зашла на борт. Следом прибывали опаздывающие пассажиры. Кирилл пропустил их и, убедившись, что остался последним, прошел на посадку.

— Прошу прощения... Елизавета, — прочел он имя на бейдже сотрудницы авиакомпании и скромно улыбнулся. — Можно попросить вас, чтоб меня посадили рядом с той девушкой на 11С? — Кирилл махнул в сторону коридора, по которому пару минут назад Анна удалилась в самолет. — Она мне очень понравилась! Познакомиться хочу, пообщаться.

— Ну уж, знаете!.. — Елизавета закатила глаза.

— Пожалуйста! Пойдите навстречу! А хотите, я вам сейчас духи куплю в дьюти-фри? Вот какие скажете, такие и куплю!

Елизавета укоризненно покачала головой, но все же улыбнулась:

— Молодежь...

Она открыла список пассажиров.

— Все равно не могу, — сообщила Елизавета. — Рядом с ней уже сидят двое. Если только через проход вас посадить, она как раз тоже с краю.

— Спасибо! — Кирилл чуть не обнял женщину и спросил, какой парфюм ей принести. Елизавета с улыбкой махнула рукой, мол, иди уже, Ромео.

Следуя по длинному крытому переходу, Кирилл ощущал себя настоящим агентом 007. Сердце колотилось как бешеное.

Самолет, между Лондоном и Москвой

Анна лишь мельком подняла безразличный взгляд, когда Кирилл опустился на место, и тут же вернулась к своей книге. Молодой человек украдкой заглянул в нее, пытаясь определить, что именно девушка читает. Книга была отличным предлогом начать беседу, оставалось дождаться удобного случая, чтобы это сделать. К счастью, он вскоре представился.

Спустя полчаса после взлета самолет попал в зону турбулентности. Тряхнуло так, что некоторые верхние полки открылись. Чья-то сумка сорвалась с места, но Кирилл поймал ее на лету.

— Вас не задело? — озабоченно осведомился он, убирая баул обратно на полку.

— Все в полном порядке! Спасибо вам! — улыбнулась девушка.

— Рад, что смог вас уберечь. Такое иногда случается.

— Да, — согласилась она. — Иногда трясет. Но чтобы багаж вылетал... На моем веку это в первый раз.

— Вы часто летаете?

— Да, я учусь в Москве... — сказала Анна и тут же исправилась. — Точнее, училась.

Кирилл задумчиво кивнул.

— Значит, можно вас поздравить с окончанием института?

— Технически — да. Осталось сдать последний экзамен и получить диплом.

— Уверен, что вы сдадите...

— Вообще не факт! — усмехнулась девушка, заправляя за ухо прядь волос. — Я почти не готовилась.

— Может, на ты? — Кирилл улыбнулся и протянул руку через проход. — Кирилл. Очень приятно.

— Аня. Взаимно.

Весь следующий час они говорили без умолку.

Кирилл узнал, что последний месяц Анна летала в Москву каждые три дня. В институте у нее шла финальная сессия. Она сдавала по экзамену за визит и улетала обратно в Лондон.

— Ты давно живешь в Лондоне? — парень начал подбираться к интересующей его теме.

— Пару лет.

— И как? Домой не тянет?

Она улыбнулась и хотела было сказать, что всегда мечтала жить в Англии и совершенно не хотела возвращаться на Родину, но вдруг задумалась. Перед глазами пронеслись воспоминания. Букет красных гвоздик, который она протянула пожилому мужчине с добрыми глазами. На его груди сияла россыпь орденов и медалей. Военные песни, которые пела во время застолий с дедушкой. Все это было ни капли не похоже на жизнь в Лондоне.

— Пожалуй да, я скучаю, — сказала Анна Кириллу, а на самом деле — самой себе. — Раньше я не думала об том. Я просто не замечала, что люблю Россию. Да и что там можно было любить? Совок. Развал. Нищета. То ли дело Лондон с его аристократией. Только вот... Одно дело — любоваться красивой картинкой, как турист, и совсем другое — узнать всю подноготную.

— Знаешь, у меня был замечательный учитель истории. Однажды он сказал: «Когда ты любишь за что-то, это скорее хорошее отношение. А настоящая любовь, она безусловная». Я с этой мыслью полностью согласен, — задумчиво произнес Кирилл. Он смотрел очень внимательно, запоминая каждое сказанное девушкой слово.

— А я бы сказала, что любовь познается в сравнении, — чуть подумав, сказала Анна. — Легко любить или недолюбливать свой угол, когда ничего другого в жизни не видел. Если честно, чтобы по-настоящему оценить свою страну, нужно посмотреть мир. А вообще, чтобы полюбить что-то, мне кажется, нужно сначала это потерять.

Разговор лился как будто сам собой. Кирилл внимательно слушал, делал уместные замечания и ловко направлял разговор. Девушка определенно внушала доверие.

Он рассказал и про своего деда — того, по чьим стопам сам пошел в разведку. Об этом факте Кирилл, разумеется, умолчал. Молодой человек неспроста завел этот разговор. Ему хотелось узнать, что Аня думает об этом.

Увы, его ожидания не оправдались: Анна внимательно выслушала восхищенные рассказы о дедушке, сухо сказала: «Понятно», — и на этом всё. Кажется, девушке была безразлична эта тема.

Кирилл расстроился. Его план летел к чертям. Как можно завербовать человека, которому глубоко наплевать на разведку и все, что с ней связано? Виду он не подал, но в глубине души недоумевал: разве можно не мечтать стать разведчиком? Сам-то Кирилл грезил этой работой с тех пор как себя помнил.

Немного поразмыслив, Кирилл сменил тактику и через некоторое время зашел с другой стороны:

— Ты знаешь, кто такой Виктор Луи?

— Нет, — устало ответила Аня.

— Он был журналистом, — сказал Кирилл. — Когда между СССР и Китаем вспыхнул конфликт на Даманском, Виктор Луи прилетел на Тайвань. Когда он показал свой советский паспорт, его тут же арестовали, но Виктор был спокоен. Он сказал, что будет разговаривать только с руководителем Тайваня, Чан Кайши.

Аня, кажется, не очень понимала, к чему Кирилл рассказывает эту историю, но тот продолжал:

— Сначала к Виктору приехал сын тайванского лидера — к слову, он учился в СССР и возглавлял спецслужбы Тайваня, — но Луи сказал, что будет разговаривать только с его отцом, больше ни с кем. Так он добился встречи с самим Чаном.

Девушка оживилась. Кирилл сумел вызвать интерес.

— Виктор Луи передал Чан Кайши: Советский Союз вынужден применить ядерное оружие против Китая. Он сказал, что представляет Политбюро ЦК КПСС, и его отправили сюда, чтобы получить ответ от Чан Кайши, согласен ли тот возглавить Китайскую республику. Чан Кайши сказал «да», и Виктор Луи улетел обратно в Москву. И угадай, что произошло дальше?

— Судя по тому, что мистер Кайши не стал главой Китая, предположу, что война закончилась...

— Верно. Чуть ли не пару дней спустя Мао Цзэдун пошел на подписание необходимых документов и сделал все для прекращения конфликта.

— Хм, я предполагаю, что Мао узнал о встрече с Тайваньской стороны?

Кирилл кивнул.

— Это пример того, как разведка может менять ход истории, — заключил он, явно внутренне восхищаясь службой.

Анна внимательно смотрела на Кирилла. Он говорил так воодушевленно, что его эмоции передались и ей. Она почувствовала то, чего давно уже не испытывала — гордость за свою страну. Не столько из-за истории, которую он рассказал, сколько из-за восхищения своей родиной, которым буквально светилось лицо молодого человека.

Говоря об истории своей страны и русской разведке, Кирилл менялся в лице. Его полностью преображало ощущение принадлежности к чему-то большему, чем он сам.

На секунду Анна почувствовала неуловимое сходство. Кирилл чем-то напоминал ей отца. Папа — дипломат по роду деятельности и патриот по жизни — был трепетно привязан к Родине, хоть и проводил долгие месяцы в заграничных командировках. Он тоже знал и любил историю страны. А гордость, которую он испытывал, можно было ощутить без слов.

Поразмыслив, Анна спросила:

— Скажи, ты согласен с тем, что мы проиграли холодную войну?

— Почему тебя это беспокоит? — тут же отозвался Кирилл, пристально глядя на девушку.

— Мы с тобой, два русских человека, любим свою страну. Никто не станет отрицать очевидного. Мне нелегко это говорить. До сих пор в глубине души не могу поверить, что кто-то без открытого боя смог так легко обвести нас вокруг пальца. Вывезти столько ископаемых, столько лучших научных умов! А мы… У меня иногда такое ощущение, что мы даже не заметили и продолжаем сами отдавать все это.

Кирилл наклонил голову, будто пытаясь рассмотреть ее мысли. Анна продолжала:

— У России есть все: многовековая культура, от которой сносит голову, земля с природой невероятной красоты, талантливые ученые, писатели, композиторы, настоящие исконные ценности, умение жить под одной крышей с разными национальностями и вероисповеданиями… Однако мы почему-то предпочитаем качать нефть и отправлять ее, сырую, за границу. Отправляем свои золотовалютные запасы куда-то. Спрашиваем кого-то, можно ли нам напечатать больше рублей, чтобы развивать свою экономику. Поставляем на запад наши деревья, чтобы из них сделали бумагу и продали нам втридорога. У нас столько гениев! Не верится, что никто из них не додумался построить свои перерабатывающие заводы.

— Я тоже задавался вопросом, почему так происходит, — признался Кирилл.

— Если бы мы ценили себя и понимали, что мы великая держава, наша страна давно бы занимала другое место. Нас разбили, потому что мы не смогли выстроить идеологию, а им, — она мотнула головой назад, имея в виду оставленный недавно Лондон и весь западный мир в его лице, — это удалось. Ты знал, что у американцев даже были медали, которые они вручали людям, которые работали в посольствах, за победу?

Кирилл кивнул. В то же время Анна загорелась и уже не могла остановиться:

— Советский союз всегда все делал ради других. Как мать, которая самоотверженно жертвует всем ради своих детей. Нам было важно, чтобы все братские народы были сыты, одеты и обуты. А вот в себя мы ничего не вкладывали. Могли бы создать самый передовой и красивый мегаполис, но в Москве нет ничего, кроме «семи сестёр» на холмах. Никто не стремился двигать прогресс в направлении урбанистики. Результат ты и сам видишь.

— Ты правда считаешь, что все так печально?

— Давай говорить откровенно. Вопрос, где лучше жить, не стоит. Я вижу, как молодежь массово бежит из России. Я сама из таких. Запад создал прекрасный образ, к которому хочется прикоснуться. Взять хотя бы Англию. Покажи человеку открытку с красной телефонной будкой и спроси, какой это город? Любой ответит правильно. За королевской семьей следят по всему миру. А стоит где-то заиграть волынке, люди тут же начинают представлять старый английский паб, даже если сами там никогда не были. Вот такие у них мощные и известные символы. А у нас что? Медведь, шапка-ушанка, балалайка и водка? Это при том, что пьют в Англии куда больше!

Кирилл еле заметно улыбнулся.

— Так что холодная война проиграна, и у нашей страны больше нет шансов? — спросил он.

— Почему же. Есть. Только, теперь, чтобы их реализовать, нужно создавать обстоятельства для второго акта.

Кирилл вопросительно посмотрел на нее. Казалось, такого поворота он не ожидал.

— Чтобы устроить матч-реванш, нужно работать более тонко. Во-первых, создавать мощную символику и гуманитарную основу. Во-вторых, воспитывать устойчивых к внешнему влиянию детей. С малых лет прививая им правильные ценности через гуманитарные науки.

— Это задачи законодателей и стратегов из Администрации, и, наверно, мы с тобой не сможем влиять на их решения. А какие бы ты предпринимала точечные действия, кроме причесывания идеологии, если бы могла?

Анна задумалась. Всё-таки то, о чем он спрашивал, было темой не для всех.

— Нужно довести ситуацию до абсурда.

— Поясни, — нахмурился Кирилл. Неожиданный выход.

— Люди на Западе склонны потреблять больше, чем производят. Нужно стимулировать их вещизм, пока он не станет противен не только им самим, но и всем наблюдающим издалека.

Кирилл смотрел на нее так внимательно, что, казалось, забывал моргать.

— Они любят свободу в сексе? Отлично! Если извращенцы придут к власти, они станут продвигать свои законы. Им нужно разрешить однополые браки, выпустить на улицы трансвеститов и легализовать смену пола. Они топят за свободу выбора? Нужно дать им на выбор все возможные наркотики. Они предпочли богатство, а не социалистическое равенство? Отлично, нужно сделать так, чтобы состояние некоторых возросло до неприличных масштабов, чтобы это создало бездну между малоимущими и богачами.

— Не совсем понимаю, при чем тут Россия? Насколько я знаю, в соответствующих службах работают люди порядочные и консервативные. Не станут же они плодить гомосексуалистов и извращенцев, чтобы высылать в командировки.

— Ты мне только что рассказал, как один человек изменил ход истории, — с напором напомнила Анна.

Кирилл утвердительно кивнул.

— Неужели ты думаешь, он провернул эту операцию без предварительной подготовки и спланировал все в одно лицо?

— Кстати не удивлюсь, — заявил Кирилл, вспоминая невольно свой случай, — многие выдающиеся исторические события происходят вопреки...

— Никто не умаляет героизма российского человека, я из Волгограда, я знаю это не понаслышке. Однако здесь нужна стратегия! Подумай: наверняка, были люди, которые организовали приезд Луи в Тайвань. Он явился туда не когда-нибудь, а в нужный момент. К этому тщательно готовились, чтобы семя упало в благодатную почву.

Анна понизила тон, чтобы придать словам особую важность.

— Раз были те, кто все это провернул, то найдутся и другие. Те, кто могли бы посеять зерно революции в умах европейцев... Я не предлагаю отправлять на Запад агентов по совращению. Действовать нужно изящнее. Как мы сами развалили Союз, а Запад помог нам, лишь усилив и ускорив те процессы, которые мы сами же и инициировали, также Запад сам погубит себя. В ближайшие двадцать лет ситуацию можно лишь направить в нужное русло. Например, вывести самые сильные пороки в широкие массы через кино и СМИ. Подкинь эту идейку какому-нибудь обиженному на жизнь банкиру с глубокой травмой. Пускай продвигает свои идеалы равенства и свободы самовыражения. Пусть договорится с законодательной властью, — в Америке же лобби законно. Пусть проплатит публикации в New York Times и внедрит в каждый фильм свободную любовь через специальный фонд с многочисленными грантами. Пускай пустит свои миллиарды на продвижение идей, в которые сам верит... или в которые ему помогут поверить, — она с трудом перевела дух. — Вот увидишь, все начнет копиться, как снежный ком...

— Э, весьма неожиданный подход.

— А знаешь, что еще?

Кирилл поерзал на узком кресле самолета, будто ожидая какой-нибудь еще неожиданный пикантный поворот.

— Ты знаешь, Кирилл, есть один, но большой недостаток у этого всего — тайное рано или поздно становится явным...

Самолет тем временем уже шел на посадку. Кирилл молчал, задумавшись. Странным образом он, похоже, нашел единомышленника.

ГЛАВА 15

Предложение, от которого ты не сможешь отказаться

Лондон, 2003 г.

Мы с Куртом обедали в «Корове». Он, как обычно, заказал стейк. Он всегда заказывал стейки с кровью, говорил, это привычка, от которой ни один нормальный человек не захочет избавиться. Я пила шампанское.

Настроение было под стать пузырькам в моем бокале «Дом Периньона». Я только что успешно закрыла сделку, и по этому случаю надела новое платье — блестящее и облегающее, чуть выше колен, на тонких изящных бретельках. Курт был после работы, и его костюм удачно сочетался с моим нарядом.

Я сделала очередной глоток и ощутила острое желание вытворить что-нибудь этакое. Наклонившись поближе к Курту, я положила руку ему на бедро и тихо сказала:

— У меня есть предложение, от которого ты не сможешь отказаться.

Курт замер, не донеся до рта вилку с насаженным на нее куском мяса.

— Это... То, что я думаю?

— О таком ты даже думать не осмеливаешься, — я медленно провела рукой вверх и поняла, что «клиент созрел». — Жду тебя в дамской комнате. Постучи три раза.

Подхватив сумочку, я одним глотком осушила бокал и, покачивая бедрами, прошла между столиков к уборной.

Курт постучал в дверь буквально через минуту. Я открыла, он ввалился в тесную комнатку, захлопнул за собой дверь и сразу набросился на меня.

— Тсссс, — я приложила палец к его губам. — Мы же в приличном месте. Все должно быть...

Договорить я не успела — он впился в мои губы долгим поцелуем. Я ответила, но потом отстранилась.

— Сэр, у меня есть одна просьба... — Руки Курта нетерпеливо потянулись к бретелькам моего платья, но я их перехватила. — Мне нужны ваши... Носки.

— Что? — От неожиданности он даже рот приоткрыл.

— Просто сними их. Поверь, ты не пожалеешь, — мои губы были у самого его уха, я шептала, обдавая его кожу горячим дыханием.

— Сумасшедшая, — пробормотал он, но стал послушно разуваться. Стянув носки, он протянул их мне. Я скатала их в две улитки и положила на раковину.

— Теперь закрой глаза.

Курт с готовностью зажмурился. Я сняла с него пиджак. Расстегнула рубашку. Мои пальцы легко касались его груди. Я ощущала, как он завелся. Руки снова потянулись к моим плечам, и на этот раз я позволила ему спустить бретельки. Платье скользнуло к ногам. Я расстегнула застежку лифчика...

Пора!

— Милый, — мой голос звучал хрипло, — у меня для тебя сюрприз.

Курт открыл глаза, и я не могла бы сказать, что его больше поразило — вид моего обнаженного тела или то, что я протягивала ему лифчик.

В дверь постучали.

— Занято, — бросил Курт, не сводя с меня глаз.

— У вас все в порядке? — послышался голос официанта.

— Д-да. Небольшая проблема с костюмом, — хмыкнул Курт, придя в себя. Он явно начал понимать, что я задумала.

— Помочь с застежкой? — улыбнулась я, глядя, как он освобождается от рубашки.

— Не беспокойся, работает профи!

Курт выхватил у меня лифчик и ловко нацепил его.

Похоже, он делает это не впервые!

Потом засунул в чашечки свернутые носки и подтянул конструкцию повыше. Я тем временем надела его рубашку, подкатала рукава и расстегнула пояс его брюк.

— Осторожнее, — подмигнул он мне, — могу не сдержаться!

— Милая, не болтай, а одевайся, — отозвалась я, кивнув на платье.

Курт расхохотался, стараясь, впрочем, не слишком шуметь.

Он натянул мое платье. Ткань предательски затрещала, но уцелела. Я запрыгнула в брюки, которые оказались огромными и сползали с бедер. Ремня Курт не носил. Я попыталась обмотать пояс галстуком, но скользкий шелк не особо исправил ситуацию. Пришлось держать штаны руками.

— Ты уверена? — Курт с сомнением посмотрел на мои туфли на шпильках. — Я же их сломаю.

— Купишь новые, — не поддалась я.

Курт с трудом запихал пальцы в узкие лодочки, безжалостно смяв задники.

— Стой! — хихикнула я, когда он уже взялся за дверную ручку. Достала из сумочки красную помаду и накрасила ему губы. — Вот теперь ты готова.

Мы снова расхохотались. Потом сделали серьезные лица, и Курт толкнул дверь. В этот момент громко упала крышка от унитаза, как будто возвещая о нашем появлении.

Официант стоял чуть в стороне и делал вид, что занят, но явно ждал, когда мы закончим. Думаю, мы его не разочаровали. По крайней мере, рот он приоткрыл, а глаза вытаращил так, что они рисковали вывалиться на пол.

Курт медленно шел первым, оступаясь на шпильках. Я за ним — в огромном пиджаке, сползающих штанах и ботинках, которые норовили свалиться с ног.

А со спины мое платье очень даже!

Навстречу попалась пожилая старомодная британка. Видимо, она дожидалась, пока мы освободим дамскую комнату. Оглядев нашу парочку, дама поджала губы и с оскорбленным лицом прошествовала в нужную дверь.

Другие посетители ресторана не обращали на нас внимания. Кто-то отрывал взгляд от тарелки, смотрел на Курта и возвращался к еде, будто ничего особенного не происходило.

Истинные британцы! Они бы не удивились, даже если бы он вел на цепочке корову!

Мы уселись на свои места, из последних сил стараясь не смеяться. Официант подошел следом. Рот он уже успел закрыть, но его глаза все еще лезли на лоб. Он даже слегка заикался:

— Десерт для дамы? — смотрел он на нас обоих, не понимая, кто теперь дама.

— Я на диете, — отозвался Курт высоким писклявым голосом. — Мое платье и так трещит по швам.

Я только мотнула головой — если бы открыла рот, не смогла бы удержаться. Курт с помадой на гладко выбритом лице выглядел максимально нелепо. Дополняли картину волосы на груди, торчавшие в вырезе платья.

Официант отошел. Мы смотрели друг на друга. Потом Курт взял вилку. Задумчиво покрутил ее и жестом снова позвал официанта.

— Я могу вам чем-то помочь, сэ... — спросил тот и осекся, потому что Курт свободной рукой как раз подтягивал сползающий бюст.

— Это мясо, — капризным голосом сказал Курт, ткнув пальцем в остывший стейк.

— С ним что-то не так? — официант с трудом оторвал взгляд от волосатой груди Курта.

— Оно сырое! Вы что, кормите людей сырой коровой?

Я изо всех сил сжала губы.

— О, если хотите, я попрошу нашего повара его дожарить, — предложил официант, потянувшись за тарелкой. Он явно был рад вернуться в привычную стихию.

— Нет! — провозгласил Курт. — Жарить мое мясо... Сегодня будет кое-кто другой! И вообще, нам пора. Счет оплатит джентльмен, а мне нужно попудрить носик!

С этими словами он встал и, то и дело оступаясь, направился к туалетам.

— Желаете счет? — повернулся официант ко мне.

— Не могу отказать своей даме, — выдавила я и полезла в карман пиджака Курта. — Вы ведь видели ее сзади? Хороша!

— Вынужден согласиться, — кивнул официант, принимая купюры. — Приятного вам вечера, — и понизил голос. — Жарьте как следует.

Сказав это, он залился краской. Я решила не мучить беднягу и жестом попрощалась. Подтянула сползающие брюки и двинулась к выходу. Мы вызвали такси и уехали к Курту домой.

Спустя два часа я снова была в своем платье. На удивление оно почти не растянулось. Я попрощалась с Куртом — ему нужно было выспаться перед завтрашним днем, а мне хотелось продолжить вечер. Поэтому я отправилась в бар, где ждал Матс.

ГЛАВА 16

Интуицию к делу не пришьёшь

Москва, 2003 г.

Кирилл понимал, что ему повезло. Оказаться рядом с интересующим объектом, войти в контакт — и все это буквально за несколько дней.

Сейчас он был в Москве, где гораздо проще наводить справки и собирать информацию. В общем, молодой человек воодушевился и снова поверил в успех своего замысла. Правда, пока этот замысел так и не получил одобрения руководства.

Несколько дней спустя Кирилл решил, что пришла пора обратиться за помощью. Он набрал номер по памяти.

— Владислав Андреевич, здравствуйте. Мне нужно с вами посоветоваться по одному делу, можно, я заеду? — выпалил он, услышав знакомый голос.

— О, какие люди! Неожиданно. Заходи, конечно. Можешь прямо сейчас, я дома, — так же четко ответил собеседник.

Через час Кирилл стоял на пороге квартиры в старом фонде и пожимал руку пожилому человеку с военной выправкой.

Генерал Панов был учителем Кирилла и многих других сотрудников разведки. Кроме того, он с юношеских лет дружил с дедом Кирилла и всегда тепло относился к внуку своего товарища. Генерал уже давно вышел на пенсию и спокойно жил с любимой женой. Кирилл после смерти деда стал время от времени обращаться к Владиславу Андреевичу за советом — тот всегда готов был выслушать и сделать дельное замечание. Чаще отеческое, чем по делам.

Правила поведения сотрудников службы внешней разведки незыблемы. Даже наставнику Кирилл не мог раскрыть подробностей своей работы. Поэтому он лишь в общих чертах обрисовал наработки по Анне: без имен, городов и другой конкретики. Правда, о характере девушки рассказал чуть подробнее.

— Как вы думаете, она сможет работать на страну? — задал Кирилл волнующий его вопрос.

Генерал задумчиво помешивал чай.

— С мужем-британцем? — он посмотрел на Кирилла, как будто ожидая, что тот сам знает ответ.

— Но она из семьи дипломата. Я навел справки. Знает языки, вращается в таких кругах...

— Это еще ни о чем не говорит. Ты уверен, что она не сломается еще во время обучения? И вообще, не берешь ли ты на себя чужую работу, Кирилл? — заметив, что парень хочет возразить, генерал предостерегающе поднял руку. — Я понимаю, у тебя амбиции. Но тут дело нехитрое: инициатива может выйти боком. В случае успеха спасибо тебе никто не скажет, а вот если что-то пойдет не так — получишь за нее по полной.

— Ну... — Кирилл решил выложить все до конца, — я вот только вернулся из университета, поговорил с ее старостой под предлогом тайной любви. Глупой ее назвать нельзя: она, даже учась удаленно, сдает все экзамены на пятерки. Особенно мне понравилось из характеристики старосты, что она борется за правду, даже с преподавателями. А муж-британец, кстати, обеспечил паспорт королевства. Так что это, может, и не плохо.

— Да, это большое дело, но смотри сам. Мало тебе ответственности — вперед, двигай эту тему. Только вот эти твои методы. Прыткий ты больно, уж не обижайся. Это только в кино так легко и просто — прикинулся тайным обожателем, разузнал все. Еще бы к ней домой наведался под видом слесаря! В общем, помни, Кирилл, что твои действия могут скомпрометировать службу. Не активничай без нужды.

— Я вас услышал, Владислав Андреевич. Не буду, — в голове Кирилла уже крутились шестеренки. Слесарем, конечно, он прикидываться не станет, а вот... — Я уже очень хорошо себе представил, где она может быть полезна, и теперь не могу это выкинуть из головы.

— Не строй лишних иллюзий, сначала все сто раз проверь. А теперь давай, говори начистоту, я вижу, что ты не договариваешь... зачем приехал?

Кирилл замялся. Генерал не зря считался одним из лучших за всю историю ведомства. Скрыть от него что-то было почти невозможно.

Истинная причина визита к старому наставнику была связана с Анной лишь косвенно. Кирилл хотел посоветоваться, как быть с начальником. Он понимал: терпение Сергея Михайловича на пределе. Только заслуги деда еще удерживали начальника от того, чтобы настаивать на увольнении Кирилла. Парень хотел погасить назревающий конфликт. В глубине души он понимал, что действовал неосторожно, но не был готов отказаться от своей идеи. Почему-то он очень верил в свой проект. Это было ощущение, идущее из глубины сердца, какая-то иррациональная уверенность в успехе. К сожалению, логических доводов у него не было. А интуицию, как говорится, к делу не пришьешь.

Однако сейчас, глядя в проницательные глаза старого генерала, Кирилл не смог честно сказать, что его тревожит. Это показалось ребячеством. Как будто он — маленький мальчик, прибежал жаловаться за злого начальника.

— Понимаете... Мне не по себе. То, что я делаю — огромная ответственность. У этой девушки свои планы на жизнь, неплохие перспективы. А если мы возьмем ее в работу, и она примет наше предложение, дороги назад не будет.

— Ты за нее переживаешь или за себя?

— Я запутался. А вдруг я ошибаюсь? Я всех подставлю.

— Так почему же не прекратишь? Что-то ведь заставляет тебя действовать, Кирилл? Что?

— Просто я не могу работать, как многие другие, с опаской, оглядываясь. Я очень хочу сделать что-то настоящее! Важное! Чтобы об этом в книгах написали. Хочу оставить след в истории, послужить своей стране на другом уровне!

— Так ты славы хочешь? Тогда ты выбрал не ту службу...

— Да нет! Я не об этом. Я же вижу, что происходит в России. И чувствую бессилие что-то исправить...

— Не понимаю, ты про что, сынок?

— Ну, нас купили за банку варенья и коробку печенья! Я с болью наблюдаю, как в 90стые начинали развивать прессу, неподконтрольную государству. НКО творят все, что им вздумается, прикрываясь праведными лозунгами. Уже 10 лет идет активнейшая работа с оппозицией. Иностранные корпорации открыто скупают месторождения природных ископаемых, во власти прочно засела пятая колона, переписали нашу историю в школьных учебниках, мы теряем независимость... Большая четверка пишет планы развития наших регионов. Да им больше не нужна разведка, они официально забирают все данные совершенно безнаказанно. Не говоря уже о процессах за пределами, в СНГ. НАТО становится сильнее. Там большие риски. А что делать, я не понимаю. Я просто не могу наблюдать, как разваливают мою родину. А вдруг есть одно какое-то действие, которое можно сделать, чтобы повернуть процессы вспять? Чтобы вывести англосаксов на чистую воду? Знаете, как на разборках: если нарваться на конфликт, сразу понятно, кто что думает на самом деле.

— Погоди, погоди! Полегче, оратор, за тобой не успеть! Так ты хочешь с помощью шпионского скандала поссорить западный мир с Россией?

— Да ничего я не хочу. У меня ни опыта, ни поддержки. Все твердят про осторожность и безопасность, а глобальные задачи так и остаются нерешенными.

— Кирилл, послушай. Это очень патриотично — то, что ты говоришь и хочешь сделать. Только вот не каждую проблему можно решить с наскока. Иногда постепенная размеренная работа эффективнее, и рисков при этом меньше. Терять людей мы не можем ни при каких обстоятельствах. Я с тобой, к сожалению, согласен про потерю суверенитета, но история любит время. Чтобы полностью его лишиться, нам, Слава Богу, понадобятся десятки лет.

— Я согласен, что знаю не все. Я могу ошибаться. Но и стоять на месте тоже не могу. Я просто боюсь, что подставлю кого-то, поломаю чужие судьбы. О своей я не сильно забочусь.

— А зря. Интересно, что сделало тебя таким нетерпимым.

— Да я таким родился. Дед всегда был примером перед глазами. Мне кажется, он бы рискнул своей жизнью, если бы видел то, что я описал. Он бы не строчил унылые рапорты... Помните его операцию в Японии в сорок первом? Он так и не рассказал мне никаких подробностей.

— Давность событий не позволяет поговорить об этом. Да и твой дед не любил кичиться. Через 20 лет раскроют, узнаешь вместе со всеми, «Белый снег» операцию назвали.

Генерал замолчал, но Кирилл не унимался:

— Тогда, в 1941 году, Москва находилась в кольце танковых дивизий. От успеха его операции зависела судьба русской армии, России, да и мира!

— Все так. Если бы японцы напали на нас, мы бы потеряли в войне не двадцать семь миллионов, а все восемьдесят. И, скорее всего, всю Сибирь. Тогда вся Азия была под японцами, даже восточная Индия.

— Вы же знаете, Владислав Андреевич, что тогда одно действие разведчика радикально поменяло ход истории?

— Не совсем так, Кирилл. Там был все-таки не один разведчик, а целая система операций. И в Японии, и в Америке. Как ты понимаешь, у нас была единственная стратегия: убедить американцев, что основная геополитическая линия японцев — отторжение американских зон влияния. У самих японцев стратегических ресурсов было на три недели. Американцы им все поставляли.

— Как и в Германии до конца сорок третьего... А сейчас мы смотрим фильмы с пропагандой, внедряем копии европейских законов, не думая о последствиях, сами приглашаем их как консультантов на стратегические объекты, поощряем их присутствие в Москве.

— Знаешь, Кирюша, я с одной стороны понимаю твое негодование. Мое поколение родилось до Великой Отечественной, поколение твоих родителей родилось немногим позже окончания войны, там, мягко говоря, не оставалось равнодушных. А ваше поколение уже потеряло нить. Жвачки и мультики про Скруджа стерли какой-то важный исторический код.

— Поэтому я и должен сделать то, во что верю. Даже если мне это будет стоить карьеры!

От генерала Кирилл вышел довольно поздно. Разговор о многом заставил задуматься. Придя домой, он отказался от ужина и сел за рапорт.

Москва, 2003 г., Служба внешней разведки

Через неделю рапорт Кирилла с отчетом об Анне Чапман лег на стол секретаря одного из руководителей службы. Заручившись поддержкой Панова, молодой человек надеялся, что на бумагу обратят внимание.

Спустя несколько дней в здание Службы внешней разведки в Москве вошел человек.

Его до блеска начищенные ботинки звонко стучали по паркету, выложенному елочкой.

Непосвященный, скорее всего, решил бы, что это какой-то солидный профессор престижного американского ВУЗа. Он разительно отличался от всех выходцев из Советского союза, любивших носить сандалии с носками и вязаные жилеты с треугольным вырезом.

Этот человек был одет с иголочки. Пошитый на заказ костюм — один из многих, привезенных из Нью-Йорка. Платочек фирмы Brooks, изящно выглядывающий из нагрудного кармашка. Дорогой утонченный парфюм. Он был пропитан западным аристократизмом, несмотря на то что до мозга костей являлся патриотом своей страны.

Генерал службы внешней разведки Российской Федерации Иван Петрович был человеком старой закалки и непоколебимой чести. Он прожил с одной женщиной всю свою жизнь и до сих пор обожал ее до потери памяти. Генерал свободно говорил на пяти языках, и только одному Богу известно, сколько бесценных сведений он добыл для СССР, а после для России.

Ему с радостью отдавали воинское приветствие и с улыбкой кивали. Генералом восхищались все; даже завистники признавали его успехи, а женщины тайно думали о нем. Вот такой харизмой и навыками обладал человек, ботинки которого глухо ступали по красному потертому ковру, сменившему паркет.

В последнее время в силу преклонного возраста его слух начал сдавать, и ему пришлось поставить слуховой аппарат, что доставляло ему массу неудобств.

— Доброе утро, Зинаида Прокопьевна, — с этими словами он вошел в крыло, где находился его кабинет. — Как поживаете?

Секретарь, та самая, что пренебрежительно сунула рапорт Кирилла в кипу бумаг, растеклась в кресле и кокетливо хихикнула.

— Да ничего, товарищ генерал! Вы наконец вернулись в обойму?

— Да, и надолго, — генерал постучал по стопке. — Это все мне?

— Нет-нет! — секретарша схватила гигантскую стопку документов. — Вам я сейчас принесу! А это, можно сказать, в утиль.

Генерал вытащил из стопки торчащий лист и сказал:

— С этим я сам разберусь. Благодарю.

Он зашел в свой кабинет, снял пиджак и начал читать рапорт неизвестного оперативника с до боли знакомой фамилией. Дочитав, отложил рапорт в сторону, перебирая в уме фамилии, увиденные в документе. Любопытные факты, но недостаточные, чтобы действовать.

Генерал встал, подошел к окну и начал обдумывать то, что прочитал.

Близился профессиональный праздник.

Лондон, 2003 г.

Кирилл вернулся в Лондон. Поездка подошла к концу, и предстояло выдержать серьезное испытание — встречу с Сергеем Михайловичем. Кирилл не знал, дошел ли его московский рапорт до генерала, а если дошел — какое произвел впечатление. Поэтому, шагая по коридору к кабинету начальника, был готов ко всему. Даже к самому худшему.

Однако встреча не состоялась. Кабинет был закрыт, а секретарь в приемной сказал, что Стрельцов улетел в Москву — отметить профессиональный праздник в кругу коллег. Кирилл вздохнул с облегчением. У него появилось время, чтобы узнать что-нибудь еще. Что-то, способное склонить начальника на его сторону.

Время было обеденное, но есть не хотелось. Кирилл решил прогуляться. Из головы не шли слова генерала

Панова: «Ты бы еще домой к ней наведался под видом слесаря». Идея казалась перспективной. Слесарь из него, конечно, аховый, да и не ходят они здесь по домам без вызова...

Тут Кирилл вспомнил, что понятия не имеет, где живет девушка. Как-то не пришлось к слову в самолете. «А что, если...» Кирилл вспомнил, как в юности зачитывался детективами. Английские он особенно любил, перечитал все книги про Шерлока Холмса, которые были у деда в библиотеке. Дед тоже был большим поклонником жанра.

— Учись мыслить нестандартно, Кирюша, — говорил он, подсовывая внуку очередной том Конан Дойла. — Мне это не раз пригождалось, уж поверь.

Кирилл остановился, огляделся и быстро зашел в ближайший паб.

— У вас есть телефонный справочник? — спросил он девушку за стойкой. Та кивнула в дальний конец зала.

Новенький справочник нашелся возле телефона-автомата. В справочнике не хватало страниц; завсегдатаи, наверное, пустили их на самокрутки. К счастью, нужная буква была на месте.

Людей с фамилией Чапман оказалось довольно много. Кирилл вел пальцем по списку, время от времени заглядывая в карту, напечатанную на обложке. Он сразу отбрасывал женские имена, полагая, что номер должен быть записан на мужа Анны. Отсеивал и те, что находились далеко от центра или вовсе за пределами Лондона. В конце концов Кирилл выписал в блокнот три номера с адресами. И сразу же стал звонить.

По первому ответила женщина. Говорила она с явным британским акцентом, а на заднем плане слышались детские голоса. Кирилл на всякий случай спросил

Анну, но уже знал ответ — никакой Анны по этому номеру не было.

Второй номер не отвечал. Кирилл прождал не меньше десяти гудков, прежде чем отключиться. Нужно будет перезвонить вечером — может быть, и Анна, и ее муж просто на работе.

По третьему тоже было глухо. Кирилл уже собирался дать отбой, когда длинные гудки сменились другим звуком — на том конце сняли трубку.

— Алло, — пробормотал какой-то мужчина.

— Добрый день! — от неожиданности Кирилл заговорил слишком громко. Девушка за стойкой посмотрела на него с недоумением, и Кирилл понизил голос. — Это служба... Доставки, — он быстро оправился от шока и взял себя в руки. — Миссис Чапман заказала...

— Доставки? — голос мужчины стал вялым. Он был или болен, или... Пьян! Язык человека буквально заплетался. — Вези давай, сладкое есть?

— Сэр? — Кирилл хотел спросить про Анну, но в трубке послышались короткие гудки.

Решение пришло моментально. Еще раз проверив адрес, Кирилл на бегу поблагодарил девушку за стойкой и вскоре уже сидел в метро. Поезд вез его в сторону станции «Энджел» и Гибсон-Гарденс. В руках Кирилл держал коробку с пиццей из сетевой доставки, а на его голове красовалась фирменная красная кепка — к счастью, при пиццерии была сувенирная лавка.

На всякий случай он купил еще леденцов и пару банок пива. Кирилл чувствовал легкий тремор в коленях, а желудок скрутило от волнения и адреналина.

Выйдя из метро, Кирилл быстро нашел нужный дом. Дверь в подъезд была приоткрыта. Отыскав нужную квартиру на четвертом этаже, он надвинул пониже кепку и постучал. Внутри было тихо. Кирилл немного постоял, прислушиваясь. Посмотрел на часы. С момента звонка прошло чуть больше часа. Неужели муж Анны успел уйти? Может, просто вышел в соседний магазин за добавкой?

Ни на что не рассчитывая, Кирилл нажал на дверную ручку, и внезапно она поддалась. Дверь приоткрылась.

— Эй, есть здесь кто-нибудь? — громко спросил он, делая шаг в прихожую. — Доставка пиццы! Мистер Чапман?

Никакого ответа. Кирилл вошел и закрыл за собой дверь, одновременно осматривая помещение.

В комнате, которую было видно от входной двери, царил невероятный бардак. На полу валялись вещи вперемешку с пустыми бутылками и контейнерами от еды навынос. Кирилл поставил коробку на пол, освобождая руки, и осторожно двинулся в глубь квартиры. Пахло спиртом и испорченной едой.

В глаза бросилась деревянная дверь напротив входа, вся испещренная дырами и следами ударов.

Кирилл не мог представить Анну в такой обстановке. Может быть, это какая-то ошибка? Мало ли, что этот в доску пьяный человек мог наговорить по телефону. Через мгновение он понял, что никакой ошибки не было. На комоде стояло фото в рамке — с него улыбалась Анна. Рядом с ней был молодой мужчина, он обнимал девушку за талию и почти касался губами ее волос.

Этот же мужчина сейчас лежал на диване. Худой, с грязными темными волосами, он выглядел больным. Возле его безвольно свесившейся до пола руки валялась пустая бутылка.

— Эй, — Кирилл шагнул к дивану и потряс парня за плечо. Тот не проснулся, только что-то невнятно пробормотал.

Кирилл с минуту постоял рядом, убедился, что парень в отключке, и быстро прошел в соседнюю комнату — спальню. Здесь тоже был беспорядок. В шкафу висела женская одежда, но еще вещи валялись на полу, на кровати, на столе. Как будто кто-то вытаскивал их из шкафа и в ярости расшвыривал по комнате.

Под ворохом одежды, обнаружился ноутбук. Кирилл нажал кнопку, надеясь, что батарея в рабочем состоянии. Компьютер включился.

«Давай быстрей!» — подгонял Кирилл систему, пока на экране мелькали окна загрузки. Не хватало еще, чтобы кто-то застал его здесь, роющегося в чужих вещах. Он представил, что сказал бы начальник...

Ноутбук, наконец, загрузился. Наскоро просмотрев папки на рабочем столе, Кирилл убедился, что это компьютер Анны. В одной из папок были собраны рефераты и курсовые работы на русском, подписанные ее именем.

Из гостиной донесся негромкий стон. Кирилл быстро закрыл ноутбук и, натянув на лицо улыбку, шагнул из спальни.

— Мистер Чапман, я привез пиццу!

Мужчина уже не лежал, а сидел на диване. Ему явно было непросто удерживать тело вертикально. Он пошатывался и смотрел на Кирилла стеклянными глазами, в которых не было ни одной мысли. Кирилл подошел к нему почти вплотную, взял за плечи и медленно, отчетливо спросил:

— Где Анна?

На секунду ему показалось, что мужчина не расслышал. Но тут в его глазах вспыхнуло понимание. А потом лицо сморщилось.

— Где Анна? — повторил Кирилл.

— Ее нет. И она везде, — во взгляде этого человека было столько боли, что Кирилл невольно отшатнулся. Муж Анны закрыл глаза и, что-то бормоча, снова опустил голову на диван.

Кирилл тихо вышел, прикрыв за собой дверь. Визит в квартиру Анны оставил на душе неприятный осадок. Однако мозг молодого человека уже анализировал полученную информацию.

Такой муж вряд ли мог помешать работе. Значит, его опасаться не стоит. Это была хорошая новость.

Плохая же заключалась в том, что Анну он так и не нашел. В этой квартире она явно не жила, и уже довольно давно. Кирилл понял, что зашел в тупик.

Перед его глазами то и дело вставало искаженное мукой лицо мужчины, а в ушах звучал его хриплый голос: «Она везде!» Что же в вас такого особенного, миссис Чапман? И где вы, черт возьми?!

ГЛАВА 17

Ты пожалеешь об этом, русская сучка!

Лондон, 2003 г.

Мы с Матсом отметили наш очередной трофей. Через пару часов я поняла, что ужасно устала. Вечер пошёл на убыль, глаза слипались, а разговор то и дело затихал.

Завтра рано на работу, пора баиньки.

— Я домой поеду, — сказала я, воспользовавшись очередной паузой.

— О, я с тобой тогда! — оживился Матс. — Возьмём одно такси.

В Лондоне он всегда жил в одном и том же отеле в пяти минутах от офиса «Джетсейлс». По чистой случайности это было совсем недалеко от моей квартиры, там же, в Южном Кенсингтоне. Возвращаясь из клубов, баров и ресторанов, мы часто брали одну машину на двоих. Сначала забрасывали меня на Тёрло-стрит, а потом Матс доезжал до своего отеля.

— Прекрасный вечер! — подытожил Матс, когда мы сели в такси.

Я кивнула, и всю дорогу мы вспоминали кропотливую работу, которую проделали, чтобы завоевать новых клиентов.

— Дальше больше, Анья! — улыбнулся Матс. — Я хочу, чтобы ты знала, как я ценю тебя и твою работу. Это потрясающе.

— Спасибо, Матс!

Мне было приятно слышать лестные слова о своей работе, а еще приятнее — видеть результаты.

Как ни странно, в тот самый момент я впервые за долгое время вспомнила про Алекса.

А ведь я все еще замужем!

Так много событий происходило каждый день, что я напрочь забыла этот факт. Жизнь менялась слишком быстро, чтобы оглядываться назад.

Я прислушалась к своему сердцу. Ощущение одиночества заглушало все остальное. Пустоту внутри было не заполнить новыми отношениями, интересной работой, путешествиями и впечатлениями. Внутри так и осталось пустое пространство. Можно было задвинуть его подальше. Закрыть на ключ и стараться не открывать. Однако оно все еще было там. И распахнуло свои двери в самый неподходящий момент.

Несмотря ни на что, возвращаться к мужу я не собиралась. Я была уверена: нужно двигаться дальше. Для этого необходимо было разобраться с документами и подать на развод. А значит, встретиться с Алексом.

Интересно, как он? Скорее всего, до сих пор пребывает в алкогольном трансе. А может быть, он тогда умер? Может, его уже четыре месяца нет в живых, а я...

Только от одной этой мысли у меня сжалось сердце.

Нет, мне бы позвонили из госпиталя или из морга, в конце концов. Кто-нибудь да связался бы с законной женой умершего. А раз звонков не было, значит...

Такси подъехало к дому с белыми колоннами, я кивнула Матсу и вышла из машины. К моему удивлению, тот выбрался следом.

— Прогуляться хочешь? — спросила я.

— Не совсем, — туманно ответил Матс.

Пожав плечами, я подошла к дверям подъезда, но поняла, что Матс идет прямо за мной.

Достав ключи, я дружелюбно улыбнулась и спросила:

— Матс, ты куда?

— К тебе, — сказал он так, будто это было очевидно.

Я опешила.

— Эм-м... Нет, Матс! Твой отель вон там, по дороге и направо. Надо было на такси доехать. Зачем ты отпустил его? Пешком минут десять идти.

Я подумала, что начальник настолько пьян, что забыл, где живет. Однако по его взгляду быстро поняла, что никакой ошибки не было. Матс действительно собирался ко мне.

Он начал наступать, все сильнее прижимая меня к двери.

— Матс! — серьезно сказала я и уперлась ему в грудь рукой.

— Да ладно, что ты прикидываешься... — мерзко улыбнулся Матс и засунул потные руки под подол моего платья.

От отвращения меня едва не вырвало. Я ужасно разозлилась.

Это ж надо было испортить такой чудесный вечер!

— Матс, я прошу тебя, перестань! Ничего не будет у нас, извини! — как можно сдержаннее произнесла я и настойчиво убрала его руки от себя.

Он полез снова.

— Ну я же знаю, что ты хочешь, — прошептал он мне в ухо, обдавая парами спиртного, чем вызвал новую волну тошноты.

— Я не хочу!

Он начал жаться к моему лицу и облизывать мою щеку. Внутри все скрутило.

— Такая сладкая Анья...

Собрав все силы, я резко оттолкнула его. Матс споткнулся о низенькую ступеньку и свалился на тротуар. Этого времени мне хватило, чтобы всунуть ключ в замочную скважину и забежать в подъезд.

— Ты пожалеешь об этом, русская сучка! — услышала я уже через закрытую дверь.

Ни на следующий день, ни после Матс не звонил.

Через три дня я узнала, что из-за халатного отношения к работе и недопустимых профессиональных ошибок меня уволили. Объяснять нелепость такого обвинения было бессмысленно.

Больше я никогда не видела Матса и не говорила с ним. Спустя полгода я случайно узнала, что была не первой русской ассистенткой, уволенной через несколько месяцев работы без видимой причины и при неясных обстоятельствах.

ГЛАВА 18
Когда сердце остановилось

Лондон, 2001 г. Сразу после знакомства с Алексом

В тот день я не улетела в Москву. «Иногда хорошее распадается, чтобы дать шанс лучшему», — эту фразу приписывают Мэрилин Монро. А нашу встречу с Алексом даже случайностью не назовешь. Время, обстоятельства, события, люди... Словно сама реальность подталкивала нас друг к другу, и у нас просто не было шанса не встретиться. Это-то я попыталась объяснить Марку. Когда я забирала свои вещи, он пытался меня вернуть и просил остаться. Но мои мысли, чувства были далеко. Через несколько лет я поняла, что хуже обиженной женщины может быть только обиженный мужчина. Марк отомстил за это расставание продажей моих откровенных фото американскому Playboy.

А пока я...

Поменяла билет, и мы с Алексом уже не расставались. Проводили вместе каждую минуту, не могли надышаться друг другом. Я читала его, как забытую книгу: все в нем было новым, но казалось странно знакомым. Как будто мы встречались в прошлой жизни, и память об этом не стерлась окончательно.

Алекс был техником на одном английском телеканале и иногда работал в ночные смены. На третий день знакомства он взял меня с собой в киностудию на дежурство.

— Тут я работаю. Устраивайся, где хочешь, — сказал он и уселся за стол, на котором стояла целая батарея мониторов, магнитофонов и плееров.

Я наблюдала, как любимый достает одни кассеты, меняет их на другие, распределяет по каким-то ячейкам, выбирает опять и снова меняет. При этом Алекс подробно рассказывал, что и зачем делает. Слушала ли я? Скорее, внимала. Впитывала моменты всем телом. Я была жадной до всего, что хоть как-то было связано с Ним.

Мне нравилось наблюдать: как он работал, как ел, как говорил с людьми. Алекс был одновременно общительным, доброжелательным, спокойным и рассудительным. С каждым днем я влюблялась в него все больше. Хотя, казалось, больше просто невозможно. Я хотела узнавать его ближе и ближе, наблюдать, просто быть рядом. Поглощая все отведенное нам время, я понимала, что никогда не смогу насытиться — всегда будет мало.

Алекс на миг оторвался от своих дел и посмотрел мне в глаза. Под его пристальным взглядом я почувствовала, что краснею. Такое для меня было нехарактерно, обычно я не смущалась. Но перед Алексом, таким невероятно красивым, ощущала странный трепет. Рядом с ним мне словно опять было двенадцать лет. Стоило ему посмотреть на меня, как я опускала глаза и еле сдерживалась, чтобы не хихикнуть, как школьница. Когда Алекс что-то спрашивал, я порой просто молчала. Это я-то, которая всегда знала, что сказать. За кем в школе табунами бегали мальчики и которая помыкала ими, как хотела. Та девушка куда-то исчезла. Такой, как с Алексом, я не ощущала себя никогда.

Между нами будто был энергетический канат. Он тянулся откуда-то из живота и соединял меня с Алексом. Канат, который с малых лет вел меня в Англию. Это было похоже на колдовство — красивую и очень древнюю магию. Мудрая сила объединяла двух людей, несмотря на огромное расстояние между ними.

Я стояла чуть позади Алекса и внимательно следила за тем, что он делает. Его руки будто исполняли ритуальный танец. Удивительно, какими изящными были пальцы Алекса. Мужскими, но при этом чуткими. Такие руки еще называют музыкальными. Когда он на мгновение задерживался, думая, что нужно сделать дальше, пальцы трепетали, словно касаясь невидимых струн.

Как поразительно прекрасен этот человек в каждый момент времени.

Я встала с дивана и подошла к Алексу. Он был сосредоточен на работе, но я, нежно обхватив его шею, добилась, чтобы все его внимание переключилось на меня. В этом я была настоящей жадиной.

— Алекс?
— М?
— Дай свой телефон.

Он протянул мне маленькую «Нокию» и внимательно смотрел, что я буду делать. Я кокетливо улыбнулась, но не стала отворачиваться.

В его старом кнопочном телефоне я написала: «Я люблю тебя».

Это был импульс. Мне так хотелось кричать о своей любви на весь мир, и я не могла сдержаться. Чувство, огромное, как океан, и такое же глубокое, оставалось внутри. Я хранила его, как самый важный подарок в жизни. Такая сильная привязанность делала меня уязвимой, но одновременно давала уверенность и укрепляла внутреннюю силу.

Люди годами ищут нечто подобное. Кто-то — всю жизнь, и все равно не может достигнуть такого уровня единения. Я же ощущала безграничную любовь каждой клеточкой своего тела. Чувство, которое я испытывала, было таким же естественным, как сама жизнь, как дыхание. И оно же вселяло кротость и робость.

Не поднимая глаз, я вернула телефон владельцу.

Алекс посмотрел на экран, потом на меня. Улыбнулся и медленно притянул к себе. Крепко обнял. Зарылся лицом в мою шею и тихо-тихо, почти неслышно, словно секрет, через несколько мгновений прошептал:

— Я тоже тебя люблю, Ания. — В английском языке нет буквы Я, поэтому мое имя они произносили кто как мог.

Мы стояли в пронизывающей тишине. Слившись воедино, ощущали друг друга, как самих себя... Не было Ани, не было Алекса в отдельности. Окутанные облаком любви, сквозь которое не могло проникнуть ничего из внешнего мира, мы замерли. Время остановилось. Сколько мы простояли, обнявшись? Не знаю.

Алекс поцеловал меня. Это было похоже на падение, после которого наступала невесомость. Дух захватывало, а потом резко отпускало, захватывало и отпускало снова.

Каждое его прикосновение к моим губам я ощущала, как первое. Такое легкое, еле ощутимое, при этом магнетически волшебное.

Первый секс случился тем же утром, когда мы вернулись из студии домой.

Чувства зашкаливали. Мы были полностью поглощены друг другом. Каждый вздох, каждый поцелуй словно напоминал о добровольном выборе стать друг для друга единицей среди тысячи нулей, заполнить пустоту в наших душах. Мы были счастливы, что смогли найти друг друга в бескрайнем океане одиночества. Мы смотрели друг другу в глаза — это невозможно было передать: нежность, страсть и экстаз, которые ощущались всем телом и душой. Это был не секс. Это была любовь.

Наша связь стала еще крепче. Будто между мной и Алексом возникла собственная гравитация, и она была сильнее, чем на всех известных ученым планетах.

После, присев на краешек кровати с самокруткой, Алекс лишь произнес:

— Вау!

Это были наши общие эмоции. Просто: вау!

Наверное, именно благодаря таким дням человек может быть счастлив. И даже если бы я всю оставшуюся жизнь провела в тюрьме, в больнице, в рабстве, — воспоминания об этих трех днях все равно делали бы меня счастливой.

Лондон, 2003 г.

— Здравствуйте, это Анна Чапман! Я бы хотела снова получать информацию о подходящих вакансиях, если это возможно.

В кадровом агентстве удивились, но пообещали сообщить, если что-то появится. Я снова была безработной.

Зарплаты в «Джетсейлс» хватало на безбедную жизнь.

Сможет ли новая работа также ее обеспечивать? И будет ли вообще у меня эта работа, учитывая то, как меня уволили...

Вскоре я узнала, что не зря опасалась — подписывая документы, причиной увольнения Матс указал «отсутствие профессионализма». С таким клеймом можно было ждать достойной вакансии годами. А за квартиру нужно было платить совсем скоро — из денег, найденных в сейфе, я оплатила несколько месяцев, и этот период подходил к концу.

Едва я положила трубку, как позвонил Курт — подбодрил насчет поиска новой работы и позвал в пятницу в ресторан.

Мы попрощались, но сотовый вновь затрезвонил. Я не ожидала увидеть имя «Алекс» и на автомате сбросила вызов. Потом, осознав, испытала облегчение — он, по крайней мере, жив.

Спустя пять секунд телефон зазвонил вновь. Я сделала глубокий вдох и ответила.

— Да, привет.

— Анджики?

Его голос всколыхнул что-то, чего я не чувствовала давно. Я закрыла глаза.

— Да, это я.

— Анджики, прошу тебя, помоги мне! Прошу тебя...

Алекс был крайне встревожен, возможно, даже напуган.

— Что случилось?

На меня вдруг накатило необъяснимое волнение. Что-то пульсировало внутри при каждом слове Алекса. Я непроизвольно стиснула зубы, поджала колени, обхватила их руками и зажмурилась.

— Помоги мне! Пожалуйста! Помоги! Только ты можешь...

Звонок оборвался.

Я тут же перезвонила, но абонент уже был недоступен. Снова и снова я набирала номер Алекса. Безрезультатно.

Что-то случилось! Иначе он бы не позвонил.

Конечно, я пыталась убедить себя, что это уже не моя проблема. Но внутренний голос без умолку твердил, что я оставила Алекса в трудной ситуации. А ведь он так нуждался во мне. От этих мыслей виски сдавила боль.

Предательница! Бросила любимого! Самого родного человека!

Тревога сжирала меня изнутри. Неизвестность и чувство вины не давали успокоиться. В конце концов я решила доехать до Гибсон-Гарденс и убедиться, что Алекс просто пьян, и это очередной приступ белой горячки.

Как раз заберу вещи.

Я быстро поймала такси. Всю дорогу меня мучало нехорошее предчувствие. Что-то внутри твердило: ехать не стоит. Я старалась не слушать этот настойчивый голос.

Кроме меня, у Алекса никого нет. Если с ним что-то стряслось, только я могу помочь ему.

Я уже спасала его раньше — каждый вечер... Даже когда он не просил. А однажды буквально вытащила с того света.

Это случилось больше полугода назад. Алекса накрыл очередной приступ белой горячки. Пока скорая, которую я вызвала, сумев не поддаться панике, мчалась к нашему дому по лондонским улицам, Алекс умер прямо у меня на руках. Я помнила это, как будто все было вчера. Его тело содрогалось от конвульсий. Я прижимала его к себе, шептала, что все будет хорошо, что вот-вот все пройдет, но в какой-то — самый страшный — момент он просто обмяк в моих руках.

В фильмах мертвого человека часто сравнивают со спящим. Однако в тогда я точно понимала, что Алекс не уснул. Он умер. Его сердце не билось, не качало кровь. Его легкие не набирали воздух.

Когда врачи скорой помощи вбежали в квартиру, я просто сидела с широко раскрытыми, безумными глазами и держала на коленях тело своего мужа.

Пока врачи что-то делали с телом, я была как будто без чувств, в полном отрешении и шоке. Застыла на кровати и даже не смотрела в их сторону. В тот раз Алекса успели спасти.

Сейчас я надеялась сделать это снова.

Я помогу ему в последний раз, и моя совесть будет чиста.

Такси подъехало к пункту назначения. Грудь сдавило, словно кто-то туго затянул невидимый корсет. Казалось, только вчера я ушла отсюда навсегда. Из этого дома и от Алекса.

По спине пробежал холодок, когда я вспомнила то страшное утро. Я снова ощутила ледяное прикосновение сверла к виску.

Всё это в прошлом.

Я вышла из машины, машинально поправила волосы, вошла в подъезд и стала подниматься на четвертый этаж. В горле стоял ком, ладони вспотели и соскользнули, когда я ухватилась за перила. Четыре месяца я не виделась с мужем. Это была самая долгая разлука за почти три года наших отношений.

Я думала, при виде Алекса сердце просто разорвется. Но оно разорвалось от того, что я нашла, войдя в квартиру.

Дверь была открыта нараспашку. Теперь в моем бывшем доме жили бомжи и наркоманы. Я видела такие притоны по телевизору. «Полицейские обнаружили место сбора наркозависимых и бездомных людей, где наш корреспондент провел свое журналистское расследование. Осторожно, следующие кадры не для слабонервных!»

Это не могла быть та же квартира, в которой я просыпалась каждое утро несколько месяцев назад. Повсюду были разбросаны шприцы, свернутые картонки, окурки, смятые пачки сигарет, бутылки и осколки, жестяные банки, грязные тряпки. В дверном проеме ванной комнаты валялся человек в луже собственной мочи. Двери, которую не так давно сверлил Алекс, и вовсе не было. В ванной было так грязно, что, заглянув туда, я тут же с отвращением отпрянула.

На моем любимом диване тоже лежало тело, в таком виде, что невозможно было определить его пол. А на обивке дивана… Я не хотела знать, от чего эти пятна.

Смрад стоял страшный. Воняло потом, перегаром и испражнениями. Пришлось зажать нос, чтобы не сработал рвотный рефлекс.

Моих вещей нигде не было. Ни носка, ни резинки или туши для ресниц. Ничего не осталось. Как и половины мебели, и вообще всего того, что делает обычную квартиру домом. Пропали и пальмы из «Икеи», и маска африканского идола, даже вилки с ножами и мои русские книги.

Ни-че-го не осталось от нашей жизни.

В горле был уже не ком, а настоящий булыжник, когда я прошла в спальню и увидела Алекса. Он лежал на грязной кровати, без постельного белья, прямо на матрасе. Ни подушек, ни одеял, ни простыни. Рядом комод, а на комоде грязное блюдце с ложкой — вероятно, единственной в квартире — и использованный шприц без колпачка. Я перевела взгляд на руки Алекса. На одной из них до сих пор был затянут его старый ремень.

Алекс употреблял тяжелый наркотик.

Мое сердце как будто обволокла густая чёрная слизь, похожая на нефть. Передо мной был человек, любовь к которому, несмотря ни на что, была частью меня самой. И сейчас мне казалось, что он падает в пропасть, увлекая меня за собой. В любой момент он может удариться о землю, и это будет его конец. Страшный, как героиновая ломка.

Я не смогла удержать его! Не поймала за руку в последний момент...

Я подошла к кровати и сняла ремень с его руки. Приоткрыла один глаз — зрачок среагировал на свет. Проверила пульс — он был жив. Алекс просто вырубился.

Выключенный телефон лежал рядом с его рукой на заблеванном матрасе. Видимо, звонок мне был последним криком о помощи.

Убедившись, что Алекс жив, я растолкала его новых «друзей» и выгнала их из квартиры. Один довольно быстро и без пререканий покинул дом, а вот со вторым пришлось повозиться и даже пригрозить полицией.

Ключ от входной двери я не нашла, поэтому просто прикрыла ее и приставила стул к ручке на случай, если еще какие-то новые знакомые решат навестить моего супруга.

На то, чтобы собрать весь мусор и привести квартиру в мало-мальски приемлемый вид, ушло несколько часов. С обивкой мягкой мебели я, конечно, уже ничего не могла сделать — за четыре месяца все, что на нее выливалось, въелось намертво. Найдя в кладовой какое-то старое покрывало, я просто набросила его на диван.

Теперь можно было хотя бы сесть. Ванную я тоже отмыла, насколько это было возможно без перчаток и моющих средств. Осталась спальня.

Вытирая пот со лба, я взяла мешок для мусора и направилась туда, когда прямо передо мной вырос Алекс. Я застыла. Мгновения хватило, чтобы понять — что-то не так.

Он смотрел на меня, но видел будто бы кого-то другого. Взгляд Алекса был злым и враждебным. Он буквально прожигал меня насквозь. Я не узнавала своего мужа. Это был кто-то чужой.

— Ты сделала, как я просил? Мы же договорились! — сквозь зубы процедил он.

— Что? — я не понимала, о чем речь. Впрочем, сам Алекс тоже вряд ли до конца осознавал, с кем говорит.

Он медленно наступал на меня, так что пришлось попятиться.

— Я вчера тебе сказал!

Он не кричал, даже голос не повысил, но то, как он говорил, повергло меня в ужас.

Лучше бы орал!

— Алекс, послушай меня, пожалуйста... — я старалась говорить как можно мягче. — Мы вчера не виделись. Мы четыре месяца не виделись.

Он остановился и посмотрел на меня как на сумасшедшую.

— Что ты несешь, тупая тварь? Вчера ты...

— Алекс, это я, Анджики! — старалась я сохранить самообладание. — Я твоя жена, ты помнишь? Но четыре месяца назад...

Его стеклянный взгляд прояснился, будто наполнился светом.

— Анджики? — с теплотой и надеждой переспросил он.

— Да, это я, Алекс. И я тут, я рядом. Я приехала помочь тебе выбраться.

Алекс очень серьезно посмотрел на меня, и к нему, кажется, вернулось сознание. Его взгляд стал осмысленным и теплым. Как будто тот Алекс, которого я когда-то полюбила с первого взгляда, с огромным трудом прорвался через сковавшую лицо безобразную маску.

— Анья, ты смысл моего существования. Я никто без тебя. Ты мне нужна. Я люблю тебя больше жизни. Я не выживу без тебя, без твоей любви. Я умру от горя, я не смогу пережить...

Он усердно думал — это было видно по лицу. Мысль ускользала от него. Сознание оказалось так сильно затуманено алкоголем и наркотиками, что он даже не понимал, что не видел меня несколько месяцев. Для него, похоже, мы расстались только вчера.

— Ты сидишь на героине? — набравшись сил, спросила я, хотя ответ был очевиден.

Он даже не услышал вопрос.

— Как давно, Алекс?

— А? — непонимающе отреагировал он, отвечая кому-то другому, из другого мира, который видел только он. Я поняла, что сейчас бесполезно что-то ему объяснять.

В другой раз.

— Алекс, я пойду, а тебе лучше поспать.

Что еще я могла сделать? Видеть любимого таким было выше моих сил. Да, последние четыре месяца я всячески закрывалась от мыслей о нем. Блокировала в себе эмоции, чтобы не было слишком больно. Пыталась жить дальше и просто не чувствовать того, что было внутри. Сейчас, стоя перед ним, я вновь ощущала прилив любви. В ней было что-то материнское, желание спасти, защитить Алекса от него самого.

Это я виновата! Будь я рядом, Алекс никогда не дошел бы до такого. Вместе мы бы справились.

Вопреки здравому смыслу, у меня внутри все еще жила маленькая девочка, которая верила, что все еще может быть хорошо. У моего Алекса, у нас. Ведь, если он вылечится, мы сможем быть вместе. Я все еще любила его и готова была ухватиться за самую призрачную надежду.

— Мне пора, — я сделала шаг к двери.

— Куда? — спросил Алекс, как будто все сказанное до этого не достигло его сознания. Я заметила, что в его глазах снова сгустилась тьма.

— Я попозже приду, хорошо? — попыталась я сгладить ситуацию, отступая к выходу. Мои движения были медленными, осторожными, как в клетке с хищником. Это не помогло.

Алекс вдруг начал озираться по сторонам. Его глаза бегали по стенам, будто там что-то ползало. Я машинально посмотрела туда же, но ничего особенного не заметила. Мне стало не по себе.

Взгляд мужа тем временем заволокло ужасом, рот открывался и закрывался, словно у рыбы, выброшенной на берег. При этом он не издавал ни звука.

В квартире будто стало холоднее.

Раньше Алекс говорил, что видит чертей. И сейчас, глядя в его глаза, я поверила в это.

— Ты уходишь от меня? — внезапно спросил он холодно и с усмешкой.

От его тона по телу пробежали мурашки. Адекватный Алекс исчез. На его место пришел другой. Даже черты лица у него изменились, стали более резкими, демоническими.

Сглотнув, я сделала попытку увильнуть:

— Давай мы в другой раз поговорим об этом?

Внутри сознания огромным транспарантом вспыхнуло слово: «БЕГИ!». Но я сделала лишь пару шагов. Почти дотянулась до стула, который сама же и поставила у двери, но убрать его не успела.

Алекс схватил меня за руку выше локтя. Сжал так, что я невольно взвизгнула от боли.

— Отпусти!

— Ты не уйдешь от меня, дрянь! Ты навсегда моя! — по-звериному взвыл он и потащил меня в спальню.

Я отбивалась, как могла, извивалась всем телом, тормозила ногами, цеплялась за предметы свободной рукой, но Алекс в тот момент был нечеловечески силен. Будто в него что-то вселилось. Он, казалось, даже не чувствовал сопротивления. Все попытки вырваться были тщетными. Алекс тащил меня, как игрушку. Это было немыслимо! Человек не мог обладать такой силой.

— Алекс... — вырвался крик, когда он со всей силы швырнул меня на грязную кровать.

Руки угодили во что-то мокрое. Я попыталась сползти с этой мерзости, но не смогла. В следующую секунду Алекс задрал мое платье.

— Нет!

Раздался треск рвущегося кружева. Кожу обожгла острая боль, когда Алекс сорвал с меня трусы.

— Нет, Алекс! Ты не можешь...

— Заткнись! — он ударил меня в спину и вжал в матрас так, что я с трудом могла дышать. — Заткнись, тварь!

Я пыталась бороться, но он был сильнее. Пока Алекс наваливался сверху и насиловал, я даже голову повернуть не могла. Дышала через раз. Ноги беспомощно мотались над краем кровати. А руки Алекс прижимал к матрасу так, что я знала, на них надолго останутся чёрные гематомы.

Он все возился и возился, с каждым разом все яростней наваливаясь на меня.

Я не плакала. Ни слезинки не скатилось по прижатой к грязному матрасу щеке. В какой-то момент я даже перестала сопротивляться. Мышцы обмякли, тело ослабло. Лишь губы были сжаты так плотно, что онемели.

Алекс мог меня задушить и не заметить.

Внутри нарастала паника. Я не могла ни вздохнуть, ни крикнуть. Изо рта вырывались лишь сдавленные хрипящие звуки.

Алекс кончил. Я не знала, прошло пятнадцать минут или пять часов. Тяжело дыша, он перевалился на кровать и сразу отключился. Я не сразу смогла пошевелиться, только повернула голову и наконец-то наполнила легкие воздухом. На теле не было ни одного сантиметра, который бы не болел. А сильнее всего ныло сердце.

Я ведь прибежала к нему на помощь...

С трудом я сползла с кровати на пол. Платье было грязным, руки тоже. С отвращением я чувствовала, как по внутренней стороне бедер стекает теплая липкая сперма.

Осторожно поднявшись на ноги, я бросила презрительный взгляд на кровать с лежащим на ней чужим человеком. Когда-то он был моим любимым. И все еще оставался моим мужем. В тот момент я даже не понимала, что именно чувствую. В один сосуд слились боль, обида, негодование. Этим сосудом была моя душа.

Прихрамывая, я прошла через гостиную, взяла свою сумочку, убрала стул от входной двери и вышла из квартиры. Теперь, даже если он действительно будет умирать, я не вернусь сюда.

ГЛАВА 19
Охотница за обеспеченными мужчинами

Москва, 28 июня 2003 г.

— Сергей Михайлович, приветствую! Как там зе кэпитал оф грейт бритн, стоит? — Иван Петрович от души пожал руку своему коллеге. Прием по случаю профессионального праздника набирал обороты. Впрочем, генерал даже в неформальной обстановке не привык вести долгие бессмысленные беседы, поэтому сразу перешел к делу. — Это ведь у тебя нынче внук Смирнова служит? Что скажешь про парня?

Сергей Михайлович чуть заметно подобрался и заговорил, тщательно подбирая слова:

— Да как сказать. Не стану скрывать, поначалу с ним было тяжело. Амбициозный, рвется в бой. Я боялся, что он наломает дров. Но в целом, парень внимательный, исполнительный и очень идейный.

— Я тебе так скажу, — перебил генерал, — дай парню возможность проявить себя с его девичьим проектом.

— Думаете, дать ему добро? — озабоченно спросил Сергей Михайлович, стараясь не выдать удивления.

— Думаю, стоит немного ослабить поводок. Только далеко его от себя не отпускай. Зеленый еще.

— Есть не отпускать! — в шутку отрапортовал Сергей Михайлович, приподнимая бокал. Генерал отсалютовал своим.

Посмотрим, что там наработает внук. Деда его он хорошо знал. Правду говорят, кровь — не вода.

Лондон, 3 месяца спустя

«Где же вы, миссис Чапман?»

На форуме русскоязычных жителей Лондона, куда Кирилл частенько заглядывал, появилось объявление: девушка с лисой на аватаре искала соседку в квартиру на Грин Стрит в районе Мейфэр. Откликов на объявление не было — цена даже на двоих была выше среднего. Зато был адрес и фото красивого дома из красного кирпича.

В тот же вечер Кирилл сидел в кафе на той же улице и ждал, не сводя глаз с подъезда. Вот подъехало такси, и из него вышла девушка — рыжие волосы засияли под закатным солнцем. Девушка, не оглядываясь, уверенно подошла к двери и скрылась за ней. Нашел!

Кирилл размышлял. Неплохо было бы подселить к Анне кого-нибудь из знакомых. Однако он понимал: его жалования не хватит, чтобы платить такую аренду. К тому же, это слишком рискованно. Сергей Михайлович точно бы не одобрил.

С начальником в последнее время у Кирилла все было ровно. Тот вернулся из Москвы в прекрасном расположении духа, вызвал парня к себе, сделал несколько дельных замечаний по работе. И уже в конце беседы вдруг сказал:

— Кстати, по тому делу. Работай. На рожон не лезь, близко не подходи. Собирай сведения. Там видно будет.

Кирилл, ожидавший чего угодно, кроме такого благословения, только кивнул.

Итак, Анна нашлась. А еще через несколько дней Кирилл увидел, как в подъезд заносит коробки с вещами молодая темноволосая девушка. На всякий случай он попросил одну из сотрудниц позвонить и уточнить, актуально ли объявление. Как и ожидал, Анна вежливо ответила, что комната уже сдана.

Темноволосую девушку звали Вера. Кирилл наблюдал за ней почти месяц и узнал довольно много. Вера работала официанткой в баре пятизвездочного отеля, не очень хорошо говорила по-английски, но с лихвой компенсировала это эффектной внешностью и милой, немного наивной манерой общения. Пару раз Кирилл видел, как ее подвозили домой на дорогих машинах, однако постоянного бойфренда у девушки не было. В целом, это была обычная охотница за обеспеченными мужчинами, довольно симпатичная и простая.

К удивлению Кирилла, Вера оказалась очень набожной. По воскресеньям она ездила на службу в русскоязычную православную общину, где после причастия подолгу о чем-то беседовала со священником. Кирилл решил, что это отличный шанс.

ГЛАВА 20

Вокруг плясала смерть

Лондон, сентябрь 2003 г.

Деньги почти закончились. Из роскошной квартиры пришлось съехать. Я нашла вариант поскромнее, но зато с двумя спальнями. Одну я заняла сама, а вторую сдала. Так арендная плата снизилась вдвое.

Мою новую соседку звали Вера Сувицкая. Невероятно красивая брюнетка с голубыми глазами, она могла дать фору любой фотомодели. Вера была бесхитростной и искренней девушкой, и вскоре я уже знала о ней почти все. У Веры было много мужчин, а на родине осталась мама, которую нужно было содержать. Несмотря на свой далеко не монашеский образ жизни, Вера все еще верила в Бога и в принца на белом Мерседесе. Мне это казалось очень милым.

Я сменила номер телефона после...

Инцидента. Пусть будет это слово. Так проще.

Алекс пришел в себя только через два дня и начал звонить. Он буквально обрывал телефон, и в этой его настойчивости было что-то маниакальное. К полудню того дня на моем мобильном высвечивалось больше сорока пропущенных.

Сообщения он тоже писал, но чаще всего это были просто буквы, набранные в случайном порядке. Когда он все же умудрялся сложить из них какой-то текст, суть была одна: «Аня, помоги мне».

«Я хочу завязать, но только ты можешь мне помочь».

«Вернись или я умру».

Удивительно, но я не питала к Алексу ненависти или даже неприязни. На самом деле я все еще его любила. Было бы глупо обманывать себя на этот счет. Только вот эта любовь уже ничего не значила. Я получила звонкую пощечину, дав волю чувствам. Даже не пощечину, а мощный удар, после которого сложно оправиться.

Все проходит. Так и я снова пыталась начать жить своей собственной жизнью. На этот раз я ушла окончательно. А любовь...

Когда-нибудь пройдет.

Поэтому за полтора месяца я не ответила ни на один звонок. А когда количество звонков стало просто мешать моей повседневной жизни — выключила мобильный и купила новый, самый простой телефон. Номер сообщила родителям, в кадровое агентство, соседке и Курту.

Старый мобильник поселился на дне ящика, в который я предпочитала не заглядывать. Выкинуть рука не поднялась.

Без постоянных звонков жизнь стала как будто спокойнее, но временами на меня наваливалась жуткая слабость и тоска. В такие дни мне снился странный сон.

Один и тот же, он, как сериал, каждый раз показывал чуть больше. Это не был кошмар, но каждый раз, когда я просыпалась, сердце колотилось, как сумасшедшее. Удивительно, но этот сон я могла воспроизвести в мельчайших деталях, хотя обычно все забывала, едва открыв глаза. В этом сне была девушка...

Деревня Шамурша, 1236 г.
Пришли они на рассвете. Из-за реки пришли, с того берега. Затемно перешли Цивиль — как только брод сыскали. Не каждый в деревне знал, где тот брод. А которые знали — хранили тайну. В реке была их сила и спасение. В ней же и погибель — бежать некуда.

Она выскочила из дому как была, простоволосая да в нижней рубахе. И замерла, оглушенная. Скакали кони, взрывая копытами землю, и люди кричали. По-здешнему кричали и по-чужому. По-здешнему одно слово страшное, всем известное: монголы. В слове том — смерть.

Шуууух! Взметнулось пламя к небесам светлеющим. И еще, и дальше. Шуууух, шуууух! Дома вспыхивали жертвенными кострами. Люди, дети да бабы, метались по улицам, бежали к лесу. Неумолимые всадники гнали их с гоготом, улюлюканьем. Как зверей гнали, давали вырваться вперед, надежду давали. А после все одно догоняли. Не трудились даже рубить — конями топтали. Куражились.

Кричала во дворах скотина, огнем схваченная. Звери человечьими голосами вопили. А люди выли по-звериному. Падали под ударами, заливали землю кровью своей и выли, скулили, рычали.

Девки молодые, кто сбежать не поспел, бросались назад в избы горящие. Все одно помирать, а в огне хоть чисто. Монголы кого ловили — насиловали. А после один взмах и нутро наружу. Долго так можно помирать, мучительно.

Она стояла, захваченная круговертью коней, огня, крови, смерти. Что на закате еще было домом родным — превратилось в кошмар полуночный. Огонь метался меж домов, воздух плавился, того и гляди волосы займутся. А внутри все холодело, будто на самой лютой стуже нагишом стоишь. От ужаса холодело. Грудь сжимала боль доселе неведомая, казалось, еще чуть — сердце лопнет.

Ноги в камень обратились да вросли в землю родную, от крови теперь красную. Шаг. Рубаха в коленях путается, не пускает. Шаг. Словно через реку, поперек течения, из последних сил. Шаг. Волосы в лицо кидаются, остановить хотят. Шаг.

Увидала, как поодаль, у реки, люди споро бежали к броду. Мужики здоровые баб за руки тащили, кто-то детишек малых на закорках нес. Что постарше — сами поспевали. Последним шел Калай[1]. Высокий тощий старец, в руке — посох узловатый. Люди в деревне почитали его мудрецом. Молвили, есть у старца сила, богами данная. И впрямь, там, где шел он, словно стена росла каменная. Ни один враг в их сторону и не глядел. А она — увидела.

Калай, видать, взгляд ее почуял. Остановился да обернулся. Вперил в нее глаза страшные. Белые почти, как у слепца. Да только все видел старец. Поманил ее пальцем, айда, мол, с нами. Она и рада, да где уж. Ноги не слушаются. Постоял Калай, махнул на нее посохом, да и ушел через брод в лес дальний. А она все вслед ему глядела. Что-то в глазах его посулило: встретятся еще.

---

[1] Калай — железо (чуваш.)

Закричал кто-то сбоку, тонко и жалобно.

— Бүү хөдлөөрэй, гичий минь!¹ — трое воинов, забрызганных кровью, насиловали девочку. Совсем юную, в рубашонке, поди, не созрела еще, первую луну не встретила. Как же ее зовут? Не упомнить теперь, да и надо ли. Тот, что был на девчонке, не останавливаясь достал нож. Она отвернулась. Крик смолк.

А за рекой шумят березы. Ветер летит по лугу, осушая росу. Слезы утренние, не хватит их, чтобы смыть кровь, что пролилась здесь. Никаких слез не хватит до самого конца времен.

Вокруг плясала смерть, а ее будто не видела. Ни один воин ее не тронул, ни одна искорка не долетела. Будто зачарованная шла она по родной деревне, которой, почитай, уже и не было. В этом ли мире она или в другом, что с этим лишь краями соприкасается? Не понять.

Рядом с занявшимся сараем коренастый толстый всадник брал свое. Эту бабу, что безвольно повисла в его окровавленных руках, она знала. Все ее знали, бедовую. Так и звали в деревне, а имя уже и позабыли. Была она сызмальства хороша собой, приветлива, все с улыбкой ходила на устах сахарных. Да только не впрок красота ей пошла.

Семья была пропащая: отец пил горькую да поколачивал мать. Дочери тоже доставалось. Как расцвела — парни ходить стали. Ходить-то ходили, заглядывались, а просватать так никто и не сподобился. Не хотели такую родню местные. Девка год-другой потосковала, а на третью весну своей женской поры сбежала с заезжими торговцами.

---
¹ Бүү хөдлөөрэй, гичий минь! — Не дергайся, сука! (монгол.)

К зиме воротилась, брюхатая и присмиревшая. Отец не хотел пускать, гнал со двора, да мать вступилась нежданно. Родила мальчика, говорили, хворого. На третий день помер, а уж сам или помогли — неведомо. Убивалась по нему страшно. А после и вовсе умом тронулась. Все ходила по деревне тенью, улыбалась. И слова ни с кем с тех самых пор не молвила. Бедовая.

Баба и сейчас улыбалась, будто нравилось ей происходящее. Толстый всадник тискал ее белые до синевы бедра, теребил груди. Сплюнул прямо в лицо и отбросил насторону. Свалилась копной и лежала, в небо пялилась с улыбкой своей радостной. А глаза неподвижные, тусклые уже.

Тот, что труп пользовал, не угомонился. Стоял, как был, не оправляясь, да озирался, живую искал. Злобные зенки его вдруг сощурились. Она тут же поняла, что не действует больше оберег от глаз вражьих — увидел он ее, всю как есть. В исподнем, к месту примерзшую. Оскалбился, шагнул, руку протянул, чтоб за волосы схватить половчее. Куда деться? Сил нет шагу ступить, где уж отбиться от этого. Пропала!

Топот коней будто заглушил все звуки. Обидчик отпустил ее волосы и юркнул куда-то в сторону. Она подняла голову. Всадники скакали через догорающую деревню, а за ними покуда хватало глаз тянулись повозки и телеги. Первый остановился прямо перед ней. Не юноша, но и не старик. Худой монгол с жестким тонким лицом. И глаза. Черные угли тлеющие. Посмотрел на нее в упор — ожег взглядом. Она не отвернулась. Пропади пропадом, окаянный! Убейте уже, да и будет.

Не тронул. Двинул бровью — и кто-то из спутников подхватил ее словно мешок да через коня перекинул. Добыча, стало быть.

Он звал ее Охин[1]. А она его вслух никак не звала. А про себя — Монголом. Был он шаман, большой человек. Мог читать по звездам, знал, когда идти в бой, а когда повременить. Раны врачевал, травами да молитвами. Боги его слышали.

Она не боялась его. Днем делала работу всякую, по дому и во дворе. Поначалу все ждала, что придет по праву победителя брать свое, что от бабы взять можно. Не приходил. Смотрел порой так, что в жар бросало, а внутри замирало от ужаса ли, не то от ожидания.

Другие ее не трогали. Шаманова баба, хоть и пленница — не для потехи. Да и не было у них нужды, в каждом селенье на потребу было вдосталь девок.

— Буу ай[2], — говорил ей Монгол, когда видел, что робеет. Она не понимала слов, но сердцем знала, что они значили.

Лето сменилось осенью, зима пришла и ушла. К весне она уж привыкла, оттаяла. Когда не видел никто — смотрела на Монгола и думала, что лицо его жесткое, да не злое совсем. Никогда не проявлял он звериной свирепости, как воины.

По ночам только тяжко было. Что ни сон — являлась Бедовая. Стояла молча, улыбалась, а сама будто кляла: забыла, простила, а ведь видела, что они с нами сделали. «Нет! — хотелось кричать. — Не забыла! Я ведь не по своей воле!» Да только не шли слова. Знала в душе, что и по своей бы жила. «Не он это был», — шептала, разметавшись на тюфяке своем. Просыпалась в слезах и горячке.

---

[1] Охин — девушка (монгол.)
[2] Буу ай — Не бойся (монгол.)

В одну такую ночь проснулась и увидела Монгола. Стоял рядом, смотрел глазами своими жгучими, они в темноте горели углями. Потом положил ладонь ей на лоб. Твердая, как камень, да горячая. От ладони его по всему телу тепло разлилось. Не жаркое, спокойное.

— Тэр дарин ирэхгуй[1], — сказал тихо.

Вцепилась она в руку его, слезы по щекам потекли. Он присел рядом, взял ее лицо ладонями. В ту ночь отдала ему свое девичество. Сама отдала, без принуждения, как мужу законному.

Дважды луна сменилась, когда она поняла, что понесла. Сказать ему хотела, да как? Слов по-его знала всего ничего, а таких и вовсе не слышала. Маялась, думала, а он сам узнал. Как — кто ж ведает. Ночью одной положил свою ладонь на ее живот и сказал спокойно: «Хуу[2]». И стало легко.

Родила тоже легко. Повитуха обтерла ребенка подолом, положила ей на грудь. Она перебирала черные мягкие его волосы и шептала: «Буу ай». Он ткнулся ей в грудь, нашел сосок и жадно приник горячим маленьким ртом. Она тихо засмеялась. Этот ребенок угоден богам.

Повитуха возилась в ногах. Омывала бедра от крови горячей, что-то бормотала тихое, убаюкивающее. За дверью послышались шаги, тяжелые, мужские. «Пришел сына увидеть, — подумала, — ох, негоже ему здесь, не мужское это. И я неприбранна…»

Тут повитуха как услышала: подошла, по волосам погладила, смахнула пот со лба горячечный. И сунула под нос ей тряпицу, а от той дух резкий. По глазам

---

[1] Тэр дарин ирэхгуй — Больше не придет (монгол.)
[2] Хуу — мальчик (монгол.).

ударило. Миг — и заснула она. Только успела сына к себе прижать...

Очнулась на земле сырой. Руки связаны, а в ногах силы нет. Встать попыталась — по бедрам снова заструилось горячее. Сын! Забилась, закричала истошно. Кто-то схватил грубо, на ноги поставил да потащил. Расступились деревья, открылась поляна, посреди — костер в самое небо. Люди вокруг тенями жмутся. Один только стоял прямо, открыто да гордо. Пригляделась к свету — старец Калай. Вот и свиделись. Да только встреча эта ничего хорошего не сулит.

От костра веяло жаром. Она вдруг вспомнила день, когда монголы пришли. Внутри все сжалось от внезапной боли. По телу пробежал мертвенный холод. Никогда уж ей не согреться, хоть в огонь кидайся.

Калай что-то крикнул. Толкнули ее в спину, почти к самому жару. Дым ел глаза, но было что-то еще. В огне, в пекле. Ветер налетел, и сквозь дым она учуяла...

Мейфер, Лондон, 2003 г.

Я вынырнула из сна, словно из ледяного озера, поверхность которого уже подернулась тонкой корочкой льда. Дыхание сбилось. Все это было слишком реальным. Но ведь это всего лишь сон.

Вскоре я, однако, забыла о своем беспокойстве, вызванном ночными видениями. Появился другой повод нервничать.

ГЛАВА 21

От любви до отчаяния — семь сантиметров

Лондон, 2003 г.

Я заметила, что стала быстро уставать. Тяжело было носить пакеты, хотя покупок я делала не больше, чем обычно. Настроение менялось по десять раз на дню. Все это я логично списывала на стресс из-за отсутствия работы. И все-таки в один из вечеров решила забежать к терапевту.

Кабинет врача в Мейфер, отделанный деревом и дорогими тканевыми обоями, выглядел очень представительно и по-британски. Ничего не напоминало о больнице, казалось, солидный джентльмен просто беседует со своими знакомыми за чашечкой чая.

Все-таки место решает.

— Доктор, со мной что-то кардинально не так, мне кажется, у меня либо отказывают органы, либо я больна какой-то страшной болезнью...

Терапевт, пожилой белый мужчина, поднял взгляд от протокола с результатами анализов и посмотрел на меня с лукавой улыбкой:

— С вами все более, чем нормально, миссис Чапман. Тут праздновать нужно, а не грустить. Вы беременны.

Не помню, как я дошла до своей квартиры. Хорошо, что она была всего в нескольких метрах от приемной врача. Я была в полном шоке.

Беременна? Это какой-то дурной сон.

Медленно разулась, сняла куртку, легла на кровать в своей спальне. Все еще в состоянии аффекта положила руку на живот. И вдруг почувствовала его. Нет, конечно, никаких толчков еще не было. Я просто совершенно четко осознала: он там. Уже три месяца во мне жил маленький человек, о котором я ничего не знала.

И что же мне делать, малыш?

Внезапно я поняла, что мальчик, который пришел ко мне в ночь знакомства с Алексом, был моим сыном. Мгновенно исчезла пустота, от которой я убегала столько лет. Пока его сердечко билось внутри, я была не одна. Уснула я с чувством наполненности и радости от знакомства. Хотя, конечно, радоваться было нечему.

Сам факт беременности меня не пугал. Страшила лишь мысль, что Алекс уже довольно давно употреблял героин. Я и сама не была святой. Работая в «Джетсейлс», позволяла себе выпивать и тусоваться, не думая о режиме.

Но героин...

Одна мысль о том, какой ребенок может родиться от такого отца, повергала меня в самую глубокую бездну мрака.

Старый телефон лежал на краю дивана. Я была уверена, что никогда больше его не включу, но теперь мрачно смотрела на темный экран и думала, стоит ли рассказать о ребенке Алексу. Через полчаса я все-таки поняла, что не готова в одиночку нести всю тяжесть принятого решения.

Это решение далось мне нелегко. Я даже позвонила матери Алекса — Джейн — словно пытаясь ухватиться за соломинку и не принимать его.

С Джейн мы общались мало, но в целом она относилась ко мне хорошо, насколько это было возможно при британской сдержанности. Когда Алекс представил меня своим разведенным родителям, они, конечно, не выказали особого восторга. Отец даже посоветовал сыну провериться на СПИД после «такой связи». Меня это позабавило. Несмотря на первую реакцию, я пыталась наладить с семьей мужа теплые отношения. И, казалось, мне это даже удалось: отец Алекса с удовольствием принимал нас после свадьбы у себя в гостях в Вейбридж. Пока однажды, примерно через год, не стал свидетелем ломки. После этого он привез Алекса в нашу квартиру, выгрузил в прихожей, как мешок с мусором, и заявил, что отныне сына у него нет.

Мать Алекса с самого начала была настроена более дружелюбно, хоть и не преминула заметить, что сыну, по ее мнению, рановато жениться. И все же она в нас верила. Считала, что у нас настоящая любовь — прямо как в романах и фильмах. Она не стала отговаривать Алекса от скоропостижной женитьбы, хоть и дала понять, что это целиком и полностью наша ответственность. Меня такой подход более чем устраивал.

Джейн была настоящей любящей мамой, и ей очень тяжело было видеть состояние сына. Какое-то время она все-таки пыталась нам помогать. Не слишком настойчиво, но беседовала с Алексом, уговаривала его пройти курс лечения. В итоге она сдалась, прекратила попытки достучаться до сына и, будто поставив на нем крест, перестала хоть как-то содействовать ему в жизни.

Как бы там ни было, я позвонила именно ей.

— Привет, Джейн!

— Здравствуй, Ания! — Джейн удивилась, но вроде была рада.

— Я хотела бы рассказать тебе кое-что.

— Выкладывай, конечно!

— Я беременна, — это был первый раз, когда я произнесла вслух то, что бесконечно крутила в голове.

Пауза.

— Ох, вот это новость... — вздохнула Джейн. — От Алекса?

Я предполагала, что Джейн уточнит это, и заранее решила не обижаться.

— Да, Джейн, — глубокий вдох. — Мне нужно принять решение, оставить ли ребенка. А для этого нужно спросить у тебя, сможешь ли ты помочь растить малыша. Вероятно, это мальчик...

— Я? — опешила Джейн.

— Ну да, ты же бабушка.

— Я не могу, я занята! У меня не будет времени, я же до сих пор в клинике работаю! — выпалила Джейн, будто за ней кто-то гнался.

Я знала, что последние несколько лет Джейн пару часов в неделю подрабатывала в больнице недалеко от своего дома. После расставания с отцом Алекса она жила на юге Англии — делила дом со своей матерью.

Джейн так и не смогла оправиться после тяжелого развода, ставшего для нее ударом. Когда они с Кевином — отцом Алекса — встретились, казалось, что их ждет идеальное будущее. Отец Алекса был невероятно красив.

Он хорошо зарабатывал, и первые десять лет семья жила на Бермудах. Алекс и его сестра ходили в частную школу и ни в чем не нуждались. Жизнь казалась безоблачной, пока однажды Кевин не потерял все. Три месяца он скрывал это от жены. Однако вскоре кредиторы отобрали дом. С двумя детьми Джейн была вынуждена вернуться к своей матери. После этого они с Кевином уже не смогли сойтись.

Кажется, Джейн так и не смирилась с тем, что вышла замуж за неидеального мужчину и сама не стала идеальной женой и матерью. И сейчас я будто наступала ей на больную мозоль.

— Я понимаю, но ребенок родится не завтра и даже не на следующей неделе, — мой голос звучал на удивление спокойно. — А после аборта обратной дороги уже не будет. Я одна никак не потяну. Ты же знаешь, в каком состоянии Алекс. Вопрос в том, есть ли у нас возможность помочь этому малышу.

— Наверное, я пас, — ответила Джейн, и по ее тону было понятно, что «наверное» тут используется лишь из вежливости.

— Я услышала тебя, — говорить дальше было не о чем. — Больше с этим вопросом не вернусь.

Вот и всё...

Я не удивилась, не расстроилась и не обиделась. Наоборот, даже была благодарна, что Джейн прямо и честно ответила на такой непростой вопрос. Этим она помогла принять окончательное решение. Я не стану рожать.

О том, чтобы позвонить своим родителям, попросить помощи, вернуться в Россию, родить там, я ни на миг не задумалась. Это было исключено.

Решение было единственно возможным.

И нужно сообщить о нем второму участнику инцидента.

Я зажала боковую кнопку старого телефона. Экран засветился, телефон пикнул и включился, исполнив неуместно веселую мелодию. У меня вырвался нервный смешок.

Сразу же посыпались сотни, если не тысячи уведомлений о пропущенных звонках и сообщениях. Все они были от одного человека. Я не стала ничего читать, просто нажала на первый пропущенный и поднесла телефон к уху.

Сердце тяжело ухало где-то в животе.

— Анджики?

Я не надеялась, что он сразу ответит, и уж тем более не рассчитывала, что узнает меня. Однако мне повезло — Алекс был во вменяемом состоянии.

— Привет, — во рту пересохло, и я едва смогла выдавить из себя первое слово.

Соберись!

— Анджики? У тебя все хорошо? Ты где?

Он нервничал, я это слышала, и почему-то это меня успокоило.

— Послушай, Алекс, мне нужно кое-что тебе сообщить...

— Да, конечно, Ан...

— Не перебивай, пожалуйста.

— Прости, прости меня, да, говори!

Я закрыла глаза. Голос Алекса стал каким-то другим. Я не узнавала его. А ведь когда-то его речь была для меня самой сладкой музыкой. То, что я слышала сейчас, казалось убогой пародией на голос бывшего возлюбленного. Алкоголь и героин исказили его голос до неузнаваемости. Возможно, навсегда.

— Алекс, я беременна, — спокойно сказала я.
Потом зачем-то добавила:
— От тебя.
Тишина.
— Б-беременна? — заикнувшись, переспросил он.
— Да.

Алекс замолчал. Было слышно только его тяжелое дыхание.

— Ты помнишь, как прошла наша прошлая встреча? — я подозревала, что ответ будет отрицательный.
— Какая встреча? — не понял Алекс. — Когда?
— Как, по-твоему, сколько мы не виделись?

Алекс усердно думал. Я не видела его, но, казалось, слышала, как мысли перемешались в его голове.

— Не знаю, — ответил он наконец.
— Алекс, какое сегодня число и день недели?

Еще минута на раздумье.

— Я не знаю.

Понятно. Интересно, на что я надеялась?

Я решила сразу перейти к делу и побыстрее закончить этот бессмысленный, как я уже поняла, разговор.

— Алекс, я буду делать аборт. Это точно, — я говорила ему, но чувствовала, что уговариваю скорее себя. — Завтра только на УЗИ схожу в Кингстон узнать срок, но я его и так знаю. Он большой. Это значит, что надо срочно действовать, прямо в ближайшие дни. Ты понимаешь, о чем я говорю?

В ответ — молчание. Наверное, он кивнул, не понимая, что говорит по телефону.

— Алекс?
— Вроде, — послышался тихий голос. И снова тишина.

Зачем я вообще ему звоню?

Ответа на вопрос у меня не было. Может быть, я считала своим долгом сообщить об аборте — ведь, как ни крути, Алекс — отец этого ребенка. Или думала, что станет легче, если разделить этот груз с кем-то близким? Или я надеялась, что?..

Как ни странно, что после всего я продолжаю считать Алекса близким человеком!

Внезапно тишина стала невыносимой, я физически ощутила ее тяжесть и поспешила попрощаться. Прервав разговор, я сразу же выключила телефон и швырнула его в ящик комода.

Больше никаких разговоров по душам!

На следующий день я в ожидании сидела у кабинета врача и машинально трогала живот. Этот жест, наверное, характерен для всех беременных, каким бы ни был срок. Не округлился ли? Конечно, ничего еще не было заметно, но я все равно трогала и пыталась понять, что при этом чувствую.

Если бы только можно было не чувствовать ни-че-го!

— Миссис Чапман, можете проходить! — оповестила медсестра.

Я вошла в кабинет, улыбнулась врачу, чтобы скрыть нервозность, и поскорее улеглась на кушетку. Врач выдавил скользкий холодный гель на мой оголенный живот — я поморщилась — и стал водить датчиком. На экране показались первые неясные полосы. В этот момент дверь в кабинет распахнулась, и вбежал Алекс. От неожиданности врач замер, прижимая датчик к моему животу. Комнату наполнил шум, через который пробивались звуки сердцебиения. Я не могла пошевелиться, удивленная и растерянная.

Алекс как будто стал меньше ростом — сгорбился, исхудал, осунулся. Спутанные сальные волосы выглядели небрежно. На грязной и мятой футболке виднелась большая дыра, и это была отнюдь не задумка дизайнера. Держа руки в карманах, он беспрестанно топтался на месте и тревожным взглядом осматривал все вокруг. Глядя на него, любой человек мог бы с уверенностью навесить ему ярлык наркомана.

Медсестра попыталась выдворить Алекса из кабинета, но я, к своему собственному удивлению, сказала:

— Не надо, впустите его, это... Отец.

Глядя на Алекса, я снова испытала то щемящее чувство, что одновременно приносит удовольствие и заставляет страдать. Как бы отвратительно он ни выглядел и какую бы боль ни причинил. Если бы можно было обнять его и поцеловать так, чтобы дыхание закончилось! Что-то внутри неумолимо тянулось к этому человеку. И пусть это что-то уже не имело власти над моими действиями, оно все же продолжало существовать.

— Привет, — тихо сказала я. Перед глазами всплыла грязная комната и загаженный матрас, в который он меня вдавливал. Я постаралась отогнать эти мысли.

— Анджики! — он дернулся обнять меня, но вовремя остановился.

Врач снова стал водить прибором по моему животу.

— Вот здесь. Это ребенок, — указал он через минуту. — Почти семь сантиметров.

Сквозь черно-белый шум проступало крошечное пятнышко, и я, глядя на него, не могла понять, что чувствую. Внутри вроде бы потеплело. Однако в то же время мне было все равно. Я уже решила, как поступлю, и не собиралась ничего менять. К чему тогда что-то чувствовать? Тем не менее, стоило взглянуть на Алекса, как сердце болезненно сжималось.

Он смотрел на монитор с выражением полного обожания. Как будто видел самое прекрасное и чистое, что есть в мире. Он уже любил этот семисантиметровый комочек, я видела это в его глазах.

Алекс как будто одной ногой заходил в счастливую жизнь, где у него есть продолжение, где он больше не одинок. Он находился во мраке и вот сейчас вдруг увидел огонек надежды, который наделял его существование искренним смыслом и любовью.

Я отвернулась. Видеть это было невозможно.

Я уже все решила!

— Мы закончили? — обратилась я к врачу. Он кивнул и назначил дату аборта. Послезавтра.

Из клиники мы с Алексом вышли вместе. На крыльце одновременно остановились, не глядя друг на друга. Минута прошла в тяжелом молчании. Мне нечего было сказать ему. Но, может, Алекс захочет...

Вдруг это наша последняя встреча.

Мне почему-то захотелось, чтобы он что-нибудь сказал.

Алекс молчал.

Я закинула сумочку на плечо, развернулась и, чувствуя, как сердце обливается горячей кровью, направилась в сторону метро.

— Анджики? — окликнул Алекс. Я обернулась.

Глядя на мужа с расстояния в несколько шагов, я поймала себя на мысли, что даже такой, как сейчас, неопрятный и измотанный наркотиками, он все ещё очень красив.

— А ты не думала... может быть... — Алекс будто вспоминал, какие слова есть, а каких нет. — Может, мы...

— Нет, — отрезала я. — Я не смогу.

Что-то в тот момент умерло в душе, но я отвернулась и с прямой спиной пошла дальше.

ГЛАВА 22

Как я украла 500 фунтов

Лондон, 2003 г.

Все мои чувства словно заморозились. Большую часть времени я пребывала в коконе равнодушия: ничего не испытывала, хотя понимала, что это странно. Подумать об этом более глубоко мне не хватало сил.

Денег на аборт у меня не было. Поэтому через пару дней после похода к врачу я набралась решимости и позвонила Курту.

— Привет! — радостно закричал он, ответив после первого же гудка. — Увидимся вечером?

Видеть его мне не хотелось. Я понимала, что встреча закончится скандалом... Или сексом. Ни на то, ни на другое у меня просто не было сил.

— Я беременна и хочу сделать аборт! — выпалила я, лишая себя возможности струсить. — Мне нужны деньги. Завтра.

На той стороне повисло тяжелое молчание.

— Ты — что? — наконец проговорил Курт. В его голосе не осталось ни грамма веселья.

— Беременна, — я старалась, чтобы голос звучал твердо. — Я жду от тебя ребенка. И хочу решить эту проблему. Запись у врача на завтра. Ты дашь мне денег? Пятьсот фунтов.

— Ты врешь! — взвизгнул Курт, до которого, кажется, наконец дошел смысл сказанного. — Это не мой ребенок!

— Мы можем подождать девять месяцев, — во мне поднималось новое чувство. Злость, которая часто приходит в безвыходных ситуациях. Я говорила холодным и уверенным тоном. — Ребенок родится, мы сделаем анализ ДНК. Только вот тогда тебе придется платить за его жизнь до самого конца, и это будет намного дороже.

— Русская шлюха, — злобно выплюнул Курт и отключился.

Через час он прислал сообщение: «Время и адрес? Я поеду с тобой. Хочу убедиться, что ты реально от него избавишься».

Я выдохнула. Во рту осталось мерзкое послевкусие, как после дешевого алкоголя.

Курт меня возненавидел. И, конечно, так и не поверил, что ребенок от него.

Находясь в отношениях, мы склонны идеализировать партнера, готовы мириться с его недостатками или попросту не замечать их. Страсть затмевает нам глаза, а тревожные звоночки не слышны за любовным воркованием и горячими стонами. Однако стоит лишь столкнуться с трудностями, как люди открывают свое истинное лицо.

Курт был жадным. Эта жадность иногда становилась маниакальной. Поэтому он решил, что я вовсе не была беременна. Курт знал, что мне так и не удалось найти работу, а значит, с деньгами у меня было совсем туго. Он подозревал, что я просто пыталась выжать из него пятьсот фунтов.

Чтобы поймать меня на лжи, Курт отправился на аборт вместе со мной.

Клиника находилась в лесу за границей Лондона. У ворот постоянно дежурили активисты-пролайферы с плакатами «Сохрани жизнь!» и «Аборт — это убийство!». Они не кричали, не нападали, не кидались тухлыми помидорами. Просто стояли там с девяти утра до пяти вечера каждый день, будто им за это платили, и провожали всех входящих осуждающими взглядами.

Мы с Куртом приехали в клинику к открытию и почти два часа ждали своей очереди.

Казалось бы, рядом со мной был близкий — ну или хотя бы не совсем чужой — человек, который мог меня поддержать. На деле же я мечтала остаться в одиночестве, потому что Курт был худшей компанией, какую только можно было представить. Он сверлил меня ненавидящим взглядом и постоянно заводил разговор о моей глупости и безответственности.

Со скрежетом зубов — я в самом деле слышала, как они скрипели — Курт заплатил пятьсот фунтов и, грубо схватив меня за локоть, потащил к кабинету. Там мы прождали еще немного в полном молчании. Наконец, меня пригласили войти.

К счастью, сама процедура продлилась недолго. Я не ожидала, что это будет так больно. И физически, и морально.

Кусая губы, я терпела, пока из меня в буквальном смысле что-то доставали. Я уперлась ногами в гладкую поверхность гинекологического кресло, а взглядом — в пустой угол процедурной, стараясь глубоко дышать и думать о чем-нибудь постороннем. Когда боль стала слишком сильной, я закрыла глаза. Через несколько минут она стихла, и, разлепив веки, я вздрогнула. Передо мной стоял мальчик — тот, которого я видела раньше, в день знакомства с Алексом.

Прости!

Ему не суждено было родиться и вырасти. Сейчас, в этот самый момент, то, что должно было стать его телом, вырезали из моего чрева. Я хотела что-то сказать...

И проснулась. Все это время я спала под анестезией и никак не могла ни чувствовать боль, ни тем более, кого-то видеть. И все-таки для меня эта встреча была более чем реальна. Как и боль. Я ощущала рану внутри себя, несмотря на обезболивающее.

Процедуры проводились словно на конвейере. Стоило мне очнуться, как меня буквально вытолкали из кабинета, чтобы следующая девушка могла пройти на «чистку».

Курт все это время сидел возле кабинета и нетерпеливо барабанил пальцами по обивке скамьи.

— Наконец-то! — с отвращением выдавил он и, не оборачиваясь, направился к выходу. Он даже не спросил, как я себя чувствую, не посмотрел, иду ли следом.

А я с трудом могла передвигать ноги. Голова кружилась, меня тошнило, тело нещадно болело, а рассудок то и дело затуманивался. До этого мне никогда не делали общий наркоз, и я не знала, что все эти ощущения — лишь его последствия. Мне было по-настоящему страшно.

Как бы там ни было, я крепко сжимала сумочку в руках и молча шла следом за Куртом.

Единственное, о чем я могла думать в тот момент, — как бы поскорее доехать до дома и лечь. Я была уверена, что Курт вызовет такси, но у него были другие планы.

— Я там засиделся что-то... Пройдемся пешком.

До ближайшей станции метро было не меньше пяти километров.

— Какое «пешком», ты что? Я же после операции! — даже говорить было сложно. На ногах я держалась с трудом, а от мысли о том, чтобы куда-то идти, хотелось просто лечь и умереть на месте.

— Ну тем более, тебе сейчас больше шевелиться нужно, больше ходить, — довольно ядовито процедил Курт и двинулся прочь.

В кошельке было всего пять фунтов. Такси до города стоило десять. Я не стала предлагать Курту оплатить половину — интуитивно почувствовала, что он откажется.

Он наказывает меня, ведь я украла его пятьсот фунтов!

От безысходности я безропотно приняла его условия и медленно поплелась следом.

Обезболивающее уже должно было подействовать, но почему-то с каждым шагом боль становилась все сильнее. Она тягучей лавой ползла вдоль позвоночника и заливала живот. Сначала только внизу, потом все выше — через десять минут я едва могла разогнуться от режущей боли. Меня знобило и лихорадило. Я остановилась, чтобы немного передохнуть, и, не в силах держаться прямо, согнулась, уперев руки в колени. Пот капал со лба на грунтовую дорожку. Голова закружилась, и я сама не поняла, как оказалась на земле.

Курт остановился. Пробормотав что-то под нос, он вернулся к тому месту, где я стояла на коленях, пытаясь найти баланс, и рывком поставил меня на ноги.

— Отпусти... — прошептала я. — Что-то не так, мне очень больно...

— Не притворяйся! — гаркнул Курт и поволок меня за собой. — Я вижу, что ты притворяешься. Я не верю, что тебе так больно. Давай, шевели ногами!

Я вырвала руку. Чуть в стороне от дороги стояла скамейка.

Боже, спасибо тебе за нее!

Я буквально упала на грязные доски, чувствуя, что мысли снова путаются.

Вот бы отключиться и проснуться дома...

— Вставай, идем! — требовательно приказал Курт.

— Дай мне минутку...

— Нет, ты встанешь прямо сейчас!

Он снова поднял меня одним резким и болезненным движением и потащил по дорожке.

Я думала, больнее уже быть не может, но...

Если бы я отказалась идти, он, наверное, просто поволок бы мое тело прямо по выбоинам и камням. Меня била крупная дрожь, но усилием воли я переставляла ноги. Старалась концентрироваться только на этом. Одна нога, вторая, левая, правая, левая, правая, шаг, шаг, шаг...

Мы шли больше часа, а для меня эта дорога была бесконечной, как путь на Голгофу. Мокрая одновременно от жара и от ледяного пота, почти теряя сознание, я прошла эти несколько километров до станции метро и, наконец, отключилась в вагоне. Пришла в сознание, когда моя голова коснулась покрытия сиденья — от резкого торможения поезда я завалилась набок. Курта рядом не было. Я вообще не могла вспомнить, спускался ли он со мной в метро или остался у входа, чтобы поймать себе такси. Так или иначе, ему было наплевать, доберусь ли я до дома.

Такого бессилия я не чувствовала, наверное, никогда. Сидя в вагоне, я прижимала к себе сумочку, как единственную оставшуюся в моих руках ценность. И не могла поверить, что человек, с которым меня, казалось, связывали близкие отношения, так поступил.

Мысли о Курте прервал новый приступ боли, такой сильный, что я снова легла на сиденье, скрючившись и совсем не думая, как это выглядит со стороны. В тот момент я была одинока как никогда.

Позже я пыталась вспомнить, как вышла на своей станции и дошла до дома. Пыталась, но не могла. Помнила лишь, как ревела от боли, поднимаясь по ступеням. Как трясущимися холодными пальцами нащупала ключ в сумочке. Как попала им — не с первого раза — в замочную скважину. Как прикрыла за собой дверь. И как рухнула на кровать, потеряв сознание, теперь уже надолго. От боли и пустоты внутри я буквально отключалась и, видит бог, не хотела возвращаться.

ГЛАВА 23

Будет дух вечно скитаться

Деревня Шамурша, 1236 г.

Сперва она только запах почуяла, а потом уж увидела. В огне, в самом сердце пламени корчилось крохотное тельце. Изгибалось в какой-то неистовой пляске, горело, исчезало. Дым заволакивал поляну. А сквозь него — смрад горелого мяса.

Хотела броситься в костер, то ли спасти, то ли умереть с ним. Ноги подвели. В который уж раз. На колени упала, смотрела, смотрела, крик из груди рвался, да так и застрял в горле. Нет таких звуков, чтоб горе ее выплеснуть.

— Будет дух его вечно скитаться в промежутках миров, пока небо с землей не соединятся! Проклят! Проклят! Проклят! — вымолвил старец. Тихо сказал, почти шепотом, да только слова те гул огня и шелест листьев заглушили.

— За что? — только и смогла она выдохнуть.

Старец вперил в нее белые глаза свои.

— За то, что кровь свою с кровью врага смешала! Землю родную осквернила! Негоже врагу служить да ложе делить, хоть бы и смертью грозил. Нет на то воли богов, одно проклятье! Проклят!

— Проклят... — прошелестели голоса над поляной.

Огонь взметнулся к небу. На мгновение как будто увидела она в нем мальчика с черными волосами и глазами отца. А после пламя опало, съежилось. Боги приняли жертву.

Лондон, 2003 г. После аборта

Я проснулась и едва успела свесить голову с кровати. Меня вырвало, уже в четвертый или пятый раз. Тело сотрясали спазмы. Я не могла понять, сколько проспала: час или сутки.

Какой сейчас день? И день ли вообще?

Шторы были плотно задернуты, но мне все-таки показалось, что в окно пробивается тусклый свет. Впрочем, в Лондоне это могло быть и раннее утро, и сумерки, и полдень в пасмурную погоду. Не знаю почему, но мне было важно понять, какое время суток за окном.

В первый раз я очнулась ночью, в этом не было сомнений. Нащупала сумку, вытащила мобильник, но он оказался разряжен. Сил, чтобы добраться до комода и поискать зарядное устройство, не было. Я снова отключилась и после несколько раз приходила в себя от мучительных рвотных спазмов.

Господи, а если я не очнусь и захлебнусь?

По ощущениям, в беспамятстве я провела сутки. Приходя в себя, я ловила обрывки мыслей: скоро придет Вера и найдет меня. Сейчас, когда сознание немного прояснилось, я вспомнила, что Вера уехала за город на несколько дней.

Никто не поможет. Придется самой.

Всё это время я пыталась себя убедить, что происходящее со мной — просто последствия операции. Боль — часть восстановления, и это абсолютно нормально, нужно просто потерпеть. Всё пройдет. Теперь же я поняла, что такого точно не должно быть. Я вся горела, температуру даже не нужно было измерять, и так было понятно, что она очень высокая. А внутри как будто проворачивались ножи мясорубки. Такие ощущения не могли быть предвестниками выздоровления. Мне казалось, что еще немного, и я просто умру.

Подтягивая тело на руках, я все же умудрилась найти зарядное устройство и, отбивая зубами дробь, воткнула вилку в розетку. Эти простые действия потребовали таких неимоверных усилий, что какое-то время я просто лежала на полу, собираясь с новыми силами. Соблазн закрыть глаза и снова провалиться в беспамятство был так велик!

Нет, Аня! Если сейчас не начнешь шевелиться — просто сдохнешь под кроватью!

Вся одежда была насквозь сырая от пота. Я попыталась встать, но не смогла. Так что в ванную пришлось ползти. Там я из последних сил подтянулась, вцепившись в бортик, перевалила свое непослушное тело в ванну и включила душ.

Горячая вода показалась мне прохладной. Я видела, что кран выкручен на полную, понимала, что в ванну льется почти кипяток — насколько это вообще возможно в Англии. Но из-за жара мне казалось, что вода не обжигает, а охлаждает. Зубы опять застучали — я никак не могла согреться и дрожала, сидя в ванне под горячей водой.

Одежда намокла и стала тяжелой. Я с трудом выпуталась из облепивших тело тряпок и ногой сдвинула их к сливу. Ванна наполнялась, и я поняла, что снова готова отключиться. Подставила лицо под струю воды в надежде, что это меня немного взбодрит. Не помогло.

Кажется, у меня начались галлюцинации. Я бредила, разговаривала с кем-то и то и дело проваливалась в беспамятство. Во время одного короткого проблеска сознания я вдруг почувствовала, как из меня что-то вышло. Вода, которая уже поднялась до груди, окрасилась алым.

Я не шевелилась. Лёжа в воде, по которой щупальцами, как краска, расползалась кровь, я убеждала себя, что это сон или горячечный бред. Но обмануть себя не удалось. Горло сковал ужас. Подступила паника, готовая выплеснуться наружу истеричным воплем.

Стоп. Никаких эмоций. Тебя в этом нет!

Я как будто щелкнула выключателем, убирая чувства. Это был единственный способ выжить в том немыслимом отчаянии. Я смотрела на происходящее будто со стороны.

Иногда в жизни мы делаем выбор не чувствовать, потому что иначе слишком больно. Этот способ защититься — единственный, чтобы справиться с ситуацией, в которой человек бессилен или слишком уязвим. Можно не признаваться себе в том, что тебя предали, оставили один на один с проблемой, бросили в тот момент, когда помощь была жизненно необходима.

Не чувствуя обиду, гнев или горечь потери, просто отрицая их, мы будто опускаем забрало, — защищаем себя от ранящих обстоятельств. Также, блокируя негативные эмоции, человек перестает ощущать радость, удовольствие и хоть какое-то счастье.

Однако тело помнит эти чувства и стремится получить их любой ценой. Так люди подсаживаются на дешевый дофамин, который становится источником зависимости. Сигареты, алкоголь, сериалы, компьютерные игры, бесконтрольное потребление пищи — все это суррогаты, которыми люди пытаются насытиться. Но не могут.

Без чувств человек теряет способность жить настоящим моментом. Он строит планы на будущее, как уже не существует в настоящем. Или вспоминает прошлое. Жизнь течет будто на автомате. Мы перестаем восхищаться ей, больше не получаем удовольствие от привычных вещей, прекращаем хвалить себя. Обесцениваем свои достижения, даже самые большие.

Чтобы этого не произошло, нужно научиться проживать боль. Позволять ей быть. Проходить через нее, как через тоннель, который обязательно выведет к свету.

Всему этому я научусь гораздо позже. А тогда мне было так больно, что, казалось, выбора просто нет. Потому я предпочла отключить чувства. Щелк. И боль отступила.

Однако я перестала чувствовать и любовь. Ту, что не покидала меня ни на миг последние годы, что не прошла даже после всех действий Алекса. Сейчас её не было.

Единственное чувство, которое осталось — надежда на то, что мою жизнь еще можно спасти.

Я медленно опустила руки в воду, нащупала что-то теплое и подняла над алой гладью воды. Мозг отказывался дать этому название, он всячески пытался защититься и переключиться на что-нибудь другое, но я ясно понимала, что держу в руках эмбрион. Своего сына. Вот он — крошечный и еще теплый. Мертвый.

Абсолютно бездумно я дотянулась до полотенца для рук, висевшего у раковины, завернула в него мертвый комочек плоти и с огромным трудом вылезла из ванны.

Оставляя за собой красные следы, доползла до кухни, на руках подтянулась к холодильнику, открыла морозилку и положила сверток туда — между замороженными куриными ножками и картошкой фри.

Ни одной мысли и эмоции не просочилось в сознание за все это время. Так же равнодушно я забралась в кровать и уснула. А когда проснулась, поняла, что мне стало еще хуже.

А я думала, хуже уже некуда.

Теперь не осталось никаких сомнений — в больнице что-то пошло не так. И вряд ди я смогу сама оправиться и прийти в норму. Мне нужна была помощь, и срочно.

Вот тебе и хваленая западная медицина...

Раньше я ни разу не вызывала для себя скорую. Даже когда раздробила коленку или сломала руку. Это казалось крайней мерой, возможной, когда речь идет о жизни и смерти.

Как тогда с Алексом...

Сейчас у меня была именно такая ситуация. Огонь пожирал меня изнутри. Слово «плохо» было слишком мягким, чтобы описать мое состояние.

Нащупав телефон липкими от пота пальцами, я пыталась вспомнить, куда звонить. Вроде, три девятки. Нажала, поднесла к уху и молилась, чтоб не отключиться, пока буду говорить с оператором.

— Служба экстренной помощи. Слушаю вас, — раздался мягкий голос.

Я собрала в кучу последние крупицы сознания, чтобы как можно четче продиктовать адрес, и только после этого, заикаясь, описала свои симптомы и предшествующую операцию.

Бригада выехала, а я отключилась еще тогда, когда ласковый голос оператора договаривал: «...скоро вам помогут, ожидайте».

Оказывается, я не закрыла входную дверь. Счастливое стечение обстоятельств, благодаря которому врачи смогли попасть в квартиру.

Я не чувствовала, как меня осматривали и, завернув в покрывало, — ведь я была без одежды, — несли к машине. Не слышала воя сирены, когда машина ехала по улицам Лондона в больницу. Меня не было там. Я была с Алексом.

Все это время мы были в Кении. Гуляли по ювелирному рынку в поисках обручального кольца. Золото в Африке было дешевое, поэтому мы решили, что найдем кольца именно здесь.

Алекс держал меня за руку, тянул в закоулки, целовал так, будто мы скрывались от кого-то. Я улыбалась и смотрела в его теплые карие глаза — цвета молочного шоколада. Мы были так счастливы и так свободны. Вместе и, казалось, навсегда.

Если бы мне не сказали, что это больница, я была бы уверена, что умерла и попала в ад. Узкий длинный коридор с зелеными стенами. Никаких окон, лишь несколько дверей. Тусклого света трех ламп на потолке не хватало, чтоб осветить весь проход. К тому же одна из них постоянно мерцала, сопровождая вспышки света дребезжащим гудением. Все это напоминало декорации к сцене из фильма ужасов.

В этом коридоре я проснулась. Вдоль стен стояли еще кушетки — пустые. От них воняло резиной и медицинским спиртом.

— Эй, кто-нибудь? — вместо крика вышел сдавленный хрип.

Лампа мерцала. Я смотрела на нее. Внутри все горело, меня все так же лихорадило и трясло, а сердце билось настолько быстро и сильно, что я была уверена, — ему недолго осталось.

Нужно только подождать, когда...

Я снова потеряла сознание, и это было прекрасно. Во сне не было больно и страшно. Там были Алекс и наш ребенок. Мы жили в большом красивом доме.

Три дня мрака между жизнью и смертью превратились для меня во много призрачных счастливых лет с Алексом. Пока я была без сознания, наш сын успел подрасти. Мы были так счастливы...

Сначала я почувствовала запах дыма. Еще не до конца очнувшись, сморщилась, пытаясь понять, что горит. Кто-то пытался раздвинуть мне ноги, грубо вцепившись в кожу. Я не сопротивлялась — на это просто не было сил.

Разлепив веки, я увидела врача, что-то внимательно изучавшего у меня между ног.

Это от него разило дымом. Наверное, он только что выходил на перекур, а теперь вот вернулся, чтобы мучать меня.

Надеюсь, хотя бы руки помыл.

Я неосознанно попыталась свести ноги, но обнаружила, что они туго притянуты жгутами к ножкам кушетки, как в гинекологическом кресле. Мучения продолжались. Скуля и обливаясь потом, я бросила мутный взгляд на металлическое ведро с помятыми краями. В таком ведре уборщица в школе обычно мыла тряпки. Ведро со звоном опустилось на пол рядом с кушеткой у моих ног. В руках у врача появился гинекологический расширитель, а через мгновение я ощутила, как его вставили внутрь: обжигающе холодно, мерзко и больно до нового обморока. К сожалению, я осталась в сознании.

Врач взял какой-то металлический инструмент и начал удалять остатки погибшего плода, которые ещё оставались внутри. Он доставал кровяные сгустки, части плоти и коричнево-желтую слизь и с отвратительным звуком бросал в ведро. Запах размороженного фарша, гноя и крови пробивался через табачную вонь.

Меня вырвало прямо на кушетку — едва успела повернуть голову. Врач никак на это не отреагировал и ничего не сказал, но, если бы сказал, я бы его не услышала. В ушах шумело. Я молилась о том, чтобы уснуть и больше никогда не проснуться. Потом снова потеряла сознание.

Даже гуляя за руку с Алексом по яблоневому саду позади своего иллюзорного дома, я не могла отделаться от шмякающих звуков и смрада.

Я просто открыла глаза. Не проснулась, не вынырнула из забвения, не очухалась и не пришла в себя. Глаза просто распахнулись и стали методично изучать пространство вокруг.

Не было ни мыслей, ни ощущений, ни чувств. Будто из меня вырезали что-то основополагающее, и я превратилась в биоробота. Я даже не могла с уверенностью сказать, есть ли у меня ноги и руки — настолько ничего не чувствовала.

Теперь я лежала в палате с большим окном, сквозь которое проникал солнечный свет. Он не вызвал никаких эмоций, кроме отвращения. Хотелось оставаться в темноте.

В комнате я была не одна. Медсестра, не заметившая пробуждения пациентки, ставила мне капельницу. Говорить не хотелось, и я просто следила за ней глазами. Женщина вышла, и я осталась в одиночестве.

Прошло несколько часов, прежде чем дверь снова открылась. Все это время я просто существовала — не спала, но и не присутствовала в реальности. Лежала абсолютно неподвижно и смотрела в потолок. Вошел лысеющий низенький мужчина в белом халате и очках — врач.

— Доброе утро! — бодро сказал он. — Ты очнулась, это хорошо.

Не могу согласиться...

— От одного до десяти — насколько больно? — спросил он.

Я молча смотрела на него. Попробовала почувствовать, насколько больно от одного до десяти, однако ничего не ощутила, поэтому продолжала молчать.

— Понятно, — подытожил доктор. — Возьмем еще анализ крови послезавтра, если он будет приличным, отпустим. А пока нужно еще прокапать антибиотики, — он кивнул на капельницу. Я равнодушно скользнула взглядом от колбы по трубке до иглы, воткнутой в руку.

— Будем считать, что договорились, — сказал врач, как будто я поддерживала светскую беседу. Почему-то он решил, что мне очень интересно, что же со мной произошло. — После аборта у вас должно было все выйти за два дня, вот только не вышло — или вышло частично. И просто начало гнить внутри, — док пожал плечами. — Поэтому вам было так плохо. Вероятно, вы позвонили в скорую на третий или четвертый день и только лишь благодаря чуду выжили. Еще бы несколько часов... — врач поджал губы и поднял брови, мол, дальше и так очевидно.

Я не отреагировала, хотя отдаленно начала понимать, что пережила. Внутри что-то загоралось. Вспыхнуло пламя. Оно разрасталось, поглощая всю меня.

Врач проверил что-то в своем списке и ушел, а я пыталась остановить надвигающуюся истерику. Физически у меня ничего не болело. Обезболивающее и антибиотики делали свое дело. Только вот... Если бы врач вернулся и спросил, насколько больно от одного до десяти, я бы ответила — на тринадцать.

ГЛАВА 24

За нами стоит огромная сила!

Лондон, 2003 г.

Через несколько дней меня выписали, и я вернулась домой. В бреду я не думала, в каком состоянии осталась квартира. Теперь же могла во всей красе лицезреть отголоски своего состояния.

В ванне гнили мокрые вещи. Вонь стояла невыносимая, и я опять почувствовала тошноту. Стараясь не дышать, запихала склизкий ком в мусорный пакет и крепко его завязала. Алая вода ушла в слив — я и не помнила, как вытащила пробку — но на стенках ванны остались кровавые потеки. На полу тоже тут и там засохли розовые пятна и разводы.

Как будто каннибалы пировали.

Спрятаться за иронией не вышло — я увидела следы, ведущие в кухню, и мозг тут же сложил все в четкую картинку произошедшего. Вспомнив, что лежит в морозилке, завернутое в полотенце, я содрогнулась. Кровь снова зашумела в ушах, в глазах потемнело.

Дыши! Хватит обмороков!

Глубокий вдох на четыре счета и выдох на шесть помогли мне успокоить расшалившиеся нервы. Сердце все еще тяжело бухало где-то под ребрами, но дурнота отступила.

Прежняя Аня умерла. Ее нет. А значит, все это не имеет к тебе прямого отношения. Просто сделай то, что нужно.

Морально стало легче, как будто я сбросила тяжкий груз. Осталось позаботиться о его следах в реальном мире.

Пакет с испорченной одеждой я выставила на лестницу, чтобы потом унести и выбросить. Нашла в шкафу перчатки и вычистила ванну, вылив туда все жидкое средство, которое было в бутылке. Пары хлора разъедали глаза, но я терла и терла поверхность, удаляя все воспоминания о кровавых следах. Потом вымыла все полы. Тряпки и перчатки тоже полетели в мусорный пакет, а я, открыв окно, вдыхала свежий воздух и думала, что никогда не нюхала ничего более приятного.

Выбросив мусор в пустой контейнер на улице, я вернулась в квартиру и застыла на пороге.

Навалилась усталость, страшно хотелось спать, но у меня осталось еще одно дело.

Ты не сможешь вечно это откладывать! Сам по себе он не исчезнет.

Я должна была сделать это сегодня — сейчас. Чтобы раз и навсегда избавиться от липкого ужаса тех дней, которые были, казалось, так давно. Хотя на самом деле всего-то неделю назад.

Я нашла коробку из-под туфель и, сдерживая подступающую тошноту, открыла морозильную камеру. Быстрым движением переложила заледеневший сверток в коробку и закрыла крышкой. Только после этого смогла сделать вдох.

Не задумываясь о том, куда иду, дошла до Гайд-парка. Нашла уединенное местечко вдали от дорожек, вырыла небольшую ямку столовой ложкой — ее я тоже прихватила из дома — положила на дно коробку и закопала.

Вот и всё.

Ложка отправилась в ближайшую урну — я бы не смогла использовать ее по назначению, зная, что она участвовала в погребении.

Страшно уставшая, я медленно шла в сторону дома. Вокруг была лишь пустота. Она смотрела на меня из мусорного контейнера, из холодной ямки в глубине Гайд-парка, из трещин на асфальте под ногами. Чувства, эмоции, воспоминания — пустота уничтожала всё. Поглощала сожаление, горе, отчаяние. Вот только вместе с болью она высасывала душу. От меня осталась оболочка, плывущая вперед без цели и смысла. В сердце не было места ни для радости, ни для печали. Я лишилась всего, что делало меня человеком.

Дома я нос к носу столкнулась с Верой, которая только что вернулась из поездки, — даже разуться еще не успела.

Как вовремя!

Увидев меня, Вера нахмурилась.

— Привет, Ань, что-то случилось? — участливо спросила она.

— Нет, — я пожала плечами и прошла на кухню. Включила чайник. — А ты как съездила?

Восстановилась я быстро, по крайней мере, физически. Возраст, генетика и огромное желание вернуться к нормальной жизни были на моей стороне. Я надеялась, что вскоре все наладится. А пока — просто жила, стараясь не обращать внимание на пустоту, которая поселилась где-то за ребрами.

Один, казалось бы, обычный день подарил мне необычную встречу. Около полудня я шла по улице — работу я все еще не нашла, и ежедневные прогулки стали своеобразным ритуалом, позволяющим не придаваться неприятным размышлениям, сидя в четырех стенах. Проходя мимо совершенно пустого бара, я остановилась. Как будто кто-то невидимый дернул меня за рукав. Несмотря на ранний час, мне вдруг захотелось зайти в это непримечательное заведение. Совершенно иррациональное желание! Движимая порывом, я открыла дверь и оказалась внутри.

Ну вот, опять нет повода не выпить.

В баре было ожидаемо пусто. Бармен за стойкой равнодушно потирал стаканы и едва поднял на меня глаза.

Прямо сцена из фильма. По сценарию я должна заказать бренди...

— Чаю, пожалуйста, — попросила я, присаживаясь *за стойку.*

Бармен нашел чашку и налил в нее бурый напиток. Молча поставил передо мной и снова занялся стаканами. Аромат защекотал ноздри, и я даже немного взбодрилась. Сделав глоток, я принялась крутить чашку в руках.

Я жива. Даже здорова. Что само по себе чудо. Что дальше? Как раньше уже не будет.

Плана у меня не было. Я знала, что могу добиться многого. Всегда к этому стремилась. Но в последнее время, поддавшись чувствам, я забыла про свои цели. Отношения с Алексом поглотили меня и сместили приоритеты. Мне хотелось помочь любимому выбраться из пучины его проблем — это казалось самым главным. А уж потом можно было заняться карьерой и снова карабкаться вверх по крутой социальной лестнице. После того, как наш брак рухнул, я словно осталась перед грудой обломков.

У разбитого корыта! Что же дальше? Мне нужен знак!

— Вы так красиво думаете... — сказал кто-то рядом. Высокий, приятный голос с арабским акцентом.

Я подняла глаза и увидела смуглого молодого парня. Даже не заметила, как он появился в баре. Бармен с несчастным видом готовил еще один заказ.

Бедняга! Еще не вечер, а уже приходится работать!

Я снова перевела взгляд на того, кто прервал мои размышления. Молодой человек был одет в черный костюм. На вид это была самая простая одежда — ничего лишнего, — однако я узнала бренд. Вещи стоили целое состояние. Похоже этот парень не так прост.

— Необычный комплимент. Никогда такого не слышала.

— Это правда, — сказал молодой человек. — На самом деле чаще всего люди думают некрасиво, а у вас замечательно получается.

— Спасибо!

— Бурхан, — парень протянул руку.

— Анна.

Свою я подала небрежно. Это был своеобразный тест: что мужчина сделает с рукой — галантно поднесет к губам или пожмет, как бизнесмен.

Ладонь Бурхана оказалась неожиданно жесткой и грубой. Она будто принадлежала очень взрослому человеку, всю жизнь занимавшемуся тяжелым физическим трудом.

К такому костюму полагаются мягкие наманикюренные пальцы, а не это.

Видимо, я задержала свою руку в его дольше положенного. Бурхан заметил это, слегка улыбнулся уголком губ и будто угадал мои мысли:

— Это от сбора хлопка, жизни пастуха и ремонта судов, — сказал он и засмеялся, увидев мои округлившиеся глаза.

— Звучит как начало увлекательной истории! — я действительно была заинтригована.

Бурхан кивнул:

— Так и есть.

— Я бы с удовольствием послушала.

— Обычно я всем говорю, что у меня папа богатый, — скромно улыбнулся Бурхан.

— И в это легко поверить, — мое первое предположение было именно таким. Молодой человек легко мог сойти за сына нефтяного магната или владельца золотых приисков. Однако я заметила, что Бурхан держится очень по-простому: сидит, пьет, ест, поправляет волосы. В его манерах не было той вальяжной расслабленности, даже развязности, свойственной некоторым богатым наследникам. При этом в его скромности не было и застенчивости или неуверенности, скорее она была следствием...

Бедности! Этот парень точно вылез из нищеты.

Бурхану оказалось всего двадцать два. Родился и вырос он в Йемене. Его семья была настолько бедной, что первая обувь у парня появилась только в шесть лет. И то не новая.

Как и большинство людей в бедных странах, он работал с раннего детства: собирал хлопок, пас овец и коз, убирал урожай на фазендах, перебирал крупы, разгружал товарные поезда. Его руки огрубели еще до того, как выпали все молочные зубы.

В шестнадцать Бурхан смог купить старенькую лодку, на которую копил больше семи лет. Он стал перевозить на ней небольшие грузы. Потом парень купил еще лодку и еще. Продал старую, купил поновее. К двадцати двум годам Бурхан стал очень успешным.

— Знаешь, трудно объяснить, как я действовал. За мной, мягко говоря, не было армии помощников, — Бурхан говорил задумчиво, словно заново проживая все эти годы.

Я слушала его, затаив дыхание. Этот необычный парень вызывал неподдельное уважение и интерес:

— Пожалуй, я могу сравнить свою жизнь с одной историей. Как-то раз один правитель ехал через лес без свиты. И на него напали разбойники. Их было трое. Они стащили правителя с коня, чтобы ограбить. Он понимал: если они его узнают — убьют. Ведь нападение на правителя — ужасное преступление, караемое смертью. К несчастью, один из грабителей и правда узнал его. Один разбойник напрыгнул со спины, повалил правителя на землю и стал душить.

Вдруг из-за деревьев выбежал какой-то человек. «Ваше величество! — кричал он, размахивая руками, — отряд на подходе! Ваши верные слуги сейчас будут здесь!» Услышав это, разбойники тут же бросились наутек. Человек помог правителю подняться, протянул платок, чтобы перевязать раны, и поймал испуганного коня. «Но ведь никакого отряда нет!» — воскликнул правитель. «Конечно, — ответил человек. — Но если бы я просто бросился вам на помощь, разбойники бы одолели нас. А так они решили, что за нами стоит огромная сила!»

Бурхан замолчал. Я тоже не могла вымолвить ни слова.

— Единственная разница: я был и за правителя, и за спасителя, — улыбнулся он наконец. — Если бы мои партнеры знали, что я один, никто не воспринимал бы меня всерьез. Я ведь мальчишка. Поэтому я говорю, что за мной — что-то большее. Империя отца. Тогда со мной разговаривают на равных.

В Лондон Бурхан приехал учиться. Тем не менее, даже здесь он уже успел заключить пару серьезных сделок. Что-то, связанное с нефтью. Похоже, для него начинался новый этап.

— А как ты живешь? В Чем твоя история, Анна?

Мне стало стыдно за себя и свою историю, я ответила уклончиво, не хотела вдаваться в подробности и заново переживать этот ужас. И тут бурхан, внимательно посмотрев на меня сказал:

— Не имеет значение, где ты сейчас. Важно, что ты сейчас делаешь, чтобы завтра оказаться там, где хочешь.

Вот он, знак! Этот человек смог подняться. И я смогу!

Правда, пока у меня на счету были только фантазии и мечты об успешном будущем. С соседкой мы договорились, что Вера полностью заплатит за квартиру в этом месяце, а я — в следующем.

Несмотря на то, что четкого плана действий у меня не было, я точно знала: судьба ко мне благосклонна.

Прорвемся! Главное — не прозевать нужный поворот.

Одним из таких поворотов был официальный развод с Алексом. Я была уверена: без этого шага я не смогу двигаться дальше.

Пока не закроешь эту дверь, другая не откроется.

Всего через несколько лет я услышу эту же фразу от президента своей страны в личной беседе в его резиденции. Но тогда...

Каждая мысль о муже возвращала меня к зарытой в глубине Гайд-парка коробке. Я так и не смогла ему это простить.

Выйдя из паба после знаковой встречи, я решила пройтись. Куда торопиться? Да и настроение было, мягко говоря, неподходящим для поездок в общественном транспорте.

Не спеша я брела по лондонским улочкам, не особо придерживаясь какого-то конкретного маршрута. Просто гуляла и думала.

Что ж, для чего-то это нужно. По крайней мере успею прочитать пару книг из тех, что вечно откладывала на потом.

Через несколько лет в Бруклинской тюрьме у меня будет возможность перечитать всю библиотеку. Как говорится, бойтесь своих желаний.

— Здравствуй, Аня! — внезапно послышалось сбоку.

Я обернулась. Оказывается, пребывая в своих мыслях, я очутилась на Мэйден-стрит и как раз шла мимо одного из самых старых и пафосных ресторанов Лондона — «Рулс». В тот момент из заведения мог выйти кто угодно, но вышел именно он — Виктор.

Он почти не изменился с нашей последней встречи в ресторане отеля «Клариджес», и смотрел на меня все с тем же пристальным интересом.

Бывают же совпадения.

— Здравствуй! — сказала по-русски.

— Как твои дела? — спросил он, глядя мне в лицо.

Я пожала плечами и даже улыбнулась, как бы отвечая: «Бывало и лучше...» Что еще я могла сказать?

— А твои?

Виктор сделал то же самое. Воцарилась тишина. Мы стояли и молча смотрели друг другу в глаза, будто давние любовники с общей тайной, о которой оба одновременно подумали.

— Это ведь ты оплатил президентский люкс в «Клариджесе»? — прервала я молчание.

Виктор сделал неопределенный жест все с той же загадочной улыбкой.

— А деньги в сейфе? — скорее утверждая, чем спрашивая, уточнила я.

Он приподнял брови и посмотрел на меня с обожанием, даже не пытаясь скрыть радость от встречи.

— Понятно, — хмыкнула я, ведь на самом деле его ответы были не так и важны. Я и без них все знала.

— Аня, ты занята? — вдруг спросил Виктор, подходя ближе.

— Сейчас?

— Вообще. Сегодня, завтра, послезавтра.

Я помотала головой.

На размышление Виктору потребовалась лишь секунда.

— Поехали в Швейцарию, — сказал он.

И это был не вопрос.

ГЛАВА 25
Тихая гавань в море жизни

Лондон-Женева, 2003 г.

Спустя четыре часа я уже сидела в бизнес-классе огромного самолета и задумчиво крутила в руках стакан воды. Во время моих сборов мы с Виктором почти не разговаривали. И лишь когда земля начала удаляться, он вдруг спросил:

— Как ты оказалась в Лондоне?

Я ответила не сразу. Немного помолчала, погружаясь в воспоминания. Наконец, улыбнулась:

— Благодаря «Алхимику».

Виктор вопросительно поднял бровь.

— Забавно, — я будто снова оказалась в прошлом, — я тогда тоже в самолете летела.

— В Англию?

— Нет, в Нидерланды. В Амстердам. Это было в наступление миллениума, мы с приятелем поехали в кругосветное путешествие. Сейчас даже не верится, что нашли на это деньги! А тогда все сложилось удачно. Мы много где побывали.

— Но не в Англии?

— Нет. Я всегда мечтала попасть в Англию, но тогда не удалось...Там же отдельная виза.

— И вот ты летишь в Амстердам, и...

— И я взяла с собой в дорогу книгу. Это был «Алхимик» Пауло Коэльо. Я буквально последнюю главу не успела дочитать, поэтому положила в сумку.

— Насколько помню, Коэльо — бразилец, а его главный герой — испанец. Как же эта книга связала тебя с Англией?

— Одной строкой на самой последней странице, — буквы заплясали перед глазами. С первого раза они навсегда отпечатались в моем сознании. «Если ты чего-нибудь хочешь, вся Вселенная будет содействовать тому, чтобы желание твое сбылось».

Виктор задумчиво улыбнулся, бросил взгляд куда-то в сторону и, одобрительно кивнув, снова повернулся ко мне. Он ждал продолжения, так что я снова заговорила:

— Прочитав ее, я почувствовала... Не знаю, как объяснить. Я все поняла. Будто вся моя жизнь вела к этому моменту. Пусть даже не все складывалось, как я хотела. Однако то, что у меня всегда было — это мечты. И в тот момент, когда я захлопнула «Алхимика» и засунула его в кармашек кресла передо мной, я твердо осознала: сейчас начинается новый этап. Новая глава моей книги жизни, качественно новая. И я держу эту книгу в своих руках. И ни за что не отпущу.

Я посмотрела на Виктора, опасаясь насмешки, но увидела лишь серьезный взгляд. Он очень внимательно слушал.

— И... Что было дальше? — его голос звучал ободряюще.

— Мой роман с тем парнем вспыхнул накануне. Все это было так же волнующе, как и само путешествие. Мы побывали в нескольких странах в Европе и Африке, и конечной нашей точкой была Зимбабве. Представляешь, мы жили на чемоданах два месяца, нам было по двадцать лет, — от воспоминаний мне стало тепло. — И вот мы приехали в Зимбабве, веселились, танцевали, смеялись и случайно попали на модную вечеринку под открытым небом. Там я познакомилась с Марком. Он работал диджеем в клубах по всему миру, но сам был истинный британец. Мы сразу сдружились. А когда он пригласил меня в Англию, я мгновенно почувствовала — вот оно!

— А я думал, твоего супруга зовут Алекс, — удивился Виктор.

— Все верно. Алекса я встретила позже. — я постаралась не обращать внимания на то, как сжалось сердце при звуке этого имени. — Когда вернулась в Москву из кругосветки, я не могла перестать думать о приглашении Марка. И через несколько месяцев полетела в Лондон. Тогда дедушка подарил мне деньги на билет. Я улетала и не знала, что вижу его последний раз...

Я запнулась на полуслове. Приятные образы прошлого померкли, вытесненные затаенной тоской.

— Грустные воспоминания? — Виктор легко дотронулся до моего плеча, возвращая меня в настоящее.

— Да, очень...

Мы помолчали. С Виктором это было комфортно. Не напряженная тишина, когда в уме судорожно перебираешь подходящие темы для продолжения беседы, а теплое дружеское молчание.

— Что дальше, Аня? — спросил он, как будто решившись.

— О чем ты?

Я интуитивно поняла, что именно он хотел узнать, но медлила с ответом.

— Ты ведь понимаешь, — усмехнулся он и легко коснулся моей руки. —Закончился какой-то этап, верно? Можешь не отвечать. Лучше скажи, что дальше? Куда ты намерена идти? Чего хочешь?

На несколько секунд я задумалась.

— Знаешь, мне, наверное, нужно обрести фундамент, нащупать связь с собой. Чтобы не зависеть от внешних атрибутов, не притягивать людей с травмами, не доказывать никому ничего, а действовать, черпая внутренние ресурсы. Избавиться от состояния жертвы и чувства вины. Понимаешь, о чем я?

Он кивнул.

— Я хочу стать сильной. Прочно стоять на ногах, не опираться ни на кого — только на себя. Не зависеть от мужчин: от мужа или от того, кто может вышвырнуть меня с работы, потому что я не дала залезть под юбку. Хочу, чтобы моя сила была во мне самой. Это сейчас главное!

Больше он ничего не спрашивал, и я была благодарна за это. Возможно, Виктор просто был хорошо воспитан, а может, это было проявлением заботы. Так или иначе, если он видел, что я замыкаюсь в своем внутреннем мире — тут же переводил тему или замолкал. С ним было легко и говорить, и молчать.

Самолет пошел на посадку, пассажиров попросили пристегнуть ремни. Только теперь я сообразила, что даже не знаю, в каком городе мы приземлимся.

Наверное, в Женеве.

Угадала! Уже через час мы с Виктором входили в роскошный отель на берегу Женевского озера.

— Еще не решил, хочу ли купить тут жилье, — сказал он. — Поэтому за мной всегда числится номер.

Изобилие. Оно немного похоже на дырку в ухе для серьги. Вставляешь большую серьгу — она увеличивается, не носишь — зарастает. А если вставить туннели, то сами уши просто не узнать. Так же и с изобилием. Существуют такой тип людей, что смогли приручить его. И сами изменились подстать.

На стойке ресепшн Виктор попросил второй люкс «для своей прекрасной спутницы». Услышав это, я незаметно улыбнулась. Никакого страха или даже опасения не было. Я не сомневалась: этот мужчина будет вести себя как джентльмен.

Так и вышло. Первым делом Виктор прошел в мой номер и убедился, что меня все устраивает. Он переживал из-за каждой мелочи и очень трогательно проявлял заботу. Давно никто так не старался для моего комфорта.

Лишь удостоверившись, что все хорошо, он ушел к себе, давая мне возможность привести себя в порядок и передохнуть. Номер Виктора был на том же этаже, но в другом крыле.

Оставшись одна, я осмотрела свое новое жилье. Люкс состоял из двух комнат — спальни с мягкой кроватью и гостиной с плюшевым диваном — а также огромной ванной. Все было в серо-бежевых тонах. Никаких ярких оттенков. Много дерева, картин и света. И везде — аромат свежесрезанных роз, вазы с которыми стояли на каждом столике. Спокойная тихая роскошь.

И все же самым потрясающим здесь был вид из окон. Эта сторона здания выходила прямо на озеро, в центре которого бил высоченный фонтан. Лазурная вода искрилась в лучах солнца. Небо над озером казалось ненастоящим. Было сложно поверить, что такая красота может существовать в действительности. Я как будто смотрела на одну из тех открыток, что продают туристам.

Только эта открытка — моя реальность прямо сейчас.

Сердце наполнилось радостью и благодарностью за всё, что происходило. Красота этого места вытеснила из моих мыслей болезненные воспоминания о событиях последних дней. С удивлением я ощутила… Легкость. Словно все это время не дышала, а теперь наконец-то сделала глубокий вдох. Это было пьянящее ощущение.

Я так глубоко погрузилась в созерцание, что не сразу услышала звонок телефона.

— Прокатимся вокруг озера? — спросил Виктор.

— Давай.

Через полчаса мы сели в «Бентли». Автомобиль приветствовал белым кожаным салоном с отполированными до блеска деревянными вставками. В воздухе витал ни с чем не сравнимый запах чистоты и роскоши.

И никаких швабр на заднем сиденье!

Я впервые оказалась в таком комфорте внутри автомобиля но, когда машина обогнула гору, вмиг забыла обо всем. Моему взору открылись цветочные поля, тянущиеся вдоль небесно-голубого Женевского озера, которое с этой стороны выглядело еще более ярким и чистым, чем из окна в номере.

А я думала, самые красивые цветочные поля в Голландии…

Невозможно было поверить, что в мире может существовать что-то еще красивее, чем картина, которую я видела сейчас. Этот луг просто не поддавался описанию. Алые, фиалковые, малахитовые, брусничные, ванильные, нефритовые, аквамариновые, канареечные оттенки. Пожалуй, так видит мир человек, который всю жизнь был слепым и вдруг прозрел. Взрыв красок, бесконечно естественный и гармоничный.

Бедные художники, наверно, сходят здесь с ума пачками!

Краем глаза я уловила, что Виктор наблюдает за мной. Повернулась к нему, и он улыбнулся.

— Спасибо... — искренне сказала я. Он понял, за что.

Мы проехали мимо замка Шильон, мимо статуи Фредди Меркьюри и мимо сельскохозяйственных угодий, которые выглядели как обои для рабочего стола на компьютере.

— Озеро такое огромное, — у меня то и дело перехватывало дух.

— Семьдесят километров в длину и четырнадцать в ширину, — кивнул Виктор.

— А глубокое?

— Ну, в среднем около ста пятидесяти метров, а в некоторых местах достигает и трехсот.

— Обалдеть! Сколько же ему лет?

— Порядка шестнадцати тысяч.

Я повернулась к Виктору с лукавой улыбкой:

— Ты все знаешь?

Он засмеялся.

— Не все, — и добавил он уже более серьезно. — Мне многое интересно. И раз уж я вынужден пока жить здесь, то волей-неволей узнаю об этом месте.

В его голосе я уловила печаль. Я знала причину и понимала, что лучше эту тему не затрагивать. Виктор был истинным патриотом своей страны, а теперь — вечным ее изгнанником. И даже окружающая красота не могла в полной мере заменить ему того, чего он был лишен — возможности оказаться на родине.

— Почему я здесь — понятно, — вдруг сказал Виктор, прервав молчание. — А ты?

— Ты имеешь в виду, почему я не в Москве?

— Да.

— Я всегда знала, что буду жить в другом месте. Я упомянула, Лондон был моей мечтой с детства. К тому же, отношения с родителями у меня не были... близкими. Так что я смоталась из дома при первой же возможности.

— А что было не так?

— Папы никогда не было рядом. Ни при одной тяжелой ситуации я его не помню. Он всегда был на работе. А мама... Она очень строгая, волевая. Вечно заставляла посуду мыть... Как Золушку.

— Звучит не так уж страшно. Кто в детстве в Союзе не мыл посуду?

— Ты же понимаешь, что дело не в этом. Еще она вынуждала меня испытывать постоянное чувство вины. Я до сих пор не могу от него отделаться. Оно всегда со мной. Понимаешь, я никогда не чувствовала никакой теплоты от родителей. Меня воспитывал человек, который никогда не показывал никаких чувств, и человек, который мог в любой момент сорваться в крик. Это заставляет чувствовать страх и постоянное напряжение. Даже когда нет причины. Чаще, чем обычные люди.

— А как ты высчитала, что тревожишься больше других?

— Ну, я разделила день с помощью будильника на двенадцать часов, и каждый час в тетрадке писала, что я чувствую. Меня мой учитель по НЛП научил.

— Любопытно. И какая статистика?

— Получилось, что я боюсь чего-то в семидесяти процентах всего времени, — я задумалась, сменила позу и добавила — Знаешь, я никогда не ощущала поддержки родителей. Мне было проще не рассказывать им о своих планах, чем рассказать и выслушать, почему у меня это не получится, почему это опасно и вообще, как меня все обманут.

— А ты не думала, что это способ защитить тебя?

— Нет. Мне не защита нужна, а вера в меня.

— Я не про это. Что до любви — она безусловно была и есть, и намного сильней, чем ты можешь представить. Наступит день, и ты это узнаешь. Я про то, что у твоей мамы наверняка были причины, почему она сама как и ты тревожилась.

— Наверное, я была так занята защитой своих границ, что об этом ни разу и не подумала...

— Знаешь, я обратил внимание, что в двадцать лет никто не воспринимает позитивные вещи в отношениях с родителями. И только когда у нас самих появляются дети, мы понимаем многое.

— Слушай, за свою короткую, но весьма насыщенную жизнь я слишком часто думала о других. И, если честно, устала от этого. От нужды понимать кого-то. Оправдывать. Входить в положение. Хочется просто жить, получать удовольствие, наслаждаться свободой.

— Не забывай, что мир дуален. Ты можешь понять, что такое удовольствие, когда способна соотнести свое состояние со страданием.

— На меня просто давило родительское неверие, душил их контроль что ли. Единственное, чего я хотела — это свободы...

— И, кстати, чтобы переместиться из неволи в свободу, нужна сила. А ты понаблюдай за собой, что эту силу провоцирует?

— Не знаю... Протест? Гнев? Опыт борьбы, может? Умение сопротивляться?

— А как ты думаешь, кто их в тебе воспитал?

Больше Виктор ничего не сказал. Я смотрела в окно, оба думали о своем.

Мама?..

Время пролетело незаметно. В отель мы вернулись ближе к полуночи. Поужинали в ресторане неподалеку и разошлись по номерам.

Заснула я мгновенно. Постель была такой удобной, что, казалось, я сплю на облаке. Сны были подстать: поля, усеянные цветами, как на картинах импрессионистов, и озеро цвета ультрамарин.

Во сне был человек. Он бродил среди цветов, водил по ним руками, мягко ощупывал длинными музыкальными пальцами лепестки. Стоило мне приблизиться, как он исчезал и появлялся на другом конце луга или на противоположном берегу озера. Я не могла его разглядеть, но как будто видела, что глаза у него темно-карие. *Странно. У Виктора зеленые.*

ГЛАВА 26
Плюшки от мытья посуды

Женева, 2003 г.

— Возьми с собой куртку или что-то такое, — услышала я в одно прекрасное утро из трубки гостиничного телефона — По прогнозу похолодание, а мы поедем в Грюйер.
— А что там?
— Сыроварня.

Виктор звонил каждое утро и сообщал план действий, иногда сопровождая его метеосводкой. Признаться, я привыкла и уже ждала его звонков, как дети ждут сюрпризов «от зайчика». Было в этом что-то непривычное — когда не нужно ничего решать, ни о чем беспокоиться и ничего планировать. Всё это уже сделал кто-то другой, и остается лишь наслаждаться новым приключением.

Мы уже побывали в Ботаническом саду и в Женевском соборе, погуляли вдоль Стены Реформации и в парке Гранже, посмотрели на монумент Брунсвика и на знаменитый «Сломанный стул». И, конечно, еще несколько раз покатались вдоль озера — оно стало моим любимым местом. Я никак не могла им налюбоваться, и каждый раз, увидев его, замирала, как будто это происходило впервые. Вечерами ужинали в разных ресторанах и много разговаривали.

Я чувствовала себя в безопасности. Наверно, впервые за очень долгое время. Рядом с Виктором я понимала метафору «как за каменной стеной». Он казался оплотом спокойствия и надежности. А уж на контрасте с Алексом...

Сейчас я смутно представляла, как можно было соглашаться на меньшее, когда вот такие дни были на расстоянии вытянутой руки. Если бы захотела, я уже давно смогла бы обеспечить себя достойной жизнью, но что-то словно тянуло меня вниз и не давало раскрыться. Рядом с Виктором я расцветала и сияла — я чувствовала это сама и видела подтверждение в его глазах.

Значит, сыроварня? Романтично.

Все мои вещи, собранные впопыхах, уместились в небольшой чемодан. Перетряхнув скудный гардероб, я поняла, что из теплой одежды у меня с собой был только тонкий шерстяной свитер. Его-то я и надела с простыми джинсами. Распустила волосы, отметив, что отдых явно пошел на пользу моей шевелюре — на голове струился рыжий водопад.

Хоть прямо сейчас на кастинг для рекламы шампуня.

Готовая ко всему, я распахнула дверь в тот самый момент, когда Виктор поднял руку, собираясь постучать.

— А что-то теплее…? — уточнил он, осмотрев меня.

Я помотала головой. Виктор задумчиво постоял несколько секунд, глянул на часы, что-то прикинул и выдал:

— Значит, в Грюйер поедем завтра. А сейчас идём!

Если он и расстроился из-за рухнувших планов, вида не подал. В этом был весь Виктор — в его душе как будто бил неиссякаемый источник оптимизма. А скорость, с которой он принимал решения и воплощал их в жизнь, просто изумляла.

Уже через полчаса мы были на центральной улице Женевы, по обе стороны которой выстроились магазины. Завернули в первый попавшийся — «Селин».

— Вон, смотри, куртки там. Выбирай, Золушка моя, — с улыбкой сказал Виктор.

Надо же, запомнил! Ну хоть какие-то плюшки от мытья посуды в детстве.

— А в полночь куртка не превратится в тыкву? — хихикнула я.

— Если ты пожелаешь — хоть в кабачок!

Виктор уже уверенными движениями снимал вещи со стоек, рассматривал, что-то спрашивал у консультанта. Я не слишком уверенно прошла вдоль ряда курток, на который он указал. Смотрела я не только на вещи, но и на ценники. Самая дешевая стоила две тысячи евро.

А ведь она даже не красивая!

Я покрутила куртку перед собой, силясь представить, кому она могла бы подойти. Не смогла и вернула несуразную вещь на место. Обернувшись, наткнулась на Виктора, который уже некоторое время за мной наблюдал.

— Не нравится?

Я пожала плечами:

— Да она же две тысячи стоит…

— Ну, наверно, а что?

Виктор задал этот вопрос так непринужденно, что было видно — он не рисуется, а действительно не понимает, что меня смутило. Тогда-то я поняла: он привел меня сюда не для того, чтобы произвести впечатление. Это была искренняя забота.

Ему вообще доставляло удовольствие за мной ухаживать. Виктор всегда галантно протягивал мне руку, помогая выйти из машины. Придерживал дверь, пропуская вперед. Иногда он мягко касался моей спины не ниже талии, и вообще вел себя со мной необычайно деликатно. Как с высокородной леди, привыкшей к роскоши и подобному обхождению. Все это он делал естественно, без малейшего намека на попытку пустить пыль в глаза. Он просто был таким.

Рядом с Виктором я чувствовала себя очень значимой. А он был щедрым и дающим. Просто так. Ни за что.

Побродив по бутику, я выбрала куртку, которая мне действительно понравилась, и примерила. Посмотрев в зеркало, я увидела там совсем другую Аню — шикарную как никогда.

Вау! Хочу такую… Жизнь!

— Что-нибудь еще, может? — спросил Виктор, когда я уже собралась на кассу.

— Например? Вроде, ничего больше не нужно, — я даже как будто растерялась.

— Давай еще чего-нибудь наберем, — почти лукаво шепнул он и подтолкнул меня к стендам.

И мы набрали! Из магазина вышли с полными пакетами и сразу зашли в следующий, а потом еще в один, и еще.

Платья, юбки, платки, блузы, кардиганы, топы, брюки, украшения, туфли, кроссовки, ботинки и что-то еще, что я просто не запомнила. Мы обошли все лучшие бутики на центральной улице и, довольные собой и своими находками, вернулись вечером в отель. Пакеты не помещались в руки, пришлось нанять носильщика, чтобы он помог транспортировать их в мой люкс.

Боже, как же я мечтала о таком дне! Прямо как в «Красотке».

В фильме герой Ричарда Гира сказал консультанту, что хочет потратить у них неприлично большую сумму денег. Теперь я знала: эту идею украли у Виктора.

На следующий день мы все-таки поехали в Грюйер. Дорога бежала мимо зеленых лугов, на которых паслись чрезвычайно благополучные швейцарские коровы. Дальше поднимались изумрудные леса, а над ними величественно возвышались отдающие синевой Альпы.

— Я помню, ты говорила, что выросла с бабушкой и дедушкой, — Виктор, как часто бывало в дороге, завел разговор о моем прошлом. Казалось, ему было интересно узнать обо мне все.

Похоже, я — его новый объект для исследований. Как Женевское озеро.

— Да, как-то раз я отказалась ехать с родителями в Азию — и все. Осталась с бабушкой и дедушкой. Можно сказать, меня воспитывали они.

— Они не были строгими?

— Были. Бабушка была такая же строгая, как ее дочь — моя мама. Но у нас с бабушкой была связь. Она со мной разговаривала. Не заставляла меня ничего делать. А дед — он из казаков. Тоже строгий, волевой. И все же, в чем я никогда не сомневалась, так это в том, что они меня очень любят.

— А родители...

— В детстве я этого не чувствовала. По крайней мере, они никогда об этом не говорили. А дедушка говорил. Он обожал жизнь. Из всех людей, кого я знала, он лучше всех научился жить здесь и сейчас. Всегда был душой компании, играл на баяне. Он всю жизнь был кремень, ни разу свою уязвимость никому не показал. Его я любила до потери пульса...

— Любила?

— Он умер буквально через день после того, как я позвонила ему и сказала, что встретила любовь своей жизни. Он долго болел...

— Расскажи!

— Я уехала в Москву в одиннадцатом классе, прожив до этого три года с ними в Волгограде. Дедушка начал сильно болеть именно в момент моего отъезда.

— Возможно, он был привязан к тебе больше, чем ты думала.

— Похоже. Даже больше, чем можно себе представить. Один раз, уже учась в Москве, я решила рвануть к ним без предупреждения, сюрпризом. Я ехала почти сутки на поезде, бежала с вокзала так, как будто они куда-то уезжали, а я не успевала. Я помню те последние мгновения перед дверью с предвкушением... Я считала миллисекунды, сердце колотилось как сумасшедшее. И, представляешь, бабуля открывает дверь, а сама одета — выезжает в Волжский к дедушке в больницу. И при этом она сама не своя, не спала три ночи подряд — у него резко отказали почки. И вся кожа чесаться начала, ему срочно назначили диализ, еле-еле спасли. А нам бабуля ничего не сказала.

— Вот это у тебя чуйка!

— У бабули потом сахарный диабет нашли, после этой недели. У нее подскочило давление и я поехала в больницу с ее передачкой — сеткой апельсинов. Как в кино, знаешь, больному всегда приносят именно их. А сама бегу к нему, думаю, вдруг сейчас часы приема закроют, и я не успею...

Виктор слушал внимательно с заботой.

— Когда я зашла в его палату... Никогда не забуду этот момент! Он встал с кровати, и я увидела человека, который за две недели похудел на двадцать килограммов. Вместо моего героя, моей опоры я лицезрела дряхлого старика, в котором не осталось почти ничего от моего дедушки. Я забежала в палату, обняла его, мы долго стояли и рыдали, обнявшись. Я в первый раз слышала, как он плакал, причем навзрыд. А сумка с апельсинами упала на пол, и они раскатились по всей палате. Я в тот момент попрощалась с иллюзией, что он поправится, а он рыдал об ушедшей жизни, потому что ему сообщили, что он до конца дней будет жить в этой больнице. И если для кого-то еще могли быть вопросы, как относиться к этим событиям, то для меня все было однозначно. Он значил для меня все, и он это прекрасно знал.

Я замолчала, опустошенная воспоминаниями. Виктор смотрел вопросительно, но не нарушал повисшей тишины. Справившись с эмоциями, я снова заговорила:

— Я так и не смогла толком смириться с его смертью. У меня умирали родственники раньше, но так тяжело мне было только после его ухода. Дедушка ушел так рано, он мне так нужен был!

Я снова замолчала. Откровения как будто забрали у меня все силы.

Мы как раз въезжали в Грюйер. Виктор, почувствовав мое настроение, принялся с интонациями заправского гида рассказывать про постройки, вымощенные дорожки и историю города. Я с благодарностью отметила, как деликатно и непринужденно он повел разговор в другое русло. Он делал это каждый раз, когда видел, что беседа меня расстраивает. Слушая его рассказы, я невольно отвлеклась от тяжелых мыслей. Поездка снова стала приятным приключением.

Грюйер поражал своими крошечными размерами. Все было маленьким: тонкие улочки, треугольные домики, миниатюрные вывески.

Волшебная, сказочная Швейцария.

Знаменитая сыроварня, конечно, была как с картинки — старинная фабрика, стоящая на зеленой равнине меж величественных гор. Неподалеку паслись козы. Рядом, гордо выпрямившись, дежурил пастух. Мы словно попали в диснеевский мультик.

Нам показали все этапы изготовления сыра, дали попробовать его в уже созревшем виде и провели по тесным коридорам между высоченными стеллажами, снизу доверху забитыми желтыми головками. Главный сыродел Вилли оказался невероятно жизнерадостным и веселым старичком. Он рассказывал о каждой головке так, словно это его самый желанный ребенок.

В Грюйере мы с Виктором поужинали в уютнейшем ресторане и еще немного прогулялись по узким улицам этого крохотного городка. У одного из милых домиков, за которым, словно великан, возвышалась скалистая гора, решили сфотографироваться. Время клонилось к закату, и свет был, как говорят фотографы, самым золотым. Виктор позволил себе приобнять меня за талию. Мы улыбались и выглядели — да и были — спокойными и счастливыми.

Стемнело, и мы выехали в Женеву. Обратная дорога прошла в полном умиротворении.

Это был чудесный день.

Оказавшись в своем номере, я решила, что завтра непременно проявлю пленку. А фотографию с Виктором обязательно поставлю в своей квартире в Лондоне. Тогда я еще не могла знать, что эта фотография действительно будет долго стоять в моей комнате. Вот только не в Лондоне, а в Нью-Йорке.

Женева, 2003 г. Неделю спустя

Последние дни я жила в беспечном мире, где обо мне заботились. Виктор оберегал меня, баловал и поддерживал. Я знала, что всегда могу на него положиться и, не стану скрывать — с радостью позволяла ему принимать решения.

Мы собирались в какой-то музей. Виктор давно о нем говорил.

Музей находился недалеко от Грюйера. За время, проведенное здесь, Виктор, казалось, успел узнать всю мою жизнь. О себе он тоже немало рассказывал. Иногда мне казалось, что о некоторых моментах его жизни знаю только я. Это не было чем-то лестным. Я привыкла к тому, что люди мне доверяли. Для этого даже не нужно было что-то делать специально — все происходило само собой.

Видимо, от меня исходят особые волны, вызывающие желание искренне открыться.

Позже я пойму: это оттого, что я сама очень искренне веду себя с людьми. Открываюсь без страха. А в коммуникациях есть определенные правила, по которым строятся разговоры на глубину. Эти техники как будто родились вместе со мной. Я никогда им не училась, но чувствовала на интуитивном уровне.

— Помнишь день нашего знакомства, когда мы сидели в «Клариджес»? Тебя тогда Глеб пригласил на ужин.

Я кивнула. Тот день — как и предыдущий — я не забуду никогда.

— Это я сказал ему, — заявил Виктор.

В этой фразе звучали уверенность и власть. Как будто иначе просто не могло быть.

— Зачем?

— Я просто... влюбился, — эта фраза прозвучала отчаянно честно и уязвимо.

В этот момент Виктор предстал передо мной совершенно незащищенным. С него словно упала броня уверенности. Наверное, таким его еще никто не видел — только я.

— Я увидел тебя впервые на ступеньках «Элизабет-холла». Ты там была такой красивой и уязвимой. Вокруг было столько людей, а я смотрел лишь на тебя. Клянусь, ничего прекраснее я в жизни не видел!

Казалось, сердце Виктора билось в два раза чаще. Его речь, обычно такая уверенная и четкая, стала сбивчивой. Он явно волновался.

— Увидев тебя, я решил: эта женщина должна быть моей, — Виктор справился с собой. С каждым словом он снова обретал привычное спокойствие и уверенность. — Когда Глеб тебя пригласил, я не был уверен, что ты согласишься. Если бы тогда ты отказалась... — он лукаво улыбнулся. — Это бы меня не остановило.

По моим рукам и спине побежали мурашки.

— Когда ты села ко мне в машину, я... А поговорив с тобой тем вечером в лобби, я понял... — Виктор замолчал, подбирая правильные слова. — Я просто очень захотел, чтобы меня любили так, как ты любила своего мужа.

Я не знала, нужно ли что-то отвечать.

Интересно, а встреча перед Женевой — тоже не случайна?

Виктор же, закончив, молча смотрел в окно. Мы подъехали к музею.

— Идем? — он обошел машину и как всегда протянул мне руку. Я подала свою, и он легко сжал мои пальцы.

У входа в музей мы словно переместились в будущее. Это было неожиданно: я-то думала, будет очередная картинная галерея. Перед нами предстали стеклянные двери с металлическим ободком и футуристичная каменная скамья, над которой висел такой же каменный пистолет. В его обойму были вставлены сидящие инопланетные человечки.

«Музей Ханса Руди Гигера», — прочитала я на вывеске.

— Кто это? — имя мне ни о чем не говорило.

— Создатель Чужого, — ответил Виктор, открывая стеклянную дверь.

— Фильма?

— Нет, создатель фильма — Ридли Скотт. А Гигер создал ксеноморфа. Самого Чужого. Нарисовал его образ.

— Да ладно? Он отсюда? — меня это удивило. Идеальные пейзажи Швейцарии не очень сочетались с инопланетными монстрами.

Внутри музея было сумрачно, холодно и местами странно. Мы словно оказались на космическом корабле пришельцев. Покатые своды потолка выглядели как чьи-то хребты с костями. Везде из стен вырастали существа — герои фантастического хоррора. И да, я видела сходство с Чужими.

Гладкие длинные тела, особенно головы, читались почти в каждой картине, скульптуре или предмете мебели. А стулья и вовсе были будто вырезаны из пришельцев.

Однако больше всего меня потрясло, что каждое произведение Гигера буквально сочилось похотью. Это было не всегда очевидно, но, приглядевшись, я повсюду находила очертания половых органов — явные или завуалированные. И, конечно, на многих картинах можно было без труда разглядеть процесс спаривания людей и инопланетных существ.

Это фантазия настоящего извращенца, и это дьявольски красиво.

Я подходила к экспонатам то так, то эдак, вглядывалась в поисках скрытого смысла и, кажется, находила его.

В музее мы провели больше трех часов. Даже Виктор в конце концов взмолился:

— Ань, ну уже невозможно! Ты даже не проголодалась, что ли?!

А мне было мало. Я не могла остановиться, не могла надышаться этим футуристически-развратным воздухом. Обходила комнаты уже по пятому кругу и чувствовала, что меня буквально распирает от эмоций.

В этом сумасшедшем месте я вдруг прозрела. Я была хорошей девочкой правильных родителей. Отличницей и интеллектуалкой, дочерью дипломата и лучшей женой. Жила с мужем, который чего только не употреблял, но все равно оставалась хорошей и спасала его. Большую часть жизни я была удобной и покладистой, особенно до 12 лет. И вдруг увидела, что во мне есть и темная сторона, которая... тоже прекрасна. Я как будто обрела часть себя, которую давным-давно потеряла. И ожила.

— Почему ты меня сюда привел? — спросила я Виктора, как только мы вышли из музея и снова очутились в крошечном швейцарском городке — полной противоположности фантазийного мира.

Виктор ответил не сразу:

— Я подумал...

Несколько мгновений я просто смотрела на него, а потом, взяв его лицо в ладони, поцеловала. Он тут же притянул меня к себе и обнял так крепко, что у обоих перехватило дыхание.

Мы бы не добрались до Женевы.

Номер в отеле нашелся за считанные минуты — спасибо, что Грюйер такой крошечный. Мы буквально ввалились в прихожую и, не прерывая поцелуя, стали раздевать друг друга. Виктор отбросил свою обычную сдержанность, и я поняла, как сильно этот мужчина меня хотел все это время.

Хотел... И ждал.

Рассвет над горами был особенно прекрасным. Сидя на узком деревянном балконе в одном одеяле, мы с Виктором, счастливые и уставшие, следили глазами за лениво восходящим солнцем.

Этот день я, как самую большую драгоценность, поместила в свою тайную копилку памяти.

— Выходи за меня, — сказал Виктор.

Я не удивилась. Это предложение выглядело очень гармоничным в тот момент. Естественное продолжение всего происходящего.

— Витенька, разве у тебя нет жены в Москве? — улыбнулась я.

— А у тебя — мужа в Лондоне...

С минуту мы молчали. Он испытующе посмотрел на меня. Одними глазами Виктор вновь повторил свой вопрос. Ведь задачку со штампами в паспортах можно и решить. Было бы желание.

— Я не могу, — уткнувшись носом в его щеку, произнесла я наконец.

— Не можешь или не хочешь?

Он, как всегда, попал в точку. Я чувствовала благодарность и восхищалась Виктором, но не любила. Было бы нечестно выйти за него замуж.

Соблазнительное предложение, да только я — не коварная соблазнительница.

Виктор глубоко вздохнул. С воздухом он будто вытолкнул наружу свое разочарование. Казалось, он верил, что я все-таки скажу: «Да».

— Ты ведь еще его любишь? — спросил Виктор, продолжая крепко меня обнимать.

— Дело не только в нем. Мне сейчас нужно разобраться со своей собственной жизнью. Нельзя вступать в отношения, когда ты не понимаешь, чего вообще хочешь. Я хочу вернуться в Лондон и попробовать все понять. Ты поедешь со мной?

— Я буду приезжать, — спокойно ответил Виктор.

Больше мы не произнесли ни слова. Солнце взошло, и новый день вступил в свои права. Через несколько часов мы вернулись в Женеву и первым делом купили билет — один — до Лондона.

До моего отлета оставалось два дня. Мы больше никуда не выезжали. Я перебралась в номер Виктора.

В аэропорту он попытался дать мне денег. Я гордо отказалась, но в последний момент, когда уже проходила через рамку металлоискателя, Виктор все же осторожно засунул пачку купюр в мою сумку.

Глядя в иллюминатор, я чувствовала умиротворение. Понимала, что тоска по Виктору и по всему, что могло бы быть, еще неминуемо настигнет. И все равно считала, что делаю все правильно.

По крайней мере, сейчас.

Вскоре я увидела внизу огни Лондона и в тот момент ощутила уверенность: так и должно быть. Я должна действовать. Строить свою жизнь и опираться в этом на себя.

Оказавшись в квартире, я поняла, как сильно скучала. И по дому, и даже по соседке Вере, чья голова высунулась из кухни.

— С приездом!

— Спасибо! — искренне улыбнулась я в ответ.

ГЛАВА 27
Ты умеешь удивлять, милый

Лондон, 2003 г.

Я была уверена, что больше никогда не вернусь на Гибсон-Гарденс. И понимала, что в истории с Алексом давно пора ставить точку. Но мы все еще были женаты. И с этим мне нужно было что-то делать. Выбора не было. Телефон Алекса не отвечал, а потом и вовсе стал недоступен. Если я хочу получить развод — а я этого хочу — придется снова подняться по проклятой лестнице.

Я снова и снова прокручивала в голове диалог, который мог состояться между мной и Алексом, пытаясь понять, какие аргументы пробьются через наркотическую пелену и подействуют на него должным образом.

Но реальность в очередной раз удивила.

Прежняя квартира встретила меня новой и весьма прочной на вид входной дверью. На стук вышел незнакомый молодой человек, который не был похож ни на наркомана, ни на алкоголика, ни на бездомного, нашедшего тут приют.

— Могу чем-то помочь? — уточнил парень. В руках он держал кухонное полотенце, а из квартиры доносился аромат еды — новый жилец что-то готовил.

— Да, я жила здесь... Давно... — протянула я, чтоб дать себе время сориентироваться. — А вы не знаете, что случилось с... прошлым квартиросъемщиком? Где он?

— Простите, боюсь, не могу вам с этим помочь, — ответил, наконец, парень.

На меня навалилась безысходность. Пробормотав извинения, я пошла вниз.

Выйдя из подъезда, я почувствовала, как грудь сдавило невыносимой болью.

Алекса больше нет. Вообще нет на этом свете.

Передозировка? Или, возможно, он покончил с собой?

Сердце сжалось от мысли о потере. Грудную клетку сдавило еще сильнее — стало тяжело дышать. Доковыляв до знакомой скамейки, я села и согнулась пополам.

В душе все смешалось: любовь, горечь, отчаяние, боль, обида, страх, беспомощность, одиночество и... Незавершенность. Алекс умер, когда мы еще находились в браке. Значит, теперь я — вдова, а это слово абсолютно не укладывалось в голове.

Он не мог уйти вот так, не попрощавшись...

Через силу поднявшись, я зашагала к станции метро. На ходу я пыталась понять, что делать теперь. Нужно было как-то узнать, куда отвезли тело Алекса. Там мне наверняка сообщат причину смерти. Когда-нибудь я узнаю, где он захоронен, и приду положить какие-нибудь красивые цветы на могилу, чтобы попрощаться.

Мимо прошёл Алекс.

Мимо прошёл Алекс?!

Я замерла, не в силах осмыслить то, что видели мои глаза. На Алексе были какие-то отвратительно грязные вещи. Это совершенно точно был он. Живой.

Призрак не может так ужасно выглядеть.

Алекс выглядел как бомж и конченый наркоман. Запах, шлейфом тянувшийся за ним, полностью соответствовал. Я скривилась от отвращения. Пересилив себя, постаралась придать лицу спокойное выражение и окликнула:

— Алекс?

Он не услышал. Я позвала громче.

Алекс обернулся. Отсутствующий взгляд упёрся в меня. Он определённо не понимал, кто перед ним. Я почувствовала болезненный укол в области сердца. И вдруг в пустых глазах Алекса блеснула искра сознания.

— Анджики? — осторожно уточнил он. — Это реально ты?

Я выдохнула, но радоваться было рано. Сначала нужно было понять, что Алекс помнит из наших последних встреч.

— Ты... ты сделала... — он скользнул взглядом по моему животу и опустил глаза, не в силах произнести фразу до конца.

— Да.

Алекс рвано кивнул, буквально клюнул воздух носом.

Ему было больно, я это видела. К ломке и похмелью теперь прибавилась утрата важного — возможно, единственно важного, что было в жизни Алекса.

— Я вот думал сегодня, — сказал он так, как будто был абсолютно трезв. — Зачем мне жить? Какой смысл мне страдать на улице, думать об этом унижении, чувствовать всю эту боль? Думаешь, я выбирал такую жизнь? Думаешь, мне нравится быть таким?

Эти слова неподъемными глыбами падали в мое сознание. Было ощущение, что я пришла добить умирающего.

Господи, ну почему всегда должно быть так невыносимо тяжело?

Нужно было сразу перейти к делу, чтоб поскорей покончить с этим.

— Алекс, я приехала к тебе... — я осеклась, не в силах вынести зрелище его полного падения. — Ты живешь на улице?

Вместо ответа он просто поджал губы и хмыкнул себе под нос.

Дома у Алекса больше не было. Ночевал то тут, то там. Он превратился в одного из тех бродяг, с которыми я однажды провела ночь под мостом.

Сердце сжалось от жалости и желания помочь близкому человеку.

— Алекс, я приехала к тебе, чтобы поговорить о разводе.

Все силы уходили на то, чтобы сохранять хладнокровие и ясный ум, потому что внутри бушевал пожар. Я чувствовала, что предаю близкого человека, бросаю его, отвергаю в тот момент, когда нужна ему больше всего.

Чувство вины — самое отвратительное из всех чувств.

Только я собралась сказать, что привезла документы на подпись, как Алекс упал на колени. В мгновение ока он оказался на земле, впиваясь руками в лицо. В глаза.

— Алекс?
— Я ничего не вижу! — закричал он.

Господи, только не это!

Казалось, Алекс сейчас выцарапает себе глаза, так бешено он тер их и кричал.

— Я вызову скорую! — меня, наконец, отпустил шок. — Сейчас, подожди! Подожди немного.

Дальше я прошла 7 кругов ада. Два часа мы ждали машину скорой помощи, чтобы увезти моего ослепшего от стресса мужа в больницу. С ним меня почему-то не пустили, хотя единственное, что давало ему поддержку и силы от ломки и нарастающей тревоги, была моя рука.

Сначала санитары отказывались забирать наркомана, но, поняв, что он действительно ничего не видит, все же сжалились. Сказали, в какую больницу отвезут Алекса и уехали.

Я осталась стоять одна. В состоянии аффекта человек обычно ощущает, как реальность искажается в его глазах, замирая в мгновении, когда час кажется вечностью. Все вокруг замедляется. Проходящие мимо люди будто плавают в густом бульоне. События, происходящие совсем рядом, выглядят далекими. Гул в ушах мешает сосредоточиться. Картинка становится мутной. Все плывет перед глазами.

Мое сознание было похоже на мираж.

Я не думала о прошлом и не представляла себе будущее. Меня будто вообще ничего не заботило. Я замерла в моменте здесь и сейчас. Остальные дела исчезли. Помню, как долго и мучительно ехала в больницу.

Медсестра попросила подождать.

Опустившись на сидение в приемном покое, я сохраняла абсолютное спокойствие, можно даже сказать — равнодушие ко всему происходящему. Вокруг медперсонал сновал туда-сюда.

Мир бурлил, а я находилась под стеклянным колпаком, запертая в стерильных мыслях, никак не связанных с моей собственной жизнью.

Наконец, я увидела приближающегося врача.

Доктор Джонсон долго объяснял что-то медицинскими терминами. Алекс потерял зрение от сильного потрясения, возникшего непосредственно перед инцидентом или накануне. Закупорка артерии зрительного нерва — так предположил доктор Джонсон.

Из-за того, что я сообщила ему о разводе.

На вопрос, лечится ли это, Джонсон развел руками:

— Никто не знает, случай нестандартный: может, он начнет видеть уже завтра, а может, навсегда останется слепым.

Доктор Джонсон спросил, хочу ли я навестить мужа, и ничуть не удивился, когда я отказалась. Добавив напоследок, что мистера Чапмана смогут оставить здесь только на сутки — такие правила, — док попрощался и зашагал прочь.

Я постояла с минуту, подошла к стойке, оставила свой номер мобильного и вышла из больницы.

Следующим утром из тягостных раздумий меня выдернул телефонный звонок:

— Миссис Чапман?

— Да.

— Ваш муж сбежал из больницы.

Я убрала трубку от уха, закрыла глаза и сделала глубокий вдох. Выдох. Снова подняла телефон к уху.

Ты умеешь удивлять, милый...

Может, поискать вокруг клиники?

От одной мысли о продолжении поисков икры свело судорогой. У меня совсем не осталось сил. Да и каков шанс его найти? В большом городе, в целом Лондоне?

Пришлось признать свою беспомощность: я сделала все возможное. Теперь могу только ждать, что Алекс сам выйдет на связь. Или же со мной свяжутся представители власти.

— Все! — сказала я вслух. — С меня хватит!

От того, что я снова попаду в больницу, никому лучше не станет.

Через 3 часа на экране высветился незнакомый номер.

Не буду отвечать! Но... Вдруг это Алекс?

— Да! — мне не удалось скрыть волнение.

— Анья?

— Да!

— Это Джейн, я со стационарного телефона.

— Да, Джейн? Что такое?

— Алекс попал в автокатастрофу.

Только сейчас я заметила, что голос Джейн звучал безжизненно.

— Чего? В автокатастрофу? — я уже соскочила с кровати, готовая бежать.

— Он ехал на машине и на большой скорости врезался в другой автомобиль.

Внутри все похолодело.

— Он жив? — еле слышно выдавила я.

— Он очень плох... Так они говорят. Я больше ничего не знаю, меня к нему не пускают.

— Но ведь он жив, да? Не умер? Его куда положили? В какую больницу?

— Тут, в Борнмуте.

— А... — я сглотнула. — А люди из... Другой машины? В которую он врезался?

Эта секунда до ответа показалась вечностью, ведь если он кого-то убил...

Я тоже в этом виновата!

— Нет, машина стояла пустая на парковке. В ней никого не было. Но Алекс в очень тяжелом состоянии, и медсестра сказала, что... — голос Джейн соскользнул и провалился туда, где мать готовится потерять сына.

— Я скоро буду! — я одевалась на ходу и искала сумочку.

Мама Алекса жила в Борнмуте, на юге страны, недалеко от Ла-Манша. Если Алекс попал в их больницу, значит, авария произошла в том же округе. Сбежав из лондонской клиники, Алекс поехал к матери. Мог ли он слепой добраться туда, преодолев добрую сотню миль?

На поезде я доехала до Борнмута за три часа, которые показались вечностью. Потребовалось еще время, чтобы найти больницу, но вскоре я уже бежала по главному вестибюлю к сидевшей на диване Джейн.

Мать Алекса будто усохла. Она и так была невысокой, а теперь и вовсе казалась крохотной.

— Он умер, — услышала я и не сразу поняла, что эти слова тоже произнесла Джейн — таким чужим был ее голос. — Умер у меня на руках, понимаешь? Я держала своего мертвого сына на руках и ничего не могла делать, кроме как выть. Боже, надеюсь, ты никогда не испытаешь ничего подобного. Джейн смахнула слезы. Я принесла ей стакан воды. Руки Джейн так сильно тряслись, что половину она расплескала на пол.

— Алекс приехал ближе к вечеру уже. Он был... Не в себе, — рассказывала Джейн, вытирая глаза салфеткой. — Просил денег. Я не дала. У меня не было налички, даже пяти фунтов, — будто оправдывалась Джейн. — Мы еще поругались... Хотя я даже не вспомню, по какому поводу. И он попросился сходить в туалет и, видимо, стащил ключи от машины, или... Может, он взял их еще до того, я не знаю. Я только услышала, как дверь хлопнула, а через... — Джейн всхлипнула и закрыла руками глаза. — Я услышала этот звук, такой страшный. Грохот с улицы. Машина врезалась во что-то... Стекло посыпалось, кто-то закричал. А я... Знаешь, я сразу поняла, что это Алекс. Не знаю откуда. Я же еще не знала, что он взял ключи и что это моя машина. И все же я почему-то была уверена, что он там...

Джейн плакала, я гладила ее по спине, хотя мне самой бы не помешала поддержка. Хотелось уйти. Просто забыть все это или хотя бы притвориться, что ничего подобного со мной и с моей жизнью не происходит.

Это чье-то чужое. Не мое. Этого просто не может быть.

— И тогда я побежала. А он, знаешь, всего ничего успел проехать. Там было такое... Месиво из машин... Прямо каша какая-то. И... Алекс, — Джейн сорвалась, начала рыдать. — Он вылетел через лобовое, разбил его собой. Не пристегнут был. И он лежал в кустах каких-то, его даже еще никто не увидел. Я первая его нашла. А он лежал такой... Такой бесформенной кучей, что...

Джейн разразилась слезами. Долго не могла успокоиться. Я сама еле сохраняла внутреннее спокойствие, хотя чувствовала, что вот-вот упаду в пучину паники с головой.

— И он умер у меня на руках, — плакала Джейн. — Я его крепко держала, пыталась как-то, чтобы он... Не знаю. Мне казалось, я могу отдать ему свою жизнь, чтобы он ее взял и жил, вот только он не брал.

Я обняла Джейн. Хрупкое тело свекрови сотрясалось в конвульсиях, и они волей-неволей передавались и мне. Мысленно я молилась, чтобы эта история закончилась.

— Они сказали, что приехали через три минуты, — немного успокоившись продолжила Джейн. — А мне казалось, что прошла вся ночь, я клянусь. А я сидела там на траве, держала моего мертвого мальчика и не сводила с него глаз. Мне казалось, что если я перестану смотреть на него, то он точно уйдет. Он был мертв. Ты даже не представляешь...

Возможно, чувства матери были иными, но я хорошо представляла себе смерть Алекса. Ведь однажды я так же сидела и держала его остывающий труп на своих руках. Впрочем, Джейн про это, конечно, не знала. А сейчас я переживала и ту, и эту его смерть заново.

Все же спустя час Джейн удалось отдышаться и прийти в себя. Она уже не плакала, даже не спеша выпила кофе.

Я рассказала ей про потерю Алексом зрения накануне аварии.

— Такое могло случиться, — неожиданно ответила Джейн. — У нас это семейное.

Оказалось, отец Алекса тоже однажды потерял зрение от серьезного нервного потрясения — он в один миг полностью обанкротился и понял, что подвел свою семью. Его зрение восстанавливалось несколько дней.

У Алекса, получается, восстановилось за ночь.

Про ребенка или аборт Джейн ни слова не спросила, и до прихода врача мы сидели молча, каждая в своих мыслях.

Больше восьми часов Алексу делали операцию. О его состоянии не было никаких сведений.

Был поздний вечер, когда двери операционной наконец открылись.

— Что с ним? — тут же вскочила Джейн, увидев врача.

— Стабильно. Угроза позади, — сказал тот и принялся перечислять последствия аварии.

На огромной скорости врезавшись в другой автомобиль, Алекс вылетел через лобовое стекло и умер. На несколько минут.

Алекс сломал руку и ногу, получил сотрясение мозга и довольно серьезное внутреннее кровотечение. Также у него были повреждены некоторые органы. И это, не считая десятка других, более мелких травм — порезов и ушибов.

По словам врача, Алекс Чапман родился в рубашке. Обычно с такими травмами в больницу доставляют уже трупы. Особенно учитывая количество наркотических средств в крови.

— Он потерял много крови, поэтому еще не скоро придет в себя, — добавил доктор. — Вы можете поехать домой. И еще, мой вам совет, переведите его в реабилитационный центр.

Я отправилась на вокзал, чтобы успеть на поезд до Лондона, Джейн поехала домой. Договорились, что завтра утром Джейн снова приедет и позвонит мне после того, как увидит Алекса и поговорит с ним о реабилитации. По тону свекрови я поняла, что никаких надежд у той нет — с Алексом по многу раз пытался говорить каждый член семьи, однако результат был одинаковым.

Домой я вернулась измотанная и нервная. В голове одновременно говорили сотни голосов: громко и тихо, медленно и быстро, какие-то орали, а какие-то язвили и жалили резкими доводами, кто-то обвинял и беспощадно терзал.

Не пытаясь разобраться ни с одним из них, я сходила в душ, смыла с себя больничную вонь и легла спать.

Мне снились похороны. То ли дедушкины, то ли Алекса, то ли мои собственные.

Он согласился!

Я была в шоке: Алекс согласился лечь в специальную клинику, где основным направлением было лечение алкогольной и наркотической зависимости. Он был готов перевестись туда в конце недели, как только врачи разрешат транспортировать его на машине.

Я до последнего не верила. Даже когда его туда перевезли. Даже когда он не сбежал в первый день. И даже когда спустя неделю он все еще был там. Настолько нереальным это казалось.

За это время я сходила еще на три собеседования, которые, впрочем, не увенчались успехом.

Жизнь на американских горках меня больше не устраивала. Я выбрала себя — возможно, впервые в жизни сделала это по-настоящему, без оговорок и уступок — и теперь буду двигаться только вперед по выбранному пути.

Но пока Алекс восстанавливался, лечился и очищался, я не могла поехать и потребовать развод.

ГЛАВА 28

Покер с судьбой — платье долой!

Лондон, 2004 г.

Деньги, которые дал Виктор, тут же закончились. Вера попросила вернуть долг: соседка оплачивала квартиру несколько месяцев, пока у меня была не самая белая полоса в жизни. Теперь проблемы с деньгами были уже у Веры, и настал мой черед ее выручать.

Думая о своем будущем, почему-то вспомнился разговор с Виктором о том, как я попала в Лондон…и тут мне пришла в голову идея!

А, будь что будет! Дома я просто с ума сойду! Нужно развеяться!

Я достала из шкафа нежно-голубое платье в китайском стиле, убрала локоны в ретро-прическу, нарисовала длинные черные стрелки на азиатский манер и схватила сумочку.

Так или иначе, я намеревалась выпить шампанского. Сделать это я решила в «Чиприани» — итальянском ресторане на Дэйвис-стрит. Я часто бывала там, когда работала в «Джетсейлс». Заведение было модным и располагалось в престижном районе Мейфэр — буквально в нескольких минутах ходьбы от моей квартиры.

О том, что всех моих денег не хватит даже на бокал шампанского, я не переживала. Мне еще ни разу не приходилось платить за себя в ресторанах. Всегда находились желающие угостить прекрасную девушку бокалом игристого.

В этом бокале я и утоплю все невзгоды!

Мне хотелось хотя бы на один вечер забыть о своих проблемах и тревогах. Просто наслаждаться жизнью и не думать о завтрашнем дне. В конце концов, я сделала все, что от меня зависело.

Ау, Вселенная, твой ход!

«Чиприани» был забит до отказа. Стоял гул множества голосов, пахло пастой с сыром и свежеиспеченной чиабаттой. У меня слюнки потекли, — я и забыла, что сегодня еще ничего не ела.

Как только я вошла, десятки взглядов устремились в мою сторону. О, это я умела — привлекать внимание! Изобразив на лице томную улыбку, я фирменной походкой от бедра прошествовала через зал к барной стойке. Тут же нашелся свободный стул — один из посетителей галантно кивнул и остался стоять. Я еще даже присесть не успела, а другой мужчина уже просил разрешения заказать выпивку для такой экзотической леди. Леди благосклонно разрешила.

Я знала, какое впечатление произвожу на мужчин. Природа щедро наделила меня нужными для этого атрибутами: тонкой талией, грудью четвертого размера, копной рыжих волос. Нужно было лишь подчеркнуть все это. Что я и делала при помощи простых, но сексуальных нарядов, легкого макияжа и неуловимой небрежности в образе. Я никогда не носила украшений — считала, что мне это ни к чему.

Самое главное — я не старалась понравиться. Люди всегда видят, когда кто-то из кожи вон лезет, пытаясь произвести впечатление. И это приводит к обратному эффекту. Так бывает с излишне нарядными девушками и с чересчур говорливыми мужчинами. Я же никогда не стремилась снискать чье-то одобрение — просто была собой. И это действовало на людей безотказно.

Только я открыла рот, чтоб озвучить заказ, меня окликнули откуда-то из глубины зала.

— Один момент, — я улыбнулась бармену и мужчине, желавшему оплатить выпивку, и повернулась посмотреть, кто меня позвал.

Это была...

Господи, как же ее зовут? Кристина? Карина!

Мы познакомились пару месяцев назад, когда веселились с Куртом и компанией в клубе «Трамп». Кажется, тогда мы танцевали на столах и поливались шампанским, словно водой из шланга. Подробностей я не помнила.

Как в прошлой жизни было...

Карина сидела за столиком в окружении семи мужчин. Их я видела впервые. Я бы и Карину не узнала, если б та не махала как ветряная мельница.

— Похоже, вот моя компания на вечер, — обернулась я к бармену и щедрому джентльмену, которые все еще ждали моего выбора. Улыбнувшись им на прощание, я направилась к столику Карины.

Из воздуха как по щелчку возник свободный стул. Я села, и все, кто был за столом, замолчали и уставились на меня.

— Беллини? — спросил рыжий мужчина с австралийским акцентом.

— Да можно и чистый «Дом Периньон», — по-свойски ответила я, решив, что сегодня можно опустить великосветские условности.

Обстановка разрядилась, и все продолжили свои незаконченные беседы. Я отвечала на прилетающие то и дело вопросы и пыталась оценить происходящее.

В целом, это был деловой вечер. Мужчины обсуждали свои вопросы. Оставалось загадкой, что в таком случае здесь делала Карина? Спустя несколько минут я нашла ответ, и он меня совершенно не обрадовал. Карина работала эскортом. А значит и меня, скорее всего, приняли за ее коллегу. Мы ведь «подруги».

И какой выход из этой щекотливой ситуации?

Выход был очевиден — в дверь. Можно было «вспомнить» про невыключенный утюг или просто вернуться к барной стойке, сославшись на назначенную встречу.

Шампанское вот только заберу.

Быстро просчитав ситуацию — на долгие раздумья не было времени — я решила для начала посетить дамскую комнату. Я уже вставала и собиралась уйти по-английски, когда рядом вырос официант и поставил прямо передо мной блюдо с едой. Аромат, ударивший в нос, чуть не свел меня с ума. Рот мгновенно наполнился слюной, а желудок предательски заурчал.

— Тушеная оленина с нежным муссом из груши и терпким ежевичным соусом, мисс, — сообщил официант, и я буквально лишилась чувств.

— Мистер Брайт позволил себе проявить смелость и сделал заказ за вас, — добавил официант и указал на мужчину, предложившего коктейль.

Ему было лет сорок. Его рыжие волосы были такими яркими, словно неаккуратный школьник пролил на них банку гуаши. Во взгляде не было флирта. Мне показалось, что он смотрел с вызовом — пристально и без улыбки. Как будто гипнотизировал.

Такие поединки я просто обожала. А последние события буквально требовали эмоциональной разрядки — и это был отличный способ ее получить. К тому же я хотела есть.

Свежее мясо, ммм.

Я залпом осушила бокал, как делают в фильмах плохие девочки, и начала медленно есть оленину. Кусочек за кусочком, не сводя глаз с мистера Брайта. Разрывала мясо, насаживала на длинную вилку и отправляла в рот так, что Брайту стало жарко. Ему даже пришлось ослабить узел на галстуке и сглотнуть.

Еще несколько человек заметили происходящее и, как и Брайт, почувствовали себя на месте оленины. Если бы в ресторане внезапно появился метеоролог, он бы непременно зафиксировал аномальное повышение температуры за отдельно взятым столом.

— Какого черта тут происходит? — спросил полулысый мужчина справа от меня.

Нос с внушительной горбинкой выдавал его происхождение.

Грек или мальтиец.

Отложив вилку, я обратилась к этому мужчине, словно мы были знакомы сто лет:

— Может, познакомишь меня с присутствующими?

— Это Уэйн Брайт, основатель «Spotcard» и клиент моего фонда, — тут же ответил мальтиец абсолютно будничным голосом. — Это Винсент Мохаммади, самый крупный владелец коммерческой недвижимости в Англии.

Я кивнула, запоминая имена.

— Ну, с Кариной ты знакома...

— Возможно, не так хорошо, как ты, — перебила я. Мальтиец хищно улыбнулся.

Угадала!

Мое поведение явно выходило за привычные им рамки. Когда мужчины решали свои бизнес-вопросы, женщинам полагалось улыбаться и молчать. Мне же не было до этого никакого дела. Молчать я не собиралась и без малейшего колебания вступала в беседу. Это было необычно. У кого-то такое поведение могло вызвать раздражение, у кого-то — любопытство. Меня все устраивало. Я смаковала шампанское и кивала, пока мальтиец перечислял остальные имена.

— И ваш покорный слуга, — наконец указал он на себя, — Николас Мичели.

— Чем занимается ваш фонд, Николас? — тут же спросила я.

— Мы увеличиваем стоимость акций частных компаний примерно на тридцать процентов за пару месяцев. Только компании я выбираю сам.

— Хедж-фонд, стало быть...

— Именно так, — Николас обрадовался, что я «секу фишку».

— И сейчас ты подписал Уэйна и хочешь продать его Винсенту после листинга? — предположила я, сопоставив все, что успела услышать за столом.

— Что-то типа того, да, — еще больше удивился Николас.

— Дай-ка, угадаю, — я наклонилась и шепнула ему практически в ухо, — Винсент твой хороший друг, вы много вместе тусили, но он ни разу у тебя ничего не купил, верно?

Мичели и Брайт, который невольно услышал это, были по-настоящему удивлены.

Женщина с мозгами, ребята. Редкий вид!

Остаток вечера мы проговорили про бизнес и инвестиции, и эту беседу можно было назвать оживленной и увлекательной. Время пролетело незаметно.

Николас создал бизнес моей мечты. Еще работая в «Джетсейлс» и пребывая в поиске работы, я даже сдала лондонский экзамен по курсу «Акции и деривативы» и другие экзамены на финансового аналитика. Последние события заставили меня ненадолго об этом забыть, но теперь, слушая Мичели, я вспомнила про свою цель — открыть собственную компанию.

Николас по всему миру выводил на биржи недооцененные фирмы, одна из которых принадлежала Брайту. У Николаса был сильный партнер и совершенно незаменимая секретарша Клои. Он, смеясь, признался, что не умеет делегировать полномочия и большую часть работы выполняет лично.

Несмотря на то что Мичели вел себя как шут, я довольно быстро увидела, что за огромным количеством алкоголя таилась тяжелая кропотливая работа гениального ума.

Перевалило за полночь, и «Чиприани» закрывался. Кто-то двинулся в клуб, кто-то отправился спать. Винсент Мохаммади оказался моим соседом и, прощаясь, пригласил на днях к себе в офис посмотреть, как идут торги на бирже. Карина со своим трофеем, должно быть, поехала в отель. За столом — последним занятым в ресторане — со мной остались лишь Николас и Уэйн Брайт.

Мужчинам не хотелось расходиться, им хотелось продолжать увлекательную беседу, а ночной клуб был слишком шумным.

— А давайте ко мне? — предложил Уэйн.

— Погнали! — тут же подхватил Мичели, и оба уставились на меня.

Опять пришлось быстро оценивать обстановку. Мужчины пребывали в эйфории от знакомства, но контекст был не сексуальным или, точнее, не только таким. Адрес, который назвал Брайт, был совсем рядом. И недалеко от моего дома, куда, к слову, мне совсем не хотелось возвращаться.

Выбор очевиден!

Уже через полчаса мы втроем сидели в просторной квартире Уэйна в Южном Кенсингтоне. Высокие потолки, количество комнат, явно превышающее любые потребности человека, мебель и текстиль в стиле «дорогая Англия». Эта квартира выглядела как настоящее гнездо олигарха.

Обосновались мы в гостиной прямо на шелковом персидском ковре. Все, что нам было нужно, тоже стащили на пол: виски для мужчин, вино для меня. Разговоры и смех не прерывались ни на секунду.

Вот тебе и выпила игристого. Безработная русская девушка, которой завтра не на что будет купить сендвич, сейчас — в три часа ночи — сидит на персидском ковре, который стоит, как однушка в Волгограде. Мироздание, ты умеешь тешить!

Уэйну срочно потребовалось красное вино. Он сбегал за бутылкой, откупорил ее и залпом осушил целый бокал.

— А мне кажется, нужно взбодрить вечер, — наигранно серьезным тоном заявила я.

— Чего? — комично ужаснулся Уэйн и икнул. — Еще больше?

— Сыграем в карты?

Уэйн кивнул и уже через минуту вернулся с колодой.

— В покер на раздевание! — сказал Николас.

И снова секунда на оценку ситуации. Мои собеседники были гораздо более пьяными, чем я, однако одежды на каждом было в разы больше.

Напугали ежа голой жопой!

— Я в деле, — решение идти до конца было принято моментально. — Только у меня есть условие.

— Какое? — синхронно спросили мужчины.

— Каждый назовет свой желаемый выигрыш. Кроме секса, разумеется!

— Минет тоже не считаем? — по-деловому уточнил Николас.

— Ответ очевиден, — снисходительно улыбнулась я.

— Играем три партии, — кивнул Николас. — Если я выиграю — хочу видеть тебя абсолютно голой. На остаток вечера.

— А за остаток вечера мы считаем…

— До шести утра давай.

— Так, — я пока не видела причины возражать.

— И! — Мичели поднял палец вверх. — Ты не просто будешь сидеть тут совершенно голая, ты еще и утром выйдешь отсюда в таком же виде. Пешком пойдешь или на такси, это неважно, главное, что без одежды. Проиграешь меньше двух раз — одежду в руках понесешь, а больше — одежда навсегда останется в этом доме, — хитренько усмехнулся он. — Включая трусы.

Они на тебя не налезут, любезный!

Я оценила находчивость и фантазию Мичели, но ничего не ответила и посмотрела на Уэйна, который усердно придумывал свой вариант. Похоже, тщетно.

— Присоединюсь к партнеру, — спустя минуту выдохнул Уэйн, снова икнув.

Оригинально, однако!

— Ох, как мне нравится! — взвизгнул Брайт, оценивающе рассматривая мой наряд. — Это точно взбодрит вечер!

Они с Мичели были уверены, что я откажусь, хоть и от всей души желали обратного.

— Я согласна, — невозмутимо произнесла я, эффектным жестом вынимая заколку из прически. Волосы рассыпались по плечам. Мужчины сглотнули.

— Чтобы увидеть ваши писюны, много ума не нужно. Вряд ли вы меня удивите. Придумаю что-нибудь поинтереснее.

В голове я уже перебирала варианты — один нелепей и смешней другого, — когда Уэйн внезапно выпалил:

— А что, если ты выйдешь на работу к Николасу?

Упс. А вот с этого места поподробнее!

Я затаила дыхание.

— Выйдешь на работу к Мичели! — повторил Уэйн, посмотрев на друга. — И организуешь мое роуд-шоу в Германии в следующие полгода перед биржей, а? Немецкий ты знаешь, так?

Мне не потребовалось и пары секунд, чтобы оценить риски и выгоды.

— Идет.

Мичели кивнул, опустошил стакан и снова наполнил его бронзовым виски.

— Поехали! — он начал раздавать карты.

Мне выпали разномастные валет и тройка, которые вместе с пятью картами на ковре составляли две пары, — неплохо, но, посчитав возможные комбинации, я поняла, что у кого-то из мужчин мог набраться флеш — пять карт одной масти.

Флеш ни у кого не набрался, однако у Уэйна оказалась пара троек на руках, которая вместе с тройкой на столе составляла сет — три одинаковые карты, — а сет был выше моих двух пар.

Проиграла!

Мужчины с пьяными ухмылками уставились на меня, предвкушая стриптиз.

— Платье долой! — крикнул Мичели.

Я изящно поднялась с пола и сделала вид, что собираюсь расстегнуть молнию голубого китайского платья.

— Размечтались!

Медленно приподняв платье чуть выше бедер, я пальцами подцепила края небесно-голубых трусиков и потянула их вниз по ногам.

Мужчины и воодушевились, и расстроились, что мое горячее тело все еще было скрыто от их жадных взглядов.

Облизнулись и хватит, мальчики!

— Еще не вечер, — лукаво заметил Николас и раздал вторую партию.

Если я проиграю и в этот раз, придется снять платье, а трусики перестанут быть моей собственностью.

Мне выпала пара дам. На столе был полный разнобой и по масти, и по значению. По моим подсчетам, у мужчин не могло совпасть что-то крупное: либо пара, либо две пары, либо сет, если у кого-то тоже карманная пара. Дамы — это неплохо, но короли и тузы выше, и у любого из мужчин могло оказаться на руках такое совпадение. Мичели уж больно загадочно улыбался и ехидно косился на платье.

— Ну, вскрываемся! — сказал Уэйн и выложил свои карты. — У меня ничего. У вас? Николас? — он с надеждой повернулся к другу.

— Ну что ж... Теперь платье точно долой! У меня стрит!

Сердце ухнуло куда-то в живот. Стрит — одна из крупных комбинаций. Как же я просчиталась и не увидела?

Николас выложил свои карты. Уэйн, словно ребенок, хлопал в ладоши и кричал: «Платье долой!». А я внимательно смотрела на карты, лежащие на полу.

— Дорогой Николас, — ласково начала я, потянувшись к молнии платья, чтобы расстегнуть ее, но резко остановилась. — У тебя нет стрита. Ты ошибся.

Я рассмеялась, а мужчины, едва не столкнувшись лбами, склонились над картами. Они убедились, что Мичели спьяну перепутал шестерку с девяткой. У него даже пары не было. Я выиграла.

— Решающий! — рыкнул Мичели, ударив по ковру кулаком.

— Валяй! — парировала я, сделав глоток ледяного белого вина. Внутри подрагивали звенящие струнки азарта.

Третий кон. Финальный. Если победит кто-то из мужчин, я останусь полностью обнаженной.

Прорвемся! И не в таких передрягах бывали...

Николас раздал карты. Я заглянула в свои. Там обнаружилась карманная пара двоек. Самая слабая по значению пара. Я лучезарно улыбнулась.

Вот дерьмо!

Мичели разложил пять общих карт на ковре. Все сверили свои комбинации и переглянулись. Я уловила, как Николас подмигнул Уэйну правым глазом. Наверное, у него на руках что-то крупное. Может, фулл-хаус — три карты одного ранга и две другого, то есть сет и пара одновременно. Очень хорошая комбинация, которую практически ничто из того, что лежало на ковре, не могло превзойти.

— У меня ничего, — Уэйн тут же скинул свои карты.

Николас многозначительно посмотрел на меня и поднял брови:

— Ну что, моя милая, ты готова раздеваться?

Я поджала губы, чтобы не засмеяться, и элегантным жестом повернула свои две двойки к мужчинам. Вместе с двумя другими двойками, абсолютно случайно выпавшими, у меня получилось каре — очень редкая комбинация, которая в пух и прах разбивала фулл-хаус Николаса.

Победа!

Мужчины, конечно, расстроились, но довольно быстро тема сменилась, и все напрочь забыли про неудачную попытку меня раздеть.

Абсолютно уверенная, что пьяные Брайт и Мичели, протрезвев, даже не вспомнят про эту игру, я в семь утра приехала домой и моментально уснула.

В одиннадцать у моего уха взорвался трелями мобильный.

— Да... — спросонья мой голос звучал хрипло.

— Ну и где ты? Рабочий день уже два часа как начался!

— Чего? Это кто?

— Память, как у рыбки... Это Николас Мичели, и ты выиграла у меня работу в покер прошлой ночью. Поднимай свою роскошную задницу и приезжай в офис. Кофе тут выпьешь. Жду. Адрес в смс.

ГЛАВА 29
Как выйти замуж за олигарха

Лондон, 2004 г.

Николасу Мичели было сорок пять, но из-за пристрастия к выпивке и белому порошку он выглядел старше. При всей своей мальтийской внешности он был бо́льшим британцем, чем многие англичане, родившиеся в Англии.

Как бизнесмен Николас внушал безусловное восхищение. У него был высочайший уровень интеллекта, незаурядная смекалка и смелость. Свой хедж-фонд он придумал и поднял с нуля, непрерывно обрастая связями и привлекая все больше и больше инвестиций.

Я быстро разобралась в новой работе. Принцип был простой. Допустим, какая-то компания, например, китайская, занимающаяся биотехнологиями, хотела выйти на европейский рынок и получить инвестиции через продажу акций. Если просто предложить их на бирже, покупать никто не будет. Тут-то и включался хедж-фонд Мичели. Он выводил китайскую компанию на рынок на Франкфуртской бирже, организовывал ей роуд-шоу — презентацию в Германии и Швейцарии, где жили основные инвесторы — и продажа акций этой компании становилась не только реальной, но зачастую и весьма привлекательной. В среднем, Николас увеличивал их стоимость процентов на двадцать — двадцать пять.

В мои обязанности входил поиск потенциально заинтересованных компаний по всему миру. Я предлагала им выйти на биржу через хедж-фонд Николаса и вела переговоры. Писала по сотне писем в день и общалась по телефону с десятками директоров и их заместителями. Знание нескольких языков и умение быстро наладить контакт с кем угодно — даже с самым капризным и неприятным потенциальным партнером — быстро сделали меня правой рукой Николаса.

Работа самого Мичели заключалась в приобретении и поддержании нужных контактов, через которые он и продвигал своих клиентов.

В офисе Николас появлялся ближе к обеду и часа за четыре разбрасывал накопившиеся дела. Основная техническая нагрузка лежала на его партнере Томасе. Это был высоченный нигериец с американским паспортом. Его главной задачей было выгодно продать акции свежеиспеченных партнеров на биржевых торгах.

Томас с Николасом делили один кабинет, откуда постоянно доносились крики и ругань. У нигерийца был непростой характер. Сотрудники фонда предпочитали сводить общение с ним к минимуму. А Николас был легковозбудим — его мальтийская кровь и безо всяких стимуляторов непрерывно кипела. Так что в их кабинете регулярно искрило и взрывалось. Однако Николас работал в паре с Томасом уже с десяток лет, и ни о каком расставании речи ни разу не заходило.

Все самые важные разговоры происходили в ресторанах, барах и клубах. Поэтому практически каждый вечер Николас исчезал из офиса, чтобы выполнять свою часть работы — заводить полезные связи в неформальной обстановке. В семь Николас уже ужинал в каком-нибудь фешенебельном ресторане, где собирались сильные мира сего, а потом перебирался в модный клуб вроде «Трампа» или «Мовида».

Довольно быстро Николас взял за правило брать меня с собой в эти вылазки. Согласно его теории, финансовые проекты сами по себе не были привлекательными. Однако когда он, как бы между прочим, являлся под руку с красивой девушкой, которая профессионально участвовала в деловой беседе, шансов договориться становилось гораздо больше.

Конечно, Николас мог бы ходить на тусовки и со своей женой, молоденькой — даже на год младше меня — русской девушкой по имени Надежда. Однако сама Надежда не особо стремилась участвовать в светской жизни мужа. Во-первых, у них был ребенок — мальчик трех лет, которого она не любила надолго оставлять с няней. А, во-вторых, каждый совместный выход с Николасом подтверждал неприятную истину: он направо и налево изменял жене. Даже в ее присутствии мой босс мог спокойно посадить себе на колени приглянувшуюся красотку. Я знала, что у Надежды тоже был любовник, а их брак с Николасом держался лишь на двух вещах: общем ребенке и нежелании что-то менять. Обоих это устраивало, как и то, что на тусовки с Николасом ходила я.

Для меня же, несмотря на всю любовь к общению, бесконечные ужины и коктейли, часто заканчивающиеся на рассвете, были настоящим физическим испытанием. Ведь я, в отличие от босса, каждое утро приходила в офис не позднее одиннадцати. Однако опыт, который я получала, находясь рядом с Николасом, был бесценным. Мой талант окружать себя полезными людьми расцвел в полную силу. Я узнавала, запоминала, впитывала то, чему не учат в университетах, о чем не пишут в книгах. А Николас был лучшим учителем.

Темные круги под глазами — смешная плата за такую возможность.

— Я заказал столик в «Бурджи», но опаздываю. Можешь пойти туда и занять, чтоб не отдали? — попросил Николас по телефону.

Я работала у него уже больше полугода, и каждую среду — а сегодня была именно среда — мы ходили в лаунж-бар «Бурджи». Это было популярное заведение, резерв столика в котором требовал депозита в пару тысяч фунтов. Без резерва в «Бурджи» было не войти. И даже при его наличии гости, не пришедшие до одиннадцати, теряли право занять стол.

Я жила на той же улице — Тёрло-стрит — где находился «Бурджи», в 5 минутах ходьбы, поэтому решила подержать столик до приезда босса, а потом вернуться домой отдыхать. Сил на очередную бессонную ночь просто не было — я валилась с ног от усталости.

Надев шелковые брюки и топ — наряжаться не хотелось, — я закрутила волосы в небрежный пучок и дошла до бара.

Посетители только начали подтягиваться. Официанты бегали, музыка играла, знакомый бармен кивнул, когда я прошла мимо стойки. Стол находился в глубине зала.

Стоило мне опуститься на диван, как рядом уже выросло ведерко с «Дом Периньоном». За соседним столиком были литовские малолетние барышни, видимо ожидавшие своего папика. Официант налил в длинный узкий бокал игристого, улыбнулся и исчез. Я осушила бокал почти залпом и почувствовала себя чуть бодрее, но все же с нетерпением ждала, когда приедет Мичели.

А еще я не могла перестать думать о том, что хочу открыть свой бизнес. Уже неделю я изучала всевозможные источники и статьи. И, кажется, даже нашла интересную нишу...

Босса все не было. Зал постепенно заполнялся. Взглянув на часы, я поняла, что просидела за столиком почти два часа. Я потягивала шампанское и ловила себя на том, что готова прикорнуть прямо здесь на диване. Чтобы взбодриться, я поднялась на ноги и прямо возле столика стала двигаться под музыку. Для «Бурджи» это было обычным делом.

Внезапно я ощутила жар в самом что ни на есть интимном месте. Кто-то из находящихся рядом литовских нимфеток прожег мне брюки сигаретой.

Засунуть бы ее тебе...

Я уже открыла рот, чтобы высказать малолетке все, что думаю о вреде курения, но увидела, что сидящий возле моих ног человек — вовсе не юная девица. На это явно указывала лысина, обрамленная черными волосами.

Я присела, чтобы все-таки поделиться своими соображениями о раке легких, но, увидев лицо сидящего мужчины, чуть не упала. Передо мной сидел ОН. Собственной персоной.

Хорошо, что присела.

Он был похож на Мефистофеля. Весь в черном, плотно сжатые губы, пронзительный взгляд. Я мало интересовалась политикой, живя в России, но самого известного олигарха своего времени, конечно, узнала.

Встретить этого человека в Лондоне было...

Неожиданно? Отнюдь. Он ведь именно в Лондон и сбежал. Но все равно...

Похоже, олигарх скучал. И все нимфетки, крутящиеся около его носа, не могли развеять эту вселенскую скуку. Казалось, ему совсем не интересно смотреть на юные тела. «О чем с ними трахаться?» — всплыла в моей голове фраза из какого-то старого анекдота. Кажется, мужчина сейчас был бы рад с кем-то просто поговорить.

— Вы знаете, где только что побывала ваша сигарета? — я многозначительно указала глазами в нужное место. — После такого вы, как честный человек, обязаны на мне жениться.

Мужчина перевел на меня взгляд. В глазах вспыхнул интерес — они вмиг утратили всякий намек на скуку.

— Заманчивое предложение, — он явно ждал, что я его узнаю.

— Меня зовут Анна, — протянула я руку. — Анна Чапман.

— Борис Береза, — он пристально смотрел, ожидая моей реакции, — и учитывая инцидент, давай сразу на «ты».

— Недавно прочла книгу — «The Billionaire from Nowhere», — сообщила я серьезно.

Олигарх заинтересованно наклонился ко мне:

— Правда? И как?

— Интересно. Я ее за два дня проглотила. Автор явно ставил цель написать про Романа, но книга вышла о тебе.

— Да? До меня еще не дошла... Дашь почитать?

Мы проговорили часа два.

Для моего нового друга, как я быстро поняла, бизнес не был любимой темой. Ему нравилось, когда говорили о нем самом. Я не скупилась на комплименты, многие из которых были искренними. Я говорила, что он в России по-прежнему человек-легенда, что люди считают его серым кардиналом, во многом определявшим политику государства. Эти слова были для олигарха как бальзам на душу.

Когда я сказала: «Вы самый известный русский в Лондоне, да и вообще на Западе, и все мои подруги мечтали бы с вами встретиться», — он скромно пожал плечами, но ничего не возразил.

Он как-то сразу почувствовал, что мне от него ничего не было нужно. Я не пыталась его соблазнить, охмурить, завлечь своими женскими чарами. Мне просто было интересно с ним говорить — это было как пройти за кулисы театра.

Абсолютно расслабившись, олигарх даже охотно рассказал, как он бежал из России, как получил политическое убежище в Англии, как его предали ближайшие друзья, и многое другое.

Чуть позже мы болтали о всяких пустяках. Я сделала глоток шампанского. На меня вдруг напала какая-то разухабистая удаль.

— Слушай, а давай я буду звать тебя Веник?

Он, кажется, даже на секунду опешил. Но потом просиял:

— Ах, ну да, береза! Веник! Это ж надо! Местные бы ни за что не догадались! Но если я Веник, Анечка, тебе придется пойти со мной... В баню!

Я рассмеялась.

— Можно подумать, в Лондоне есть нормальные бани!

— Увы, ни одной. А представь, как это было бы забавно. Приходим мы с тобой в баню, а тебя и спрашивают: «Девушка, веник брать будете?» А ты...

— Я со своим! — последнюю фразу мы произнесли хором, рассмеявшись.

— Между прочим, меня при рождении чуть не назвали Вениамином, — сообщил он. — Так что я мог бы быть Веней.

— А стал... Беней! — хихикнула я.

— Аня и Беня! За это стоит выпить! — мы чокнулись.

И десять пар штанов не жалко за такую встречу!

Было уже далеко за полночь, и, какой бы увлекательной ни была беседа, у меня глаза слипались от усталости. Я украдкой посмотрела на часы. Не успела я разозлиться, как в зале появился наконец Николас в окружении нескольких партнеров. Он сразу нашел меня глазами и, подойдя, тихо прошептал мне в самое ухо: «Тебя крайне выгодно оставлять одну».

Мы с олигархом обменялись номерами, однако я была уверена, что это наша единственная встреча. Он — мировая величина, ворочает миллиардами, а я... На текущем этапе жизни я чувствовала себя обычной девушкой из соседнего двора. Мы вращались на разных орбитах. Нашу беседу вполне можно было считать случайной встречей в поезде, когда попутчики всю ночь разговаривают по душам, а наутро расходятся в разные стороны, чтобы никогда больше не встретиться.

Каково же было мое удивление, когда на следующий день в обед из телефона послышалось:

— Аня, это Беня. Буду через десять минут у твоей работы. Мы едем обедать.

Я не стала уточнять, откуда он узнал, где я работаю. А он не стал дожидаться ответа. Сказав три предложения, он, как человек уверенный, что от его общества никто не откажется, положил трубку.

ГЛАВА 30
Находка для шпиона

Лондон, 2004 г.

Кирилл решил, что христианская община — лучшее место для знакомства с Верой. Церковь находилась довольно далеко от дома на Грин Стрит, и риск случайно встретить Анну был минимальным. Да и найти повод начать разговор там было не сложно.

В воскресенье, спустя еще несколько недель — нужно было убедиться, что Анна не ездит с Верой хотя бы изредка — Кирилл появился на службе. К встрече он подготовился на все сто. Во-первых, на нем был его лучший костюм. Конечно, не сшитый на заказ в ателье, но все же не дешевый. Во-вторых, Кирилл купил на улице удачную копию часов «Ролекс». Знающий человек с первого взгляда отличил бы подделку, но на девушку, падкую на атрибуты красивой жизни, но не слишком богатую, эта побрякушка должна была произвести должное впечатление. Наконец, Кирилл взял в аренду спортивный «Мерседес» последней модели. За сутки пришлось выложить почти половину месячной зарплаты, и молодой человек очень надеялся, что автомобиль сыграет свою роль.

В церкви все пошло не по плану. Кирилл держался ближе к дверям, старался не привлекать внимания и ждал, когда Вера пойдет к выходу, чтобы ненароком с ней заговорить. Однако девушка не торопилась. По обыкновению после службы подошла к священнику. Люди расходились, церковь пустела, и маячащий у дверей мужчина мог привлечь ненужное внимание. Пришлось пройти в глубь помещения. Кирилл остановился рядом с иконой, перед которой на специальной подставке горели тонкие свечи. Время от времени он бросал взгляд на Веру, надеясь, что она закончит свою беседу раньше, чем какая-нибудь не в меру набожная старушка обратит на него внимание.

Наконец Вера пошла к выходу. Когда она поравнялась с Кириллом, тот как будто случайно шагнул назад и чуть не сбил девушку с ног. Подхватив ее, не дал ей упасть. Стараясь удержать равновесие, он задел подставку; несколько свечей упали и погасли.

— Простите, пожалуйста! — воскликнул Кирилл, отпуская Веру. — Надо же, как неловко. Задумался и совсем ничего не видел вокруг!

Девушка только пожала плечами. Казалось, произошедшее ее совсем не задело. Она собралась уходить, но Кирилл буквально схватил ее за руку:

— Пожалуйста, помогите поставить свечи на место! Боюсь, со своей неуклюжестью я и остальные уроню.

Вера без лишних слов стала аккуратно поднимать упавшие свечи. Кирилл помогал их зажигать и говорил, не умолкая. Рассказал, что совсем недавно в городе, очень рад был найти общину соотечественников и ужасно переживает из-за своей оплошности.

— Да все в порядке, — откликнулась Вера. Парень совсем ее не заинтересовал, несмотря на блестящий «Ролекс», который то и дело выглядывал из-под рукава пиджака.

На улицу они вышли вместе.

— Могу я угостить вас обедом в благодарность за помощь? — спросил Кирилл, понимая, что девушка сейчас уйдет.

— Да не стоит, правда, — откликнулась Вера. — Мне домой пора, вечером на работу.

— Тогда давайте я вас подвезу! Я настаиваю, — Кирилл указал на «Мерседес». Это была его последняя надежда.

Ставка на машину сыграла! Вера посмотрела на парня с чуть большим интересом.

— Ну, ладно, — сказала наконец. — Грин Стрит, знаешь, где это?

— Прекрасный район, — тут же ухватился за ее слова Кирилл. — Я смотрел там квартиры, но не нашел подходящую. Поселился в итоге в Челси. А ты одна живешь?

— Нет, снимаю комнату у подруги, — Вера искоса посматривала на парня. — Точнее, она не совсем подруга, мы познакомились, когда я откликнулась на объявление.

— И как тебе с ней живется?

— С Аней? Да нормально. Она хорошая, не особо часто дома бывает. Но это все равно лучше, чем одной. И с ней весело.

— Весело? — переспросил Кирилл. — Она что, выпить любит?

— Нет, — засмеялась Вера. — Просто она такая... Постоянно достает приглашения на всякие тусовки. Вечеринки для высшего общества и все такое.

— Она из рода аристократов что ли?

— Обычная она, просто общительная. Ну вот я, например, уже пять лет живу в Лондоне. И даже не знала, что тут внук Толстого каждый год проводит костюмированный бал. Представляешь? А она недавно пришла и говорит: бери в прокате платье 18 века, идем! И мы пошли!

— Откуда же у нее были билеты? — заинтересовался Кирилл.

— Понятия не имею. Просто она такая. Всегда там, где интересно. А одной ей ходить скучно, вот и зовет меня. На том балу еще был потомок русских царей Романовых с матерью. Некрасивый такой, с гнилыми зубами. Все на него глазели издалека. А Аня знаешь, что сделала?

— Что?

— Дождалась, когда его мамаша отойдет, и подсела к ним за столик. Поболтала с этим потомком минут десять и позвала на настоящую вечеринку. В итоге мы все вместе поехали в клуб. И царь этот, и Толстой. До утра тусовались, было круто! Она теперь с этим Толстым иногда обедает, подружились.

— Интересно! Юркая девчонка!

— Не то слово! Представляешь, я один раз позвала ее с собой на службу. Так она после подошла к нашему священнику, поблагодарила и стрельнула телефон. Вот так просто, хотя впервые его видела.

— Ну, священник же тоже человек...

— Это понятно, но все равно... Это же священник. Мне и в голову никогда не приходило, что у него можно попросить телефончик.

— Я не могу понять, тебе эта Аня нравится?
— Ну да. Просто я совсем другая. Не умею вот так легко заводить знакомства. А она одной улыбкой открывает любые двери. Хотя мне грех жаловаться.

Высадив Веру на Грин Стрит, Кирилл поехал сдавать машину.

По дороге он думал, что интуиция его не подвела. Анна была именно такой, как он и представлял. И отлично подходила для той роли, которую он мысленно на нее примерил.

Через день Кирилл стоял с увесистой папкой у кабинета начальника.

ГЛАВА 31

Правила езды по встречке

Лондон, 2004 г.

Через десять минут под окнами остановился черный «Мерседес».

— Здравствуй, Анечка! — сказал олигарх, когда я села в машину.

— Здравствуй, Борис!

— Всё-таки Борис? Ну, как скажешь. Спорить с красивой женщиной — только бога гневить. Голодная?

— Ага.

Борис распорядился ехать в его любимый ресторан в Челси. Машина тронулась. Вел ее водитель-телохранитель. Этот молодой и довольно симпатичный француз сопровождал олигарха везде и пользовался полным доверием.

Едва повернув за угол, мы тут же встали в пробку. Я расслабилась в кресле, предвкушая долгую поездку, как вдруг мимо моего окна промчался мотоциклист. Грубо нарушив правила, он вылетел на встречную полосу и погнал вдоль колонны медленно ползущих машин.

Натуральный псих!

Водитель Березы тут же вывернул на встречку и погнался за мотоциклом. Я почувствовала резкий скачок адреналина — к такому повороту событий я точно не была готова. Однако вида не подала — опустила глаза и притворилась, что ничего необычного не замечаю. Глянула в сторону Бориса — он спокойно смотрел на меня, игнорируя мелькающие в окне машины. Его явно не удивили действия водителя.

Байкер достиг конца пробки с нашей стороны, нагло втерся между двумя такси и вдруг заглох, одновременно блокируя несколько машин. Оказавшиеся за ним возмущенно загудели. Мотоциклист пытался завести байк, но ничего не выходило. Перед ним на встречке образовалось пустое пространство, в которое очень кстати нырнула наша машина. И как только мы оказались в нужном ряду — мотоцикл чудесным образом завелся.

Он же специально это сделал! Байкер — человек Бориса. Персональный гид по пробкам!

Борис поглядывал в мою сторону, оценивая произведенное впечатление. Слова были излишни. Он просто показал свою власть. Пробки — для простых смертных.

Есть девушки, которые от такого возбуждаются. И от мужчин, способных на эффектные поступки, и от чувства собственной исключительности. Без сомнений, это была захватывающая гонка. Только вот на меня она не произвела того впечатления, на какое рассчитывал Борис. Я лишь молча посмотрела и улыбнулась ему так, чтобы он понял, что я обо всем догадалась. Это был как молчаливый секрет, который теперь нас связывал.

Зато приехали в ресторан на полчаса раньше.

Машина остановилась у массивных дубовых дверей. За ними скрывался просторный темный зал с мягким рассеянным светом. Даже в обед здесь царила атмосфера ужина — бесконечный томный вечер.

Общаться с Борисом было приятно. Он был очень галантен, даже слегка старомоден: открывал для меня дверь, придвигал стулья, помогал снять пальто. Он вел себя как надежный и уверенный в себе человек.

Пару минут мы просидели молча в ожидании шампанского, на которое пал выбор «крестного отца Кремля».

— Как ты зарабатываешь на жизнь? — резко спросил Борис, когда официант удалился.

Сначала я удивилась, ведь он забирал меня из офиса. Да и накануне я не раз упоминала фонд. Но тут до меня дошел истинный смысл вопроса.

— Честно, — ответила я.

А что тут еще скажешь.

Подробности Борису были не нужны — обсуждать мы должны были ЕГО.

— И только?

— И только, — я отвечала предельно четко, чтобы Борис понял: если ему хочется поразвлечься, то лучше позвонить одной из тех шестнадцатилетних девушек, с которыми он вчера проводил время в «Бурджи».

Борис все понял правильно. Тактично кивнул и поднял бокал:

— За знакомство!

Я отсалютовала своим.

Кто-то за соседним столом оживленно обсуждал вчерашний футбольный матч. Борис услышал и стал увлеченно рассказывать:

— Это я Роме рассказал, что покупка футбольного клуба дает политическое влияние. Я рассчитал, что инвестиции в популярный клуб, несоизмеримо выгодней, учитывая уровень влияния на народ, которое ты приобретаешь.

Я понимала, что он имеет в виду покупку Романом Абрамовичем клуба «Челси». Футбольной болельщицей я не была, но про «Челси» слышала часто.

— Он, как всегда, спер мою идею, — закончил свой рассказ Борис.

Из рассказа можно было заключить, что Рома — так Борис его называл — способный парень. И что именно он, Борис, научил этого «паренька» всему, что тот знает. Не только тому, что футбол — ключ к политике, а вообще всему.

— А что еще имеет стратегическое значение? Кроме футбола? — мне было по-настоящему интересно.

Борис задумался на секунду:

— Ну, вода. Ты не понимаешь, мы с Бадри это поняли давно...

Он верил, что миром будет править не тот, у кого нефть, а тот, у кого доступ к воде.

— Я, — рассуждал он, — стратег. Если вы собираетесь заниматься политикой вдолгую, вам должно принадлежать как можно больше водных ресурсов. Вот я купил «Боржоми», и теперь в Грузии вода на восемьдесят процентов моя.

За разговором время пролетело незаметно. Через час Борис вернул меня на работу и уехал. Время этого человека было расписано по минутам — или ему хотелось так думать.

Мичели как раз смотрел в окно, когда к офису подъехал черный «Мерседес» и высадил его подчиненную.

— Это был он? — спросил Николас из чистого любопытства.

— Он...

Николас оглядел меня с ног до головы и выдал:
— Даже не удивлен.

Я улыбнулась и вернулась к работе.

Мы стали видеться. Борис заезжал за мной раз в неделю. Оказалось, наши офисы располагались друг от друга буквально в двух минутах езды. Я жила рядом с офисом, так что иногда он подхватывал меня из дома, мы вместе обедали.

Говорили много и обо всем. Борис рассказывал про свой футбольный клуб. Про мясо, которое вялил в своем имении. Про собак, которые постоянно норовили это мясо сожрать. Он говорил со мной так, будто я была не случайно встреченной соотечественницей, а старой доброй знакомой, с которой без проблем можно пооткровенничать. А я его слушала и восхищалась.

Борис был невероятно умным человеком с необычайно сильной энергетикой. Судя по общению, он всегда знал решение любой проблемы. А уж что на самом деле творилось у этого человека внутри — одному богу было известно.

— Слушай, а почему ты со мной не спишь? — как бы невзначай спросил Борис однажды за обедом. Мельком так спросил, как люди спрашивают о погоде или об общих знакомых.

Этот вопрос поставил меня в тупик. Как мужчина он, мягко говоря, был не в моем вкусе.

— Потому что не стоит портить сексом такие приятные отношения — я решила поддержать несерьезный тон.

— Дружбу сексом не испортишь! — оживился Борис. Но в его голосе звучал скорее азарт спортсмена, чем реальный интерес.

— Давай не будем проверять, — попробовала я слить эту тему. Мне и правда не хотелось портить наши добрые, хоть и странноватые отношения.

— Как даме угодно, — не стал настаивать он. — Но моя репутация сердцееда страдает.

Борис на некоторое время замолчал. Принесли еду.

— Но если передумаешь... — вдруг поднял он голову от тарелки. В этот раз тон его не был ироничным.

— Ты узнаешь об этом первым, — так же серьезно ответила я.

Больше мы к этой теме не возвращались.

Борис не выносил одиночества, поэтому я часто слышала в трубке его голос: «Я заеду за тобой». Он не спрашивал, свободна ли я и хочу ли его видеть. Впрочем, мне очень льстило, что он сам проявлял инициативу.

Порой мы случайно сталкивались в каком-нибудь модном заведении, и Борис непременно подходил с бокалом шампанского, чтобы поздороваться.

Еще он взял в привычку приглашать меня на серьезные мероприятия и встречи. Жена Бориса безвылазно сидела в их имении в графстве Суррей. Прийти на встречу с важными людьми в компании какой-нибудь малолетки, у которой собственных мыслей хватало на пару минут, было несолидно. Я же отлично вписывалась в круг его общения. Борису это было удобно, а мне — интересно.

Я никогда не пыталась заговорить с ним о бизнесе, увлечь своим проектом или попросить денег. Рядом с Борисом я открывала для себя другой мир — мир большой политики и огромных капиталов. Я привыкала общаться с представителями этого мира и непрестанно училась.

Говорить с Борисом было просто. Ему очень важно было знать, что к нему относятся как к уникальной, умной и влиятельной личности, а дальше он был готов говорить и говорить сам. Я слушала его с искренним интересом, ведь это был рассказ об истории моей страны со всеми ее закулисными интригами и коварными играми, да еще, что называется, из первых уст.

Шло время. Градус откровенности повышался, и Борис много рассказывал про параноидальный страх, что за ним следят. Поэтому он нигде не появлялся без охраны. Даже получив британское подданство, он опасался покидать пределы Англии, несмотря на то что очень хотел повидать свою мать, жившую на его вилле на мысе Антиб во Франции. Боялся, но все же покидал.

Борису нравилось утверждать, что, хотя все его считают математиком с дьявольским умом, сам он живет эмоциями и интуицией. Он постоянно рассказывал про своих жен, которых к тому времени насчитывалось три — две официальных и нынешняя, с которой он не узаконил отношения. Говорил про своих шестерых детей и внуков. Он их всех безумно любил. Он с удовольствием признавался, какой он слабый человек, какой влюбчивый, и как женщины крутят им.

Борис всегда говорил о себе так, будто он воротила и кукловод, подчеркивал свою активную роль в политике — если не мировой, то на уровне СНГ точно. Ему нравилось представлять себя бизнес-стратегом, мыслящим в планетарных масштабах.

Несмотря на то что я им восхищалась, мне порой было его жаль. Он много пил, и у него начиналась мания величия.

Еще, несмотря на то что Борис ворочал сотнями миллионов долларов, иногда он напоминал старика со склерозом — у него были большие проблемы с памятью. Он часто забывал людей, которые с ним здоровались, и еще чаще — истории, которые уже рассказывал. Всякий раз в беседах Борис повторял одно и то же. Спустя полгода регулярных встреч я уже знала наизусть все байки про его жен, любовниц, воды Лагидзе, бразильский футбол, вяленое мясо и собак.

Тогда я впервые задумалась о том, что этот человек — несомненно, великий, но совершенно неприкаянный. Он потерял родину, а на новом месте так и не стал своим.

Окажись Борис в России — он вряд ли смог бы вернуть свой статус и влияние. Даже если бы он каким-то чудом избежал ареста, все равно рядом с его именем стояло бы слово «бывший». Бывший серый кардинал, бывший самый влиятельный человек... А бывшие, при всем уважении, уходят в историю.

Здесь, в Лондоне, он просто беглый российский олигарх. В России его эпоха закончилась.

Человек-легенда на самом деле — просто очень богатый пенсионер, одержимый призраками прошлого.

Все чаще меня посещали мысли, что я не хотела бы оказаться человеком без корней. Пока что в Англии мне не удалось достаточно укорениться, а от России я так или иначе отдалялась.

Вернись я сейчас домой — смогу ли там начать жизнь с нуля?

Такие мысли занимали меня все больше. Это было странно, ведь раньше я беспокоилась только о том, смогу ли стать достаточно «своей» в Англии. Теперь же я поняла, что не хочу терять связь с родной страной. И это была моя родина.

Наверно, это потрясающие ощущения быть вписанной в ее историю. Только без сомнительной чести попасть в международный розыск, пожалуй. Это оставим старшим.

Однажды я смогу сказать, что именно Борис разбудил во мне патриотические чувства. Но никто, конечно, в это не поверит.

ГЛАВА 32
Впечатлить искушенного шейха

Лондон, 2004 г.

Роскошный самолет «Гольфстрим» стоял под жгучим солнцем на полосе небольшого аэропорта. Двое служащих раскатывали перед трапом кроваво-красный ковер. Прямо на полосу подъехал огромный джип, и из него вышел человек, одетый в ослепительно-белый бишт — длинную национальную накидку для мужчин в странах Персидского залива, — и такую же белую куфию — мужской головной убор, похожий на платок.

За ним грузно шагали два темнокожих помощника, они были практически в таких же белых одеяниях, как их господин. На несколько шагов позади шли слуги, одетые гораздо проще. Они несли вещи господина, включая его портмоне, солнцезащитные очки, шелковый платочек и документы.

До самого трапа шейх — а мужчина в белом был шейхом, — на ходу подписывал какие-то документы. Уже ступив одной ногой на ступень, протянул бумаги и ручку семенящему следом секретарю. Тот быстро поклонился, пожелал приятного полета и ретировался обратно в джип. Шейх же, сопровождаемый верными помощниками, поднялся в самолет и опустился в белоснежное кожаное кресло.

Пилот получил празрешение на взлет, и самолет вырулил на полосу разгона. Шейх Заид спокойно смотрел в иллюминатор. Он любил летать.

Шасси с легкостью оторвалось от земли, самолет стал набирать высоту.

Прошло ровно пять минут, и Мобби — главный помощник шейха — отстегнул ремень безопасности, поднялся и ушел в хвост самолета. Через полминуты он вернулся и протянул Заиду стопку аккуратно сложенной европейской одежды. После этого подошел к встроенному бару из красного полированного дерева, достал бутылку пятнадцатилетнего виски и стакан. Раздался звон ледяных кубиков, ударившихся о стекло. Через секунду стакан бронзового виски уже был в руке господина.

Спустя каких-то десять минут ни на ком в самолете не было ни белых биштов, ни куфий. Заид сидел в классических, сшитых на заказ джинсах и поло цвета марсала. Смаковал виски, которого он был лишен целых три месяца, и читал последние новости.

Его приближенные теперь были в черных строгих костюмах, идеально сидящих на их мощных телах. Они равнодушно смотрели в иллюминаторы, периодически поглядывая на господина.

Самолет летел несколько часов и мягко приземлился в аэропорту Хитроу, в столице Соединённого Королевства.

Трап опустился, и с него сошел совершенно другой человек. У него даже походка изменилась.

Ничто не выдавало в нем уроженца абсолютно ортодоксальной страны строжайших нравов, законов и благочестия. Напротив, любой наблюдатель назвал бы его стильным европейцем с арабскими корнями.

У самолета уже ожидал лимузин. Заид и его верные спутники отправились прямиком в пятизвездочный отель, расположенный в самом центре — по соседству с Букингемским дворцом. Они всегда там останавливались на напиток.

Шейх очень серьезно относился к своим привычкам, и все его полеты проходили по одному сценарию — менялся лишь порядок смены костюмов, в зависимости от того, летел он в Лондон или возвращался домой. Его очень забавляло это волшебное перевоплощение.

— Вера, заказ на шестой, — бармен протянул официантке поднос с напитками.

Официантка Вера взяла поднос и направилась к нужному столику. Рабочая униформа, состоящая из белой рубашки и узкой черной юбки, смотрелась на Вере отлично. Она умела подчеркнуть свои достоинства. Густые темные волосы были собраны в высокий хвост. В этом наряде она выглядела одновременно строго и сексуально.

Выставляя напитки на шестой стол, Вера невольно услышала, как один из сидящих мужчин — кажется, араб — говорил по телефону:

— Мне нужен Герцог, он настоящий чистокровный. Я хочу его купить.

Она замедлила движения, стараясь не слишком откровенно прислушиваться. Подтерла пятнышко на столе, которого на самом деле не было.

— Нет, ты сказал, что достанешь мне любую лошадь, которую я захочу. Это Герцог. Он нужен мне в моей конюшне. Договорись.

Мужчина закончил разговор, передал телефон соседу — темнокожему в черном костюме, и стал что-то эмоционально рассказывать. На официантку он и не взглянул.

Девушка вернулась к барной стойке, но встала не там, где обычно — за колонной, скрывающей ее от глаз посетителей, а возле угла, поближе к шестому столику. После каждого заказа она снова занимала это место, но все ее старания были тщетны — ни араб, ни его спутник на нее ни разу не взглянули.

Она плохо понимала английский, если речь шла не о напитках из барной карты, и еще хуже на нем говорила. Тем не менее слова «лошадь», «купить» и «моя конюшня» различила. Эти слова означали, что за шестым столиком сидел мешок денег, который мог превратить жизнь простой официантки в сказку.

Наконец араб допил свой напиток и заказал добавку. Вера уже стояла у бара в ожидании, когда бармен приготовит поднос.

Дойдя до шестого, она плавно и медленно опустила перед мужчиной стакан, он сразу взял виски и поднял взгляд.

«Есть!» В ход пошло стандартное оружие: девушка, как бы стесняясь, опустила подбородок и исподлобья подняла на мужчину огромные голубые глаза.

Рука араба зависла на полпути, стакан так и не коснулся губ. Темнокожий спутник тоже перевел взгляд на официантку. Вера застенчиво улыбнулась, едва заметно кивнула и, абсолютно никуда не торопясь, отправилась к барной стойке.

— Девушка? — прилетело ей в спину.

— Да? — моментально обернулась она.
— Как вас зовут?
— Вера.
— А почему бы вам не присесть к нам, Валери?

Официантка замялась и будто против воли покачала головой:

— Не могу. Не разрешают,— с жутким русским акцентом сказала она и показала в сторону бара, подразумевая начальство.

Араб понимающе кивнул.

— А во сколько заканчивается ваша смена?
— В двенадцать, но вообще, мы до последнего клиента.
— А вы, кажется, плохо себя чувствуете, я буду ждать вас вон там на тех креслах, — он указал на дальние бежевые диванчики в лобби отеля. — Там и познакомимся поближе.

Она кивнула, нашла управляющего, сказала, что заболела и, переодевшись, пошла в лобби. Управляющий посмотрел, куда и к кому она направилась, закатил глаза и вернулся к своим еженедельным отчетам. Любую другую он бы уже уволил, но Вера работала в этом баре даже дольше, чем он, целых семь лет. Благодаря своей внешности она всегда делала приличные чаевые, которые делились поровну на всю команду. Кроме того, она никогда не опаздывала, редко отпрашивалась, легко управлялась с неподъемными подносами и терпеливо улыбалась, когда ее щипали за задницу. Он знал, что у нее в Беларуси мать, которой Вера постоянно помогает, хотя сама живет в Лондоне на птичьих правах — у нее не было ни счета в банке, ни паспорта, вообще ни одного документа. В баре ей платили наличными.

Араб был не один, рядом с ним сидел все тот же темнокожий верзила.

— Это Мобби. — сказал он. — Он мой помощник. А меня зовут Заид.

Девушка кивнула.

— Ты русская, верно? — уточнил Заид чисто из вежливости. По грубому акценту он это уже понял. Сам же он говорил на английском безупречно, почти как уроженец Британии.

Вера снова кивнула:

— Я из Белоруссии.

— Ну, Вера, и о чем ты мечтаешь?

Не задумываясь, она выдала:

— Я люблю деньги.

Вера всегда говорила открыто и прямо. Она жила одним днем и абсолютно не думала о последствиях своих действий. Сейчас она видела перед собой богатого мужика, она хотела его деньги, она ему об это сразу сообщила.

— И какая сумма сделает тебя счастливой, милая Вера? — совершенно не смутившись, уточнил Заид. Он оценил краткость и практичность девушки. Времени и желания на игры в ухаживания у шейха не было. В ближайшее время он ждал важный звонок от партнеров из Штатов, поэтому прямолинейность Веры была как нельзя кстати.

— А что, вы мне дадите, сколько скажу? — на еле внятном английском спросила Вера, внутри которой уже зарождалось тепло.

— Ты прям сейчас хочешь денег?

— Да, — сказала Вера по-русски.

Заид улыбнулся и кивнул Мобби. Тот достал из наплечной сумки увесистое портмоне и передал господину. Шейх открыл портмоне, наклонил так, чтобы Вера видела, и спросил:

— Ну? Сколько?

Деньги Вера считала очень хорошо. Даже на глаз она без труда определила, что в портмоне лежит около шести тысяч фунтов стерлингов.

— Я возьму все! — ровно сказала Вера.

Заид опешил. Да, он уже понял, что эта официантка — не скромница, и за свою репутацию совсем не переживает, но такой напор его удивил. Заиду это понравилось. Впечатлить искушенного араба было непросто, но белорусской золотоискательнице из бара при отеле это удалось.

Мобби вообще никогда ничему не удивлялся. Он привык не оценивать происходящее.

Шейх вытащил из портмоне все деньги и отдал Вере. Та тут же спрятала их в своею сумочку, сказав лаконичное: «Спасибо».

— Я бы хотел с тобой поближе познакомиться, — наклонившись, проговорил шейх. — Ты мне понравилась. Только вот сейчас мне уже нужно идти. Когда мы могли бы встретиться?

Заид многозначительно посмотрел на девушку, но ей и так все было понятно.

Вера была готова отработать полученные фунты.

— Ну, приходи ко мне завтра домой, — предложила она. — В четыре.

— Без проблем, — согласился Заид и кивнул Мобби.

Мобби протянул телефон, чтобы Вера вбила в него свой номер. Девушка даже не удивилась, что обменивается телефонами не с Заидом. Ей не нужно было вникать в особенности жизни этих людей — достаточно было дать им то, что они ожидали.

Попрощавшись, Заид и его помощник покинули лобби, а Вера, счастливая, побежала домой. Завтра утром первым делом она пойдет в свой любимый бутик «Роберто Кавалли».

ГЛАВА 33
Слишком много туфель бывает

Лондон, 2004 г.

Я поднималась в квартиру, мечтая об отдыхе в тишине своей комнаты. Едва я вставила ключ в замок, как дверь сама открылась, и в прихожей я увидела двух мужчин. Один — высокий и темнокожий. Другой — ниже ростом, араб, уже не молодой, точно за пятьдесят. Однако телосложение у этого араба было отличное. Выглядел он настоящим денди: короткая с проседью борода, одежда с иголочки — идеально сидящие хлопковые брюки, мягкие кожаные ботинки и поло небесного цвета.

Взгляд араба скользнул по моей фигуре и задержался на груди. Мужчина невольно сглотнул — в тот день я надела облегающую белую майку.

Мужчины выглядели удивленными. Я, наверное, тоже. После секундного замешательства они расступились, давая мне возможность хотя бы ступить на порог собственного дома.

— Добрый день! Могу я чем-то вам помочь? — поинтересовалась я, поскольку никто из мужчин не проронил ни слова.

— Аня? — голова Веры высунулась из спальни. Говорила она на русском. — Не обращай внимания, это ко мне.

Я кивнула, и Вера снова скрылась в своей комнате.

— Заид. Очень приятно познакомиться! — мужчина протянул руку.

— Анна. И мне, — ответила я на рукопожатие.

Заид задержал мою руку в своей чуть дольше, чем требовал этикет. Я уже знала этот взгляд — он любовался. Это было приятно.

— Это Мобби, — Заид кивнул на своего спутника.

Я улыбнулась и Мобби. Тот лишь слегка наклонил голову.

— Не хотите присесть? Может, чаю? — я обратилась к обоим. Было странно, что Вера оставила таких непростых гостей топтаться в прихожей.

Вот тебе и хваленое славянское гостеприимство!

Заид согласился, и я проводила их в гостиную.

— Могу я задать вам вопрос?

— Да, конечно.

— О чем вы мечтаете?

Ответ у меня был готов, ведь я думала об этом каждую свободную минуту.

— Хочу построить компанию с каким-нибудь важным и полезным для людей сервисом, капитализация которой дорастет до миллиарда долларов. Но самое главное, чтобы люди этим пользовались и в кайф, — отчеканила я, словно по бумажке. Немного подумала и продолжила. — Но для начала я бы хотела поучиться в Гарварде на MBA. У меня был опыт ведения собственного бизнеса, я готова брать ответственность и много работать, но чувствую, что образования недостаточно, да и мировой опыт в любой сфере не помешает.

Брови Заида взлетели вверх.

— А сейчас вы где-то работаете?

Он наверняка ожидал услышать, что я работаю в каком-нибудь ресторане или, как Вера, в баре. Мы ведь подруги, живем вместе.

— В хедж-фонде.

— В хедж-фонде... И кем?

— Я отвечаю за поток недооцененных компаний для листинга на бирже в сфере IT и медицины.

Заид был удивлен, и между нами сама собой завязалась беседа. Мы уже минут сорок обсуждали разные вопросы, касающиеся деятельности фонда, когда Вера в цветастом платье вышла из своей спальни и широко улыбнулась Заиду. Мол, все, она готова, можно выезжать в отель...

Я попыталась ретироваться в свою комнату, но Заид затормозил меня и сказал:

— Анна, Вера, прошу простить, я должен идти.

Я спокойно попрощалась, а Вера ошарашенно протянула: «Э, ну, пока...» Заид и Мобби вышли из квартиры и закрыли за собой дверь.

Вечером я с интересом узнала от Веры полную историю их знакомства, она рассказала, кто он. Я позадорилась и отправилась спать.

На следующий день я работала, а вечером мы с Николасом, как обычно, собирались в клуб на встречу с партнерами. Урвав свободный часок, я забежала домой переодеться и перевести дух, когда в дверь внезапно позвонили.

На пороге стоял Мобби с небольшим чемоданом.

— Здравствуйте! — на довольно приличном английском сказал он.

— Добрый вечер! Решили к нам переехать? — сказала я, кивнув на багаж внезапного гостя.

— Это вам, — он протянул мне чемодан.

Я к нему не притронулась.

— Что это?

— Это от моего господина. Деньги. Восемьдесят тысяч долларов на обучение в Гарварде. Как вы мечтали.

Сердце у меня ушло в пятки. Я молча переводила взгляд с Мобби на чемодан и обратно.

— Мой хозяин проникся вашим желанием учиться, — пояснил Мобби, видя, что я не собираюсь брать протянутый чемодан. — Мы посмотрели, сколько стоит обучение на MBA в Гарварде, эта сумма здесь.

Я была в шоке.

Отгоняя лишние мысли, я выдавила главное:

— Я... не могу взять эти деньги.

— Почему?

— Это нетактично, — уже более уверенно сказала я. — Он встречается не со мной, а с Верой.

Мобби не растерялся.

— Хозяин предполагал, что вы их не возьмете, но он также попросил взять ваш номер, чтобы он сам мог объяснить свою позицию.

Конечно, дружить с шейхом казалось очень привлекательным, но по неписаным законам давать ему свой номер было недопустимо — это был мужчина Веры. Совесть боролась с любопытством.

Но ведь не дать номер тоже грубо...

Любопытство взяло вверх. Я вбила свой номер в сотовый, который Мобби протянул вместо чемодана, попрощалась и закрыла дверь. Чемодан остался за дверью.

Что ты творишь, Чапман! Чемодан-то ушел! Ну зачем тебе эти приличия?

Дверь я закрыла, сердце упало ниже пяток.

Однажды, когда я училась в 9 классе, ко мне в гости забежала одноклассница Женя, с которой мы дружили. Она только что вернулась со свидания — ее кавалером был довольно взрослый мужчина. На свидании он предложил Жене купить ей шубу. Женя взахлеб рассказывала о случившемся и, втайне счастливая, спрашивала: «Как ты думаешь, брать шубу-то?» Я сразу ответила, чтобы брала и не раздумывала! Но когда я рассказала историю бабушке, та совершенно не разделила нашей радости. «Ну что за стыдоба! Что скажут люди?! А как она будет расплачиваться за этот подарок?»

Я не понимала, почему бабушка так отреагировала. Ведь Жене нравился тот мужчина, и она вполне могла принять подарок. К тому же, ее ухажер мог сделать его от души, а не ради «расплаты».

Позднее я поняла, что так в нас вкладываются установки и программы поведения от нашей семьи и окружения. И эти установки влияют на нас и во взрослой жизни, до тех пор, пока мы осознанно не уберём их из своей головы. Взять такую сумму у незнакомого мужчины было для меня тогда чуть ли не предательством бабушки, которая так в меня верила. У этого ограничения безусловно были плюсы — я понимала важность финансовой независимости и готова была для этого работать над собой. В то же время, эта установка уже явно не соответствовала времени и месту.

Как говорится, бегите, пока бьют, и берите, пока дают!

Пора было признаться самой себе, что принимать заботу и подарки мне было сложно. Даже от таких людей, как Виктор.

Позже в психологии появится целое направление, посвященное умению принимать. Ведь до сих пор миллионы женщин чувствуют себя неловко при получении подарков и даже комплиментов. И отказываются, просто потому что «неудобно». В результате жизнь проходит в режиме бесконечного «я сама», превращаясь в выматывающую гонку.

На следующий день Заид позвонил мне и пригласил полететь в Париж. На его самолете.

— Хочу познакомить тебя с некоторыми людьми, которые могут тебе быть полезными для открытия компании в IT-сфере.

Знает же, как подкатить... Предложение, от которого невозможно отказаться!

Я сидела в частном самолете шейха и смотрела, как стюардесса наливает бокал шампанского. Заид приказал своим слугам обращаться со мной как с королевой, и они восприняли его слова слишком буквально. Все на борту пытались предугадать мои желания, и от этого мне было неловко. Поэтому из вежливости я заказала шампанское и клубнику.

Раньше я летала на частных самолетах — когда работала в «Джетсейлс», — но на таком впервые. Это был «Гольфстрим» последней модели с полностью белым интерьером. Широкие кресла были сделаны на заказ по всем анатомическим требованиям, чтобы спины пассажиров не уставали даже при самом долгом перелете. Здесь же был встроенный бар, обрамленный отполированными до глянцевого блеска вставками из красного дерева. В хвосте самолета располагалась такая же белая, как все вокруг, спальня.

Роскошь кроется в деталях. Как и дьявол.

Осматривая самолет, я поглядывала на Заида и невольно вспоминала сказку про золотую антилопу.

— Ты ведь не боишься находиться со мной?

— Нет, я не боюсь, просто меня волнует, так сказать, морально-этическая сторона вопроса.

— Мы с Верой уже расстались.

Я этого не знала и немного удивилась, ведь вчера заметила в руках Веры пухлую пачку фунтов.

— И тем не менее, — меня все еще не оставляли сомнения.

— Можешь быть уверена, все нормально. Мобби, дай мне мой телефон.

Я заметила, что у шейха при себе никогда ничего не было. Всегда свободные руки. Все необходимое для жизни носили его помощники.

— Он мой самый верный помощник, — сказал Заид, заметив, как я задумчиво разглядывала Мобби.

Я понимающе кивнула и спросила:

— Что у него за акцент, я не разобрала?

— Мобби с Карибских островов. Он уже много лет не живет там.

— Как так вышло, что уроженец Карибских островов стал верным помощником арабского шейха?

— Мобби, не расскажешь? — сказал Заид и отлучился на срочный звонок.

— Я работал двадцать лет в одном и том же отеле, — начал Мобби. — И когда Хозяин приезжал, меня ставили его личным менеджером. На Карибах так принято, когда приезжают высокопоставленные гости. У каждого свой слуга. Мы выполняли все поручения днем и ночью.

Я кивнула.

— Шейх всегда был очень добр ко мне, — продолжал Мобби. — Оставлял большие чаевые. Он был доволен тем, как я выполнял свою работу. Один раз оставил мне тридцать тысяч долларов. А на следующий раз, когда он приехал, предложил работать на него постоянно.

— И ты согласился.

— Конечно, согласился. Это было самое лучшее, что я мог сделать для своей семьи. За всю свою жизнь, даже если бы работал от рассвета до рассвета без выходных, я бы не смог заработать столько, сколько хозяин дал моей семье за меня.

Смысл сказанного дошел до меня не сразу.

— Ты имеешь в виду, — я тщательно выбирала слова, — что Заид тебя купил? Заплатил твоей семье и забрал тебя... Навсегда?

Мобби кивнул.

Я слегка опешила, ведь, по сути, это было рабство.

— А тебе нравится твоя работа?

Мобби призадумался, затем снова кивнул.

— И ты не скучаешь по родным? Не хочешь их увидеть?

— Я говорю с ними по телефону.

— И тебе этого хватает?

— Главное, чтобы мои дети получили достойное образование.

Это мне было понятно. Несомненно, Заид давал ему возможность жить на самом высоком уровне. И все-таки от этой истории остался непонятный осадок.

Париж, 2004 г.

В Париже Заид снял для меня президентский люкс, а сам обосновался в соседнем. Мы остановились в отеле «Four Seasons Hotel George V», здание которого — памятник архитектуры в стиле арт-деко — сохранилось с 1928 года. Отель находился всего в нескольких шагах от Елисейских полей, и мой номер как раз выходил на них и на Эйфелеву башню.

Лобби выглядело как частный музей в особняке неприлично богатого коллекционера: высоченные потолки, глянцевые полы с мозаикой, картины и мраморные статуи, которые вполне могли украшать залы Лувра. В центре стояли черные блестящие столы с пышными белыми розами.

В президентском люксе тоже было море свежесрезанных цветов — аромат стоял потрясающий. Сам номер был огромным, а ванная комната по размерам не уступала спальне. Интерьер поражал роскошью и стилем. Раньше я видела такие только в премиальных журналах об архитектуре и дизайне.

Из брошюрки, лежащей на стеклянном столике, я узнала, что в отеле есть три ресторана — каждый удостоен звезд Мишлен, — спа-комплекс, бассейн и уютный внутренний двор, где можно попробовать любое вино из солидного винного погреба, находящегося под отелем.

Возникла небольшая загвоздка. Я летела на бизнес-встречу, поэтому с собой взяла только простую и деловую одежду. А из такого номера хотелось выходить в изящном платье в пол, длинных перчатках и золотой диадеме. Заид будто почувствовал это или, может, считал так же. Почти сразу после заселения он позвонил и сказал:

— Обновим тебе гардероб.

Дожидаться ответа не стал.

Деловая встреча была назначена только на следующий полдень, поэтому весь день мы провели, гуляя по лучшим бутикам столицы моды. Заид не просто задался целью обновить мой гардероб. Он накупил столько одежды, что я бы могла организовывать собственные модные показы.

Вот только я чувствовала себя очень скованно. Шопинг с шейхом очень отличался от такого же похода по магазинам с Виктором. Виктор не выставлял свои деньги напоказ и не заставлял меня принимать вещи как великие дары, посланные богом. Он делал это ненавязчиво, иногда даже незаметно. А Заид, напротив, наслаждался тем, как сказочно богат и, возможно, неосознанно пытался заставить меня чувствовать невероятный восторг от каждой купленной вещи.

Еще в самом начале путешествия, как только я поднялась на борт «Гольфстрима», шейх протянул мне изящно упакованную коробочку с бантиком. Поблагодарив, я положила ее рядом на сидение. В моей семье было не принято тут же срывать упаковку. К тому же, мне было неловко от того, сколько людей смотрели на меня в тот момент. Заид явно ожидал другой реакции. Он хотел меня впечатлить. Поэтому, когда коробочка, все еще закрытая, оказалась на соседнем кресле, тут же нетерпеливо сказал:

— Ну, давай, открывай подарок! Посмотри!

Мысленно вздохнув, я развернула коробку, сняла крышку и увидела бриллиантовое колье. Оно так сверкало, что хотелось зажмуриться. Безусловно, это было потрясающее произведение ювелирного искусства, и оно идеально подходило к моим рыжим волосам и зеленым глазам. Как могла, я постаралась выразить весь возможный восторг в своем: «Спасибо!» Однако по лицу Заида было понятно, что он ждал настоящего экстаза.

Вечером, когда мы с Заидом возвращались из ресторана, ему приглянулся еще один бутик с обувью. Он кивнул на него и сказал:

— Нравится? Все туфли, что ты видишь на витрине, твои!

Да уж, туфель много не бывает.

И все же с каждым пройденным магазином я чувствовала себя все более и более стесненно.

На следующее утро меня разбудил мобильный. Звонил Борис.

— Анечка, здравствуй! Ты свободна сегодня? Хотел пригласить тебя на весьма важную встречу.

— Извини, Борис, не смогу. Я в Париже.

— Что ж, хорошо. Напиши, как вернешься.

Я отложила телефон, вышла в гостиную и обнаружила на кофейном столике очередной подарок от Заида — шелковое нижнее белье.

Вера бы пищала от счастья.

Я понимала, что соседку бы очень задело, если бы она узнала, что мужчина ее мечты задаривает меня подарками. Не покидало ощущение, что я попала в какую-то двоякую ситуацию.

Бизнес-встреча, про которую так распинался Заид, прошла... Никак. Я быстро поняла, что приглашенные люди были для шейха прикрытием, гарантом того, что я поеду с ним. Встреча длилась всего пятнадцать минут, и всем, кроме Заида, было совершенно на меня плевать. Они пришли говорить с шейхом.

И все же я постаралась извлечь максимум из сложившейся ситуации. Внимательно слушала, что обсуждают партнеры Заида, и старалась впитывать каждое слово. Меня совершенно не задело их равнодушие — эти люди, богатейшие люди мира, занимались делом. Им было не до светских бесед.

Вечер прошел так же, как предыдущий: дорогой ресторан, вкусная еда и ледяное шампанское. На следующий день мы возвращались в Лондон.

Эта поездка дала мне многое. Главное, что я поняла в Париже — мне не подходит такая жизнь.

Спасибо, но нет.

Роскошь, лучшие магазины, президентские люксы, потрясающие рестораны и вид на Эйфелеву башню из окна — все это я бы не отказалась иметь в своей жизни на постоянной основе, но... Не так, как это предлагал Заид.

Жизнь содержанки или золотоискательницы не казалась мне привлекательной. Я хотела иметь под ногами собственный фундамент. А какой фундамент в золотой клетке? Только вечная тревога, как бы спонсор не нашел новую пассию. Или, еще хуже — рабство, как у Мобби.

Самоуважение за туфли не купишь.

Часто, отказываясь от чего-то, мы даже не подозреваем, как быстро можем получить то же самое, подходящее именно нам. Просто нужно иметь смелость отказаться достаточное количество раз, пока жизнь не предложит идеальный вариант.

ГЛАВА 34
Место на рынке за рыбным прилавком

Лондон, 2004 г.

Отношения с Заидом закончились, так и не начавшись. После поездки в Париж мы еще несколько раз встречались, но я лишь убедилась, что такое ухаживание меня совсем не привлекает. Все-таки мы с ним были слишком разными. Традиции, мировоззрение, воспитание — несовпадение по этим пунктам жизненного списка пролегало между нами, как бездонная пропасть. Так что шейх улетел домой, а Вера продолжила сканировать посетителей бара в поисках идеального мужчины. Я же вернулась к работе.

Снова позвонил Борис. Один из его близких друзей, Тарик, прилетел в Лондон, и Борис пригласил меня составить им компанию в клубе «Мовида».

Это был один из самых фешенебельных клубов Лондона. Он находился в районе Сохо и принимал только по предварительному букингу. Я часто там бывала, у меня даже была любимая VIP-комната, в которой лучшие диджеи играли техно. Вот где можно было по-настоящему оторваться.

Борис тоже был завсегдатаем «Мовида», но предпочитал зал, где обитали в основном бизнесмены. Этот зал был гораздо больше, а музыка там была более легкая. Даже если я приходила в клуб с Борисом, все равно иногда уходила в VIP-комнату, чтобы потанцевать и отвести душу.

В тот день после работы я зашла в салон красоты. Хотелось что-то поменять, но не было четкого понимания — что именно.

Озарение пришло, когда я уже сидела в кресле перед зеркалом.

— Афро!

— Хочешь афро? — удивился Джорджио, мой итальянский парикмахер. — Необычно. Впрочем, без проблем.

Он сделал из моих рыжих локонов мелкие пружинистые кудряшки и уложил их в идеальную прическу. Я была в восторге!

Настоящая пиратка! Не хватает шляпы и говорящего попугая!

Без попугая я решила обойтись, а вот шляпу раздобыла. Черная шляпа на рыжем афро выглядела очень ярко и необычно.

— Здравствуй, Аня! — сказал Борис, когда я села в машину. — Как Париж?

— Прекрасно.

До клуба доехали быстро. Заведение находилось в здании, которое раньше было театром. Дизайнер сохранил кирпичные арки, дополнив исторические элементы современными. В клубе была уникальная и весьма экстравагантная обстановка: розовые стены, фиолетовые диваны, подсвечники в нишах.

Народу было много. Некоторые кивали и поднимали свои бокалы, я улыбалась и кивала им в ответ.

Тарик — друг Бориса — уже был на месте со своей девушкой Пати, лицо которой напоминало лицо милого ребенка. У девушки были огромные карие глаза, маленький курносый нос и пухлые губки кукольной формы. Тарик был родом из Казахстана, но жил в Нью-Йорке. Они с Пати познакомились в Лондоне несколько лет назад, и с тех пор она числилась его постоянной лондонской любовницей.

Шампанское лилось рекой, у меня было прекрасное настроение. Мы сидели вчетвером и разговаривали.

— Представляете, что со мной случилось на днях?! — начала Пати. — У меня же недавно был день рождения, одна подруга подарила мне браслет от «Картье». И так совпало, что у меня уже был такой. Прямо один в один. Я решила пойти в бутик и обменять его на что-то другое. Там мне ужасно нагрубили.

— Продавщица? В «Картье»? — спросил Тарик, поглаживая девушку по спине.

— Да! Моя ровесница. Она такие гадости мне говорила, что я растерялась и не сразу нашла, что ответить.

— А что она сказала? — уточнила я.

— В общем, я попросила ее поменять браслет, а она мне: «Девочка, а твой покровитель знает, что ты сдаешь его подарок? И дай угадаю, ты бы лучше поменяла его на кэш, не так ли?»

Тарик тут же начал возмущаться:
— Ты позвала управляющего?
— Нет. Я как-то растерялась.

— Я бы добился, чтобы эту девку уволили к чертям собачьим! Одним днем.

— Если честно, я об этом не подумала, во мне потом такая злость проснулась, я решила, что никто, а тем более продавщица, не будет меня оскорблять. Я ей ответила, что если бы это покупал мой покровитель, то браслет стоил бы не двадцать, а пятьдесят тысяч. Забрала свое украшение и ушла оттуда. А самое интересное, — продолжала Пати с улыбкой, — после этой сцены мне почему-то стало гораздо легче признаваться самой себе, что я люблю деньги. Я задалась вопросом, почему я должна подавлять эту страсть? Только лишь из-за того, что кто-то не может иметь то, что имею я? Вот еще! Это не моя проблема.

Последние слова Пати произнесла с осязаемой гордостью за саму себя. Я понимала почему. Похожая трансформация происходила и внутри меня.

В Пати всегда шла внутренняя борьба. Кто она на самом деле: дорогая золотоискательница или приличная девушка, которая любит одного человека? Ей хотелось верить, что она высокоморальна.

— И все же! Такие продавщицы не должны работать в подобных местах, — продолжал негодовать Тарик. — Ей самое место на рынке за рыбным прилавком.

— А я бы на твоем месте почувствовала к этой продавщице... благодарность, — сказала я. Три головы повернулись в мою сторону.

— Благодарность? — не поняла Пати.

Тарик удивленно моргнул. Борис же заинтересовался разговором.

— Иногда мы можем принять какие-то темные стороны себя только тогда, когда на нас кто-то нападает. Я бы почувствовала благодарность, потому что эта продавщица была послана тебе Всевышним для того, чтобы ты приняла в себе вот эту любовь к деньгам. На самом-то деле эта бедная девчонка из «Картье» рисковала своей работой, чтобы подарить тебе недостающую частичку тебя. Представь людей, которые до конца жизни отвергают в себе желание изобилия. Это расщепление. Ведь благодаря этой ситуации, ты стала более целостной, разве нет? И эта продавщица стала причиной твоей трансформации.

Наступило молчание. Пати, сама того не замечая, тихонько кивала моим словам. Просто это была сложная мысль, она требовала времени для принятия, но я была уверена, что Пати меня поняла.

— Да, ты, наверное, права… — осторожно произнесла девушка.

Тарик отнесся к сказанному скептически, а вот Борис смотрел с неподдельным восхищением.

— Знаешь, ты не перестаешь меня удивлять, — сказал он. — Своим отношением к жизни и способностью чувствовать то, что недоступно другим. Такая вера в людей… Я редко такое вижу.

Я искренне улыбнулась ему и чокнулась с его поднятым бокалом.

— Вот именно поэтому я и хотел взять тебя на прием к Королеве, — добавил Борис.

— Что? Когда? — опешила я.

— Когда ты была в Париже. Королева Елизавета пригласила меня на официальную встречу, но я не мог взять туда… Абы кого. А тебя бы взял.

Странный ты человек, Боренька. На день рождения не пригласишь, а к Королеве — пожалуйста.

Ответить было нечего, и мы ненадолго разошлись. Борис с кем-то беседовал, насколько позволял царивший вокруг шум. Я снова пошла танцевать.

Вдруг мне пришло неожиданное осознание: «Такая ли я хорошая подруга? Радовалась ли я, когда смогла оттянуть внимание шейха от Веры? Не намеренно ли я использовала свою подругу, чтобы заполучить шейха, при этом оправдывая себя?! Сильно ли я думала о своей соседке, принимая колье в его частном самолете?» Думать об этом было определенно неприятно, но любопытно.

Тем временем Борис уже собирался уезжать. Перед его отъездом я поддалась порыву и нашептала ему на ухо, что есть одна прекрасная девушка в расцвете сил по имени Вера, которая каждый вечер ждет его в баре, назвав в каком. Будь, что будет...

Я также сказала ему, что доберусь до дома сама. В этот момент мужчина, стоявший чуть в стороне у барной стойки, достал фотоаппарат и направил в нашу сторону. Миг — и в его руках уже ничего не было, а сам он отвернулся и что-то спросил у бармена. Если бы я не посмотрела в его сторону именно в тот момент, ничего бы не заметила. Однако сомнений быть не могло — меня только что сфотографировали.

Наверное, он Бориса снимал...

Так или иначе, я не хотела оставлять этот поступок без ответа. Поэтому, тронув Бориса за рукав на прощание, решительно двинулась к барной стойке. На моем пути то и дело кто-то возникал, приходилось огибать посетителей клуба. Мужчина с фотоаппаратом не стал дожидаться, пока я пробьюсь к нему. Когда передо мной в очередной раз затормозила смеющаяся парочка, он буквально растворился в толпе.

Как будто я его уже где-то видела...

Я ощущала смутную тревогу еще некоторое время, но вскоре в клуб зашла компания моих подруг. Мы не виделись сто лет, и я решила задержаться, несмотря на поздний час.

Или уже ранний?

Наговорившись и насмеявшись вдоволь, девчонки разошлись кто куда. Мне было очень весело. Я пила «Дом Периньон» и смотрела на десятки извивающихся в танце тел и двигалась под музыку сама прямо как когда-то в ангаре...

У меня лучшая в мире работа, я живу в лучшем месте на Земле!

Незнакомый мужчина, танцующий рядом, наклонился к моему уху и произнес:

— Бандитка.

Я улыбнулась ему, и незнакомец затерялся среди людей. То, что он сказал, было правдой. Бандитка Анна, как БондиАнна.

Тут мою руку мягко перехватили.

— Шампанского? — спросил тот, кто это сделал.

Передо мной стоял невероятно притягательный молодой человек в белой рубашке с расстегнутыми верхними пуговицами. И сильным французским акцентом.

Придет время, и я обязательно расскажу и эту историю. Череда событий заставила меня съехать с моей квартиры и уйти с работы по своей воле.

Одновременно на чистом листе моей жизни должна была появиться одна важная подпись. Та, что снова сделает меня свободной. Мать Алекса позвонила и сказала, что он закончил первый этап реабилитации и готов со мной встретиться. Я решила не откладывать этот визит.

ГЛАВА 35
Хорошее дело браком не назовут

Лондон, 2005 г.

Дорога до клиники была долгой, зато за это время я как раз смогла морально подготовиться. Предугадать реакцию мужа на новый разговор о разводе было невозможно. Потеря зрения, слезы, крики, оскорбления — случиться могло что угодно.

Я пообещала себе, что, как бы там ни было, из клиники выйду с подписанными бумагами о разводе.

Несколько минут я постояла перед дверью его палаты, сделала пару глубоких вдохов и выдохов и еще раз мысленно повторила заранее подготовленные фразы. Только после этого постучала. Ответа не было, и я тихонько приоткрыла дверь.

Его я увидела сразу. Алекс в серой хлопковой пижаме лежал на кровати с поднятой спинкой и смотрел в окно. Из его руки торчала игла, трубка от которой тянулась вверх к капельнице. Рядом на комоде стояла чашка — видимо, Джейн принесла из дома, — и лежала книга.

Алекс медленно повернулся и посмотрел в сторону двери. Я заметила, что у него чистые волосы.

Тысячу лет их такими не видела!

И вообще, он весь был чистый, опрятный, от него пахло стиральным порошком и лекарствами, а не мочой и перегаром. Волосы отросли, видимо, давно не стригся. Но ему так даже шло.

Какой же он все-таки красивый!

Алекса побрили, отмыли, одели в целую и опрятную одежду, а его кровь непрерывно очищали от того, чем он пичкал себя очень долгое время. Карие глаза смотрели спокойно и даже кротко, а на лице не было никаких эмоций.

Он вообще понимает, кто перед ним? Помнит, что вообще было?

— Привет, Алекс, — осторожно начала я. В любой момент я была готова выскочить за дверь или позвать на помощь.

— Привет, — ответил он так просто, будто мы виделись каждый день.

— Ты как?

Он пожал плечами. Исчерпывающий ответ.

— Я все помню, — вдруг сказал Алекс. — Зачем ты пришла, Анджики?

В его вопросе не было грубости, агрессии или злости. На самом деле в его вопросе вообще ничего не было, никаких эмоций — слова вырывались изо рта, словно пар, пустые и еле видимые, и тут же растворялись в воздухе, будто их вовсе не было.

Сейчас я поняла смысл выражения «безжизненный голос». У Алекса он был именно таким. Во всём Алексе не осталось ничего, кроме лекарства, методично стекающего по трубке в вену.

И тогда я решила не ходить вокруг да около.

Он ведь сам спросил!

Внутренне приготовившись столкнуться с бурей, я выдохнула:

— Я привезла бумаги о разводе. Нужно лишь подписать...

— Давай, — Алекс приподнялся, чтобы поудобнее сесть, и потянулся за ручкой, которая лежала на тумбочке за книгой.

На секунду я опешила, потом с подозрением протянула документы и, затаив дыхание, смотрела, как Алекс мягкой рукой проставляет свою подпись во всех нужных местах.

Этого. Просто. Не. Может. Быть.

Алекс подписал последний лист и уточнил, все ли это бумаги. Он вернул мне стопку документов и, как только я взяла, отвернулся и стал смотреть в окно.

В самую последнюю секунду, даже долю секунды, я увидела в его глазах что-то такое, от чего мне стало зябко. Там были апатия, разочарование и обида на меня.

Как только я поняла, что теперь не завишу от него, я ощутила бездонную пустоту. Как будто вся моя жизнь была совершенно бесполезна, а я никому не нужна. Все мои усилия спасти наш брак оказались тщетными. Я думала, что почувствую радость избавления, но меня переполняли отчаяние и потерянность. А еще — уныние и грусть. Как будто умер человек.

Я словно потеряла кого-то близкого и дорогого.

Сердце болезненно сжалось. Я ощутила новый приступ вины, а следом накатила горечь от утраченной веры в счастливое будущее. Боль и скорбь по тому, что могло бы у нас быть, но не случилось, лавиной разошлись по всему телу.

А ведь так и было! Умерло наше с Алексом «мы» — и в руках я держала свидетельство о смерти. Вот почему мне было так горько. Я горевала о нас, переживала и в душе оплакивала. Это было естественно.

Говорить больше было не о чем, да и Алекс ясно давал понять, что не настроен общаться. Поэтому я молча вышла из палаты, все еще сжимая в руках стопку бумаг.

Я просто шла по коридору к выходу и мечтала поскорее добраться до дома и смыть с себя — и со своей жизни — все тяжелые воспоминания о нашем браке.

И даже сейчас... Я все еще его люблю.

ГЛАВА 36
Ритуал, который объединил

Лондон, 2005 г.

Позвонил Виктор.
— Ты в Лондоне? — спросила я.
— Нет, представляешь, в Индии по делам. Слушай, а прилетай ко мне? Сгоняем в Варанаси, тебе понравится!

Раздумывать я не стала. Мне хотелось убежать из города, где каждая улица напоминала об Алексе. Оставила вещи у Веры, прихватив лишь небольшую сумку. Виктор забронировал билет, и уже через несколько часов я сидела в самолете.

— Надень кроссовки, — сказал он, — будем много ходить. В том числе и по коровьему дерьму.
— Звучит изумительно, — рассмеялась я.

Варанаси, 2005 г.

Индия встретила меня влажной жарой и гомоном сотен голосов.

Выйдя из аэропорта, я поймала такси — белую, видавшую виды «Тойоту» с водителем-индусом. В пути со мной произошла невероятная история, которая будет понятна, наверное, только людям, живущим в Индии. Сначала водитель подсадил второго человека как пассажира, чтобы заработать в 2 раза больше. Потом, когда у нас начался дружеский диалог с попутчиком, он запретил нам общаться и начал угрожать всех высадить.

Когда по совершенно непонятным причинам все дошло до скандала, водитель все-таки выставил второго пассажира, оставив того в незнакомом районе, а я продолжила путь в запертой «Тойоте». Через 2 часа, подвозя других людей и игнорируя меня, этот странный таксист наконец-то доставил меня к пристани. После вмешательства охраны отеля я оплатила ему поездку на 100 рупий меньше, чем мы оговаривали, хотя в глубине души считала, что такой «сервис» не стоит и рупии. Однако решила, что пусть маленькую, но все-таки победу я одержала, хоть чем-то наказав наглого водителя.

Спустя пару минут водитель пришел в себя и начал на всю улицу что-то голосить на хинди.

Где-то я уже слышала такие вопли...
Лондон, 2001 г.

Алекс смотрел на меня, а я на него.

Все в нем мне нравилось: его британские веснушки, белая кожа, худощавые руки, спущенные джинсы, его улыбка, голос, запах. А сэндвичи, которые он готовил, я вообще считала самой вкусной едой в мире.

Недавно погасли уличные фонари, — город готовился встретить очередной рассвет.

Влюбленные друг в друга и в жизнь, мы шли по одному из самых бедных районов Лондона, возвращаясь домой.

Днем мы старались сбегать в центральный Лондон, а здесь лишь ночевали. Так жили многие лондонцы — выходили из квартиры в спальном районе, платили два фунта за автобус и через час оказывались в центре, то есть в другом мире.

Лондон — город контрастов. Пышная помпезность викторианского стиля соседствует с лаконичностью современных небоскребов из металла и стекла. А роскошные кварталы в центре на самом деле находятся не так далеко от лондонских трущоб.

При всей моей любви к роскошной части города с ее культурой, дворцами и парками, жили мы совсем в другом месте.

В квартире Алекса были ободранные ярко-розовые стены. Он спал на матрасе, на который неоднократно что-то разливали и где не было даже простыни. Это было не просто аскетично.

Даже человек, приехавший из России времен перестройки, с трудом мог представить себе такую бедность и полное отсутствие уюта.

Район, где находилась квартира, был подстать ее убранству. Люди курили крэк прямо на улицах и в открытую продавали наркотики. В Лондоне вообще все что-то употребляли. Чаще всего травку. Дымили даже почтальоны, разносящие письма и ежедневную прессу.

За пределами столицы вся Британия курила марихуану: и пятнадцатилетний школьник, и тридцатилетний банковский клерк, и семидесятилетний пекарь. Как в России пили водку, так в Англии курили травку. Хотя и заливали за воротник англичане изрядно — по количеству выпитых литров спирта на душу населения они намного опережали русских.

Но когда ты молод и счастлив, никакая статистика и грязная изнанка любой культуры не могут помешать наслаждаться жизнью. Наоборот, со стороны это выглядит как свобода. Особенно, когда не задумываешься о последствиях.

Когда ты видишь, что пятидесятилетняя женщина со своим мужем курят косяк в доме при своих детях, ты думаешь: «Вау, мои родители никогда бы себе такого не позволили». В юности это кажется манифестом раскованности, вшитым в культурный код целой страны.

Но через каких-то лет двадцать, твое мнение меняется. Ты понимаешь, что курение — извращенный способ расслабиться, который избрали глубоко несчастные люди. Из-за бездонной затяжной депрессии, у них пустота внутри. Никто из них не знает, чем ее заполнить. И так поголовно.

Но... Мне было двадцать. Эта «свобода» восхищала. И неважно, что через несколько десятилетий она могла обернуться деградацией и вырождением нации.

Мы с Алексом не спали всю ночь — гуляли, танцевали и пили, потратили два фунта на автобус и теперь шли, смакуя каждый миг и провожая исчезающие в рассветном небе звезды. Мы были влюблены, счастливы и наслаждались друг другом во всех проявлениях.

— Ты снова это делаешь...
— Делаю что? — я хихикнула.
— Смотришь на меня вот так, — ответил Алекс.
— Как?
— Ну, не знаю, будто не слушаешь меня, но понимаешь. Я не знаю, как это объяснить.
— Просто продолжай говорить... Что угодно!
— Это значит, что ты слушаешь?

— Да!

— Или не слушаешь?

— Ага, — я кивнула и засмеялась.

Для меня английская речь Алекса была песней, любимой композицией, которую я могла слушать бесконечно. Он был олицетворением всего, что я так любила. В нем воплотились мои представления об идеальном мужчине: прекрасном, открытом, свободном. Он до кончиков ногтей был пропитан британским духом. Страна, которой я искренне восхищалась, сжалась для меня до одного этого человека. Иногда мне и правда казалось, что Алекс — это вся Англия.

— Неважно, что ты говоришь, просто продолжай! — повторила я и поцеловала его в шею, которая тут же покрылась гусиной кожей. — Мурашки!

— Как?

— Му-раш-ки, — по слогам произнесла я.

— Морашкий, — попытался сказать Алекс, и мы снова засмеялись.

Что ни говори, в этом бедном районе была своя романтика и необычайно самобытная атмосфера. И еще было много индусов.

Дверь одного из домов приоткрылась, и сквозь щель просунулась голова в ярко-фиолетовом тюрбане. Сначала индус на своем наречии разговаривал с кем-то, кто был скрыт от наших глаз дверью, а затем резко закричал:

— Банджи!

Его звонкий голос гремел на всю округу. Видимо, он звал заигравшегося где-то ребенка.

— Банджи-и-и! Банджи!

Индус выкрикивал это имя снова и снова и очень суетился. От его криков воздух тихого, все еще спящего города будто подернулся рябью, а мы разразились диким смехом. Смеялись и смеялись, не могли остановиться, пока животы не свело от колик, а из глаз не потекли слезы. То ли это было невероятно комично, то ли мы были настолько влюблены, что весь мир приносил только радость, но я ощутила острый прилив счастья. Неожиданно для Алекса и для себя самой я воскликнула:

— Алекс, ты мой Банджи!

— Чего? — засмеялся он.

— Ну смотри, как мило: Банджи, Банджики... Вот! Ты мой Банджики!

— Банджики?

— Банджики!

— А ты тогда... — Алекс задумался. — Ты тогда моя Анджики!

Алекс крепко обнял меня, но этого нам обоим было мало. Он подхватил и поднял меня над землей, словно куколку, и закружил по всей улице под нескончаемые крики индуса.

С того момента у нас появилась общая тайна. История, известная и понятная только нам. Мы приняли новые имена, как это делают посвященные, когда обращаются в веру. Это было похоже на церемонию. Ритуал, который объединил нас еще сильнее.

А придуманные имена, как подписи, засвидетельствовали секрет, который знали лишь мы. Нам открылись глубины безусловной любви, что доступна лишь избранным, а всему остальному миру чужда и непонятна.

Анджики и Банджики были не просто шуточными именами, случайно придуманными после бессонной ночи. Они делали нас частями одного целого, оказавшимися в разных концах земли. Но вопреки всем обстоятельствам мы встретились, чтобы быть счастливыми вместе вне зависимости от количества денег, наличия статуса и прочих формальностей. Каждый раз, называя друг друга так, мы возвращались в тот миг — один из самых счастливых в нашей жизни.

Варанаси, 2005 г.

Из-за этого человека я провела в дороге лишние полтора часа. Он грубил мне, хамил, угрожал. Напугал меня и чуть не высадил непонятно где.

Да он еще сам мне должен!

В тот момент я верила, что восстанавливаю справедливость и наказываю человека, который это заслужил.

Под несмолкающие крики водителя лодка, ожидающая меня от отеля, отплыла от пристани. Через пару минут я уже не слышала ничего. Мое путешествие началось по-настоящему.

ГЛАВА 37

Сгореть, чтобы не воскреснуть

Варанаси, 2005 г.

Мы плыли через Ганг — священную для индусов реку. Служащий отеля, отвечающий за переправу, рассказывал, что Долина Ганга — самый густонаселенный регион Земли. Глядя с воды на берег, в это было легко поверить. Здесь проживали более полумиллиарда человек.

Индуисты считают, что Ганг — это небесная река, сошедшая на Землю. Миллионы верующих совершали паломничество к Гангу, и одним из самых значимых городов для этого был именно Варанаси. Со всей Индии сюда стекались люди, чтобы умереть. Родственники спешили привезти сюда только что умерших матерей и отцов. Индусы верили, что этот город очистит их души от грехов, избавит от колеса сансары и дарует мокшу[1].

---

[1] В индийской религиозно-философской традиции окончательное освобождение от сансары.

Берег приближался. Размытые тени превращались в исторические здания невероятной красоты. Они сплошной стеной стояли вдоль берега, возвышаясь над рекой.

Я увидела гхаты — огромные лестницы, ведущие от берегов Ганга к городским улицам и будто перерастающие в высокие стены храмов и дворцов.

Под этими лестницами кипела жизнь. В реке, весь берег которой был завален разным мусором, купались люди: окунались с головой и чистили зубы. Они стояли по грудь в воде в окружении плавающих оберток, пластиковых бутылок, тряпок, размякших кусочков еды и ритуальных цветов. Всего в сотне метров от купающихся плавал труп собаки.

Искупаться в Ганге — мечта всех индуистов, они верят, что священные воды смывают грехи. И всем этим людям было абсолютно не важно, что сюда ежедневно сбрасывали сотни кубометров неочищенных сточных вод: промышленные стоки, человеческие отходы, химикаты с заводов, коровий навоз, частично кремированные трупы и прах, туши животных и строительные отходы. Все, за кем я наблюдала, пока лодка плыла вдоль берега, ныряли с головой и набирали воду в рот без всякой опаски.

Общественная зона кончилась, началась частная, которая в основном принадлежала респектабельным отелям. Лодка везла меня к одному из них. Отель располагался в историческом здании и выглядел как настоящий королевский дворец. Архитектура поражала воображение.

От центрального входа прямо в реку вела широкая лестница, каждая ступенька которой была украшена сотней огоньков. Само здание тоже подсвечивалось красными и желтыми прожекторами.

Ничего более странного и величественного я в жизни не видела!

Это было самое роскошное строение на берегу, и, наверняка, одно из самых старых.

— Наш отель построили в восемнадцатом веке, — произнес сопровождающий, будто отвечая на мои мысли.

В лобби лежали ярко-красные ковры, а потолок был усеян «звездами» — крошечными подвесными лампочками, которые создавали иллюзию ночного неба. Вместо дверей повсюду были большие арки, и не было никакого яркого света — лишь приглушенный и теплый.

Разглядывая красные диваны и кресла, стоящие на красных коврах, я вспомнила, что это особенный цвет для индусов. Кажется, и женщины в Индии выходят замуж именно в красном.

В номере, куда меня проводили, тоже было много красного: узкие ковры, покрывало на кровати, декоративные подушки на креслах... При этом на потолке была синяя индийская роспись, а над кроватью висел желтый гобелен. Несмотря на такой взрыв красок, который — я уже поняла — абсолютно точно передавал настроение Индии, все вместе эти вещи смотрелись идеально. Будто по-другому и быть не могло. Стоя посреди этой гармоничной эклектики, я ощущала себя особой королевских кровей.

Больше всего меня впечатлила полукруглая терраса. На ней стояли клумбы с роскошными канареечными цветами, а вид, который с нее открывался, просто захватывал дух. Величественный Ганг представал во всей красе, будто соединялся с горизонтом и уходил в небо. По реке плавали лодки с туристами. Я действительно оказалась в другом мире, но...

Почему я все время думаю об этом наглом таксисте?

Пока мы плыли через Ганг, меня не покидало странное ощущение совершенной ошибки. Сначала-то я была довольна собой и уверена, что поступила правильно. Выиграла спор и наказала недобросовестного человека. Однако в глубине сознания теснились совсем другие мысли.

Какой смысл в твоей справедливости, Аня, если злой человек стал еще злее?

Я представила, что наш мир — это круговорот добра и зла. И все наши поступки толкают это колесо. Добрые люди становятся добрее, а злые...

А что, если самое сложное в жизни — двинуть колесо в обратную сторону? Сделать добро злому человеку.

Повернуть вспять, нарушить закономерность, которая подкрепляет этот круговорот. Если несколько человек сделают так же, злой станет добрее.

Я удивилась, насколько это простая истина, и решила, что следующие несколько дней буду помогать тем, кто меньше всего этого достоин.

Дать подаяние доброму человеку, который тут же отблагодарит, может каждый. А вот сделать добро неприятному человеку, да еще не ожидая благодарности, в разы сложнее.

Я подумала, что это место так влияет на меня. Тут весь духовный опыт будто обретал формы, становился яснее.

Посмотрим, что еще приготовил Варанаси.

В дверь постучали. Я открыла и радостно улыбнулась — Виктор. Обнимая его, я наконец-то почувствовала себя в безопасности.

— Пойдем гулять, — он протянул мне руку. — Варанаси — необыкновенный город. Сама увидишь.

Я хотела сказать, что уже это ощутила, но понимала, что увиденное мной по дороге в отель — только начало.

Мы гуляли по Варанаси много часов, и я никак не могла привыкнуть к такому восхитительному, а порой ужасающему контрасту. Если бы нужно было описать этот город одним словом, то я бы назвала слово «хаос». Это был настоящий калейдоскоп чувств: шумные улицы, яркие цвета, громкие торговцы, древние святыни, храмы… По легенде Варанаси был основан самим Шивой пять тысяч лет назад.

Для индуистов Варанаси был самым почитаемым местом на свете, настоящим центром Земли. Но больше всего Варанаси был известен как город мертвых. Виктор сказал, что вечером я пойму, почему.

Город представлял собой паутину узких, сырых, грязных улочек и переулков. Некоторые были настолько тесные, что по ним можно было пройти только пешком, даже мопед бы не проехал. Мы проходили мимо бесконечных прилавков, на которых продавались ювелирные украшения, шелка, бронзовые и медные изделия. Видя белых людей, торговцы радовались и старались приманить нас к своим товарам.

Везде ходили коровы. Идя по городу, можно было легко угодить туфлей в кучу свежего навоза.

Да уж, про коровье дерьмо Виктор не преувеличивал.

Я всегда была очень брезгливой. Обычно даже мысль о том, чтобы пройти по такой грязной улице, вызывала у меня желание помыться. Однако в этом городе был какой-то особый дух. Все ощущалось не так, как обычно. Более возвышенно, значимо, по-настоящему. Каждый предмет, звук, запах были наполнены особым смыслом. Все вокруг дышало…

Счастьем!

Я поняла это, когда мы с Виктором пробирались через толпу каких-то оборванцев. Они громко говорили на хинди и совершенно не обращали на нас внимание. А я вдруг поняла, что счастлива. Не от чего, просто от самого факта, что я есть. Я как будто принимала и отдавала все одновременно: любовь, жизнь, смерть.

Это самый красивый город на Земле!

Уже наступил вечер, когда мы вышли к берегу Ганга. Внизу была довольно большая площадка с кучей мусора, и сначала я не поняла, что это.

Виктор сказал:

— А вот и ответ, почему город мертвых.

— Сотрудники отеля мне уже говорили, что сюда стекаются люди со всей Индии, чтобы умереть, — вспомнила я.

— А они говорили, как именно это происходит?

— Нет.

— Тогда смотри, — он кивнул на площадку, около которой собирались люди.

Сначала они принесли дрова и разложили их подобием стола. Натаскали поверх какой-то соломы и стали ждать. Вскоре показалась процессия. Несколько человек несли на плечах носилки, на которых лежало завернутое в яркую ткань тело.

— Это труп? — уточнила я, хотя знала ответ.

Виктор кивнул. По спине пробежал холодок. Я стояла как завороженная.

Люди уложили тело на «стол», окружили его. Я подумала, что это, должно быть, их жена и мать — женщина, и не просто женщина, а та, которую очень любили. Ведь привезти тело в Варанаси могла позволить себе не каждая индийская семья.

И тут произошло то, что непременно должно было случиться — родственники подожгли тело. Для меня это оказалось неожиданно, я вздрогнула и инстинктивно отступила.

Огонь занялся моментально. Миг — и костер заполыхал, освещая площадку. Я увидела: то, что показалось мне мусором, на самом деле было обгоравшими остатками бревен и... Тел. Эта площадка была кладбищем. Точнее, крематорием. Местом, где тела сжигали на протяжении тысячелетий. Здесь был прах миллионов людей.

Я смотрела на костер, не в силах пошевелиться. Зрелище было потусторонним и в то же время невероятно земным. Даже каким-то низменным. То и дело части тела покойной выпадали из огня. Рука, нога... Сгоревшие связки и сухожилия больше не могли удержать кости, и тело буквально расползалось под жарким пламенем. Работники похоронной конторы — Виктор пояснил, что не все присутствующие были в родстве с усопшей, — длинными палками бесцеремонно запихивали кости обратно в костер. Это было и кощунственно, и как-то необъяснимо правильно.

— Когда костер догорит, ближайшие родственники возьмут кости и отнесут их в реку, — тихо сказал Виктор, слегка прикоснувшись к моей руке. Я вздрогнула от неожиданности и от того, что представила...

Взять кости своей матери. Просто взять их руками, прямо из огня, еще горячие. Немыслимо!

Я пыталась представить, что чувствовали люди, стоявшие вокруг погребального костра. Тот высокий мужчина, возможно, сын? Вот он стоит и смотрит, как его мать — женщина, которая его родила, которая растила его, любила, обнимала перед сном, жалела, когда он падал и сбивал колени — эта женщина сгорает дотла. Горят руки, такие нежные при жизни, дарившие ласку и утешение. Глаза, смотревшие на него с гордостью. Губы, шептавшие: «Сынок». Щеки, которые он сам целовал тысячи раз. Все это, еще вчера бывшее любимым человеком, морщится, чернеет, обращается в прах.

Как? Как такое возможно?

Непролитые слезы жгли глаза. Я смотрела на людей и думала: никто из них не плачет. Что это? Невероятная стойкость или...

— Почему они такие спокойные? — спросила я Виктора, удивившись, как хрипло прозвучал мой голос.

— Они относятся к смерти иначе. Это не зло. К тому же они сожгли тело на берегу Ганга. Человек, которого они любили, попадет в рай.

Я кивнула. Смысл его слов доходил до моего сознания постепенно. Я снова перевела взгляд на мужчину, стоявшего ближе всех к огню. В его лице я как будто увидела колесо Сансары[1]. В глазах человека, смотрящего, как огонь поглощает его мать, было столько силы, столько вечной мудрости и любви!

Это прекрасно!

Тело горело несколько часов. Все это время я стояла на месте, не сводя глаз с огня. Мое лицо, обращенное к огню, раскраснелось. В то же время спина и затылок словно заледенели — ночь, вступившая в свои права, была зябкой.

Я думала, что в жизни все всегда рядом. Жар и холод. Жизнь и смерть. Красота и уродство. Любовь и ненависть. Отчаяние и надежда. Невозможно познать одно, не испытав другого. Нельзя отделить только хорошее, доброе, светлое, красивое, отринув изнанку жизни. Вот

---

[1] Санса́ра или самса́ра (санскр. संसार, IAST: saṃsāra «блуждание, странствование») — круговорот рождения и смерти в мирах, ограниченных кармой, одно из основных понятий в индийской философии.

этот костер... Он казался чем-то невероятно возвышенным, чистым, великим. И в то же время я видела, как горят бревна — обычные куски дерева, купленные за несколько рупий у торговца, который работает в этом месте без всяких мыслей о великом, просто чтобы накормить свою семью. Я видела, как человек, провожающий в небытие своего близкого, сморкается прямо на землю. Как рядом с погребальным костром валяются остатки предыдущего, который пылал здесь накануне — недогоревшие бревна и части тела. Кости, которые тоже, возможно, были чьей-то матерью, сейчас валялись в пыли, смешанные с золой и грязью. В нескольких шагах лежала корова, а чуть поодаль рыскала свора бродячих псов.

Пепел вздымался в небо и разлетался над городом. Я представила, как он ложится на крыши, опадает на дорогу, залетает в окна домов, оседает на волосы людей. Тончайшая невидимая пыль, пропитавшая все вокруг. Тысячи мертвых, слившихся с живыми. Этот пепел был на мне, а я была в нем. Как никогда остро я ощущала свою смертность и связь с миром, в который до конца не верила раньше. Сейчас я готова была поверить, что между жизнью и смертью есть лишь тонкая пелена пепла.

Мы дышим людьми, сожженными на этом берегу. Возможно, мы вдыхаем частицы их душ.

Я все стояла, не в силах пошевелиться. На моих глазах происходила магия, открывшая мне нечто настолько важное, что я не находила слов даже внутри своей головы, чтобы описать это. И в то же время я видела перед собой... Свалку. Бренность бытия поражала и повергала в смятение. Однако где-то глубоко я ощущала невероятный покой: все было так, как должно.

Виктор стоял за моей спиной, я это чувствовала. Он не мешал мне впитывать энергию этого священного места — слияния воды и неба, песка и огня, жизни и смерти. Просто был рядом.

В то время, пока смотрела на огонь, горящий на берегу Ганга, я осознала, что внутри меня раньше никакого огня не было. И вот сейчас он начал зарождаться. Неудивительно, ведь восточная культура буквально пропитана энергией всех стихий. И стоя в эпицентре их слияния я явственно ощутила каждую.

Материальное и духовное — два важнейших параметра бытия.

Как в математике, задачи с параметрами. Иногда был один параметр, иногда два. Когда появлялся второй параметр, сложность задачки увеличивалась в разы. Стоя над Гангом, глядя на пылающий костер, я поняла, что раньше жила не по тому уравнению.

Я вспомнила детство и юность в России. Тогда, во времена перестройки, все вокруг было подчинено материальному: что есть, где взять денег, на чем подзаработать, где достать… Эта концепция намертво въелась в сознание, и даже теперь, оказавшись в другом месте, став старше, я все так же двигалась по заложенным в те времена ориентирам. Двигалась, как я теперь понимала, вслепую.

Вместе с тем я осознала, что постоянно думала о прошлом. Жила им. И не только серым перестроечным детством. Год, два, три… Я постоянно оглядывалась назад, цеплялась за людей, обвиняла кого-то в своих неудачах.

Я винила отца в том, что он заставил меня учить немецкий язык, когда я хотела — французский. Мне казалось, что если бы я тогда, в детстве, сделала по-своему, моя жизнь пошла бы совсем иначе. Как? Не знаю. По-другому, лучше.

Маму я винила, потому что она не стала когда-то возить меня на занятия гимнастикой. Я была уверена: продолжай я заниматься, стала бы олимпийской чемпионкой. А так... Мне казалось, у меня отняли что-то важное, половину жизни.

Господи, какие это, оказывается, мелочи!

Теперь я поняла: когда внутри есть огонь, прошлое, как и будущее, перестает иметь значение. Ты просто здесь и сейчас. Просто есть. Я была. Впервые была без привязки к чему-то. Просто я. НастоЯщая.

Я подумала, что «Га», которая обозначает движение — первая буква санскрита — есть много где и в русском языке: ВолГА — там я родилась, ноГа, которой я сейчас стояла на священной земле.

Осознав это, я поняла, что все споры про процесс и результат беспочвенны. На самом деле это одно и то же, если просто быть в настоящем моменте.

Путь не заканчивается, пока ты дышишь...

ДороГА, путь, извилистый и бесконечный, как река, на которую я смотрела.

— Откуда эта вода? — спросила я вдруг непонятно кого. Слова сорвались как будто против моей воли.

Я думала, мне ответит Виктор, но услышала незнакомый голос:

— С горы Кайлас.

Я обернулась, но не смогла разглядеть говорящего.

Обязательно туда поеду!

Мое тело переполняла любовь. Не к чему-то или кому-то конкретному, а ко всему сущему. Я была любовью и состояла из любви. Это было похоже на эйфорию. Я не чувствовала голода, холода, жажды, не ощущала потребности ни в чем. Просто любила мир и знала, что он отвечает мне взаимностью.

Рядом со мной кто-то сказал несколько слов на хинди. Я перевела взгляд и увидела старика, худого и почти обнажённого. Он сидел в стороне от костров и, как и я, смотрел на них с благоговением. Его тело прикрывала только грязная тряпка, обмотанная вокруг бёдер. На голове и плечах оседал пепел. У него не было никаких вещей, вообще ничего. Он жил на этой набережной и каждый день наблюдал за сотнями погребальных костров. Он спал, ел, встречал приливы, пребывал в ужасающей бедности, но при этом был абсолютно счастлив. Он был свободен, хоть и владел… Ничем.

Как это — обладать ничем? Освобождает это или даёт неподъёмную тяжесть?

Тогда я не знала, что скоро и мне придётся получить урок Вселенной с полным обнулением. Окунуться в него с головой. Через несколько лет у меня заберут абсолютно всё, даже имя.

Но сейчас я смотрела на Ганг и впитывала новые знания, ощущения, открытия. Эта река была одновременно и священная, и грязная. Осознав это, я вдруг остро почувствовала связь с Алексом. Находясь в тотальной любви, я перестала оценивать и осуждать его. Он был конченным человеком, но самым любимым. Я не выбирала его любить. Это было даровано свыше. После моего опыта в Варанаси тогда я перестала видеть монгольский сон.

В НЛП есть такая техника — диссоциации. Она основана на том, что ты как будто отстраиваешься от реальности: представляешь, что смотришь фильм о том, что с тобой происходит. А потом — фильм о том, как смотришь фильм. И так всё дальше и дальше. Подумав об Алексе, я словно улетела. Из этого места, из своего тела, из мира.

Я вдруг ощутила, как вращается Земля. Люди умирают, просыпаются, рождаются, влюбляются, договариваются, тонут, спасаются, становятся президентами, теряют посты, пишут книги, читают... Я все это увидела разом. А потом перевела взгляд на огонь, и остался только он.

Вдруг я оказалась в прошлом. В том моменте, когда мы с Алексом дали друг другу наши тайные имена: Банджики и Анджики.

А ведь это были индийские имена! Случайно ли?

Костер догорал. Когда все закончилось, останки бросили в реку. Пока я с трепетом смотрела на это, Виктор сказал:

— Иногда в Ганге плавают не до конца сгоревшие трупы.

— А прах? — спросила я, не отводя глаз от процессии. — Разве он не окутал весь этот город незримой пленкой?

— Окутал, и уже давно, — кивнул Виктор. — Поэтому и город мертвых. Буквально. Тут повсюду частички миллионов сожжённых людей.

Я даже кивнуть не могла. Я была и в шоке, и в ужасе, и в экстазе.

Поздней ночью мы вернулись в отель. Я смотрела на его убранство другим взглядом. Царившая вокруг роскошь казалась ненужной и даже неуместной.

Как будто специально выбрали самый дорогой отель, чтобы увидеть контраст.

Я вспомнила голого старика на берегу. Была ли я сейчас более счастливой, чем он? Не могла сказать с уверенностью.

На следующий день Виктор повез меня в пригород Варанаси — Сарнатх. Это место в сорока минутах езды от города мертвых было одной из самых значимых буддийских святынь в мире.

Согласно преданиям, именно здесь Будда произнёс первое учение своим пяти последователям. До этого он много лет находился в изгнании, никому ничего не говорил, не преподал ни единого урока. В этом месте, которое сейчас еще называли Оленьим парком, Будда просветлел и осуществил «поворот Колеса учения» — прочел первую проповедь, в которой разъяснил «четыре благородных истины».

Пока мы ехали, Виктор рассказал мне интересную вещь. Есть такая теория: когда человек получает от Вселенной мудрость — он стремится стать отшельником. Просто не может больше сосуществовать с людьми. Он как сосуд, полный до краев. И одиночество для него — высшая благость.

Как в древности рождались новые города, страны, культуры? Есть интересная гипотеза, что все новое было создано отшельниками. Теми самыми сосудами, наполненными до краев неким знанием. Такой человек отделялся от общины, уходил далеко, строил жилище и жил в уединении. А потом к нему начинали приходить люди. Сначала кто-то один — он становился проводником. Узнавал о мудрости отшельника и рассказывал о ней своим соплеменникам. Потом приходили первые десять человек, пятьдесят, сто... Они строили деревню. Город. Позже из этого города могло вырасти целое государство. Так рождались цивилизации.

Будда тоже был отшельником. А потом основал религию абсолютного добра. Здесь. Возможно, прямо на этом самом месте.

Проведя там почти весь день, я захотела посидеть прямо на траве под руинами ступы Дхармараджика[1]. Виктор не возражал. Он даже высказал идею, что именно

---

[1] Дхармараджа - индуистское божество смерти и правосудия.

на этом кусочке земли на Будду и могло снизойти просветление. Я улыбнулась, но не сочла это за шутку. Я уже знала, что все возможно.

— У тебя есть бумага и ручка? — неожиданно спросила я.

Виктор поискал во внутреннем кармане пиджака и достал небольшой листочек с ручкой. Он понял, что мне нужно уединиться. Поднялся и сказал, что еще прогуляется. Я благодарно кивнула и уверила, что буду на этом самом месте, когда он вернется. Как только его шаги стихли, я закрыла глаза и погрузилась в себя.

Сложно сказать, сколько я просидела. Из самой глубины пришла одна фраза: «Ты только живи!» Эта фраза предназначалась Алексу.

Открыв глаза, я расправила на коленях листок бумаги и стала писать:

«Банджики,

Я не знаю, как нам можно быть вместе. Я верю, что мы сделали все, что могли. Наверное, мы поняли, что это невозможно, по крайней мере, пока... Тем не менее, что я знаю точно, так это то, что и без тебя тоже не могу. Моя жизнь пуста и бесполезна. И ни деньги, ни мужчины, ни успехи в карьере не смогли убрать тебя из моего сердца. Любовь ли это или болезнь? Я не знаю. По ощущениям, это уже что-то не очень здоровое. И все же я не хочу излечиваться. Я хочу чувствовать эту любовь в ее полную силу. Я не хочу отказываться от нее. Как будто мы связаны каким-то канатом, и это скорее прекрасно, чем трудно. Как будто этот канат — моя единственная надежда на счастье...

Ты мне очень нужен. Я иногда вижу тебя, даже если тебя там нет. И единственное, что я могу сказать: живи и будь счастлив. Только, пожалуйста, живи.

Твоя Анджики».

Отправить такое письмо было бы огромной ответственностью. Оно могло дать надежду там, где ее не было, а это незаслуженно жестоко.

На следующий день мы улетали из Индии. Я сдержала данное себе слово. Все эти дни помогала тем, кто этого не заслуживал. Я давала им деньги, еду и даже свою одежду. Ничего не ожидала взамен, даже слов благодарности. Они были не нужны.

Все проведенное время в Варанаси я пребывала в необъяснимом состоянии покоя. Мне было все равно, что и когда я ела, пила ли воду, во что была одета. Я просто была. И размышляла.

За последний год я приняла себя злую и бесчувственную. Вот и сейчас я принимаю себя бедную.

Уже в Хитроу, когда мы с Виктором стояли на выдаче багажа, я вдруг поняла: если бы не таксист, который, движимый жадностью, взял двух пассажиров, а потом два часа возил меня по городу — я бы это всё не испытала.

Нужно было дать ему сотню сверху! Заслужил.

Так я поняла, что любой стресс — это тоже путь. А вот куда он приведет, зависит только от нас.

ГЛАВА 38
Ты просишь у меня деньги?

Лондон, 2005 г.

Вернувшись в Лондон, я поехала в старую квартиру за вещами. Виктор предложил помочь перевезти их в гостиницу, но я отказалась. Я уже точно знала, что с ними делать.

И сделать это я должна сама!

Через пару часов после прилета я зашла в ломбард. Когда-то давно Алекс закладывал здесь цепочку, чтобы оплатить аренду квартиры. Он тогда сказал, что в этом месте приемлемые условия и довольно щедрый владелец.

Этот самый владелец сейчас стоял за решеткой, отделявшей прилавок от посетителей. Это был высокий грузный мужчина лет пятидесяти на вид. Выглядел он устрашающе.

— Продажа или с обратным выкупом? — спросил он хриплым басом.

— Продажа, — я достала из сумки сверток с украшениями, которые когда-то дарили Заид и Виктор.

Рантье не удивился, но его взгляд стал пристальным. Убедившись, что украшения действительно мои, он принялся тщательно их осматривать.

— Для точной оценки нужно недели две, может, месяц, — спустя двадцать минут сказал хозяин.

— Мне нужно сейчас, — твердо ответила я.

— Сейчас... Могу дать, допустим, четыре тысячи. За все.

— Они стоят в десятки раз больше, это же...

— Поэтому я и сказал: нужен месяц, чтобы точно оценить, — перебил хозяин. — И четыре тысячи, если деньги нужны сейчас. Выбирай.

Я вспомнила огонь. Конечно, можно было подождать. Выжать из этих камней максимум. Почему-то я почувствовала, что не нужно этого делать. Прошлое лежало сейчас на прилавке ломбарда.

— Согласна! А одежду вы не принимаете? Дорогую, брендовую? — спросила я, пока оценщик отсчитывал четыре тысячи фунтов разными купюрами.

— Одежду можешь сдать в комиссионный секонд-хенд недалеко отсюда.

— Адрес не подскажете?

Вместе с деньгами мужчина протянул бумажку с адресом.

Из секонд-хенда я вышла с одним маленьким чемоданом и еще девятью сотнями фунтов к тем четырем тысячам, что получила в ломбарде. Легче стала ноша не только в руках, но и на душе. Прошлое больше не тянуло меня назад. А с будущим предстояло разобраться.

Я приехала в отель и позвонила Виктору.

Мы выбрались на обед. В ресторане, ожидая заказ, я смотрела на Виктора и думала, почему бы не попросить инвестиции на проект у него. Он бы дал, в этом я не сомневалась. Если бы не поездка в Париж с Заидом, я бы попросила. Однако опыт, полученный тогда, что-то во мне изменил.

А Варанаси окончательно сделал меня другим человеком.

В Париже я осознала, что не хочу жить в зависимости от мужчины. А чтобы не возникло недопонимания или обиды, не стала говорить Виктору, что ищу инвестора.

Несколько дней я занималась разработкой полноценного бизнес-плана со всеми расчётами.

Начнём с того, кто меня знает. А что, если…

Идея, пришедшая мне в голову, была такой очевидной, что я удивилась: почему не подумала об этом сразу?

Попытка не пытка, а терять уже нечего!

Я схватила мобильник, пролистала контакты и нажала вызов.

— Анна? Вот уж не ожидал.

— Здравствуй, Заид! У меня к тебе разговор, но хотелось бы встретиться лично, если ты в Лондоне.

— Хорошо. Тебе повезло. Скажи адрес, отправлю за тобой машину. Увидимся в отеле.

Я сказала, что доеду сама, надела строгий костюм и, предупредив Виктора, что отлучусь ненадолго, поехала на встречу к шейху.

— Ты просишь у меня деньги? — на всякий случай уточнил Заид, выслушав мой монолог. — Не думал, что это когда-то произойдет.

— Я тоже, — честно ответила я.

Без всяких прелюдий я рассказала ему свой бизнес-план для будущей IT-компании. И прямо спросила, может ли он дать мне стартовый капитал.

Заид долго ничего не говорил. Строго смотрел на меня и думал. Я спокойно выдерживала его взгляд, не торопила и не мешала. Понимала, с какой просьбой пришла и к кому.

— Ты знаешь, чем я занимаюсь? — неожиданно спросил Заид и потянулся за стаканом виски.

— Могу только догадываться, — шейх никогда об этом не рассказывал, а я не спрашивала.

— В ста процентах случаев мои инвестиции были удачными, — сказал Заид. — В ста, милая Анна. Думаю, ты с твоим образованием понимаешь, что это значит?

Заид перестал улыбаться. Стал таким, каким я никогда его не видела — серьезным деловым человеком. Боссом, который сейчас будет решать деловые вопросы.

— Оценив твой проект, я пришел к выводу, что заработать на нем невозможно.

— Но я подарю тебе пять тысяч фунтов на белье, — закончил шейх, откинулся на спинку кресла и глотнул виски.

Меня как будто током ударило.

Пять тысяч? На трусы?

— Вижу удивление на твоем лице, — снова заговорил Заид.

— Да, я удивлена.

— Чем же?

— Тем, что на учебу ты предлагал мне восемьдесят тысяч долларов, а на реализацию моей идеи даешь лишь пять тысяч фунтов. Почему?

Заид качнул головой и сказал:

— Если бы ты была моей женщиной и попросила у меня деньги на себя, на то, чтобы просадить их в баре, купить себе одежды, съездить на острова, то я бы тебе дал сто тысяч фунтов. Но ты пришла ко мне как бизнесмен. И просишь деньги на свой бизнес-проект, — Заид сделал многозначительную паузу. — Так вот, я в твой бизнес-проект не верю. Но одновременно понимаю, что барышня ты упертая, и пока сама в этом не убедишься — не остановишься, поэтому и даю тебе начальный капитал, который не жалко пустить на ветер, чтобы ты обрела подобающий опыт. А когда потерпишь неудачу, мы поговорим снова.

Это была месть. Кого-то другого это могло подкосить, но не меня. Не теперь.

— Договорились, — серьезно сказала я.

Заид не ожидал, хотя тут же кивнул Мобби, и тот передал мне ровно пять тысяч фунтов.

Заид поднялся и хотел поцеловать меня в щеку, но вместо этого я протянула руку. Раз пришла сюда как бизнесмен, значит, вести себя нужно соответственно. Шейха это позабавило, впрочем, он не стал настаивать.

— Удачи, милая Анна! — вдогонку сказал он, когда я уже выходила из комнаты.

Поймав такси, я продиктовала адрес отеля и откинулась на сиденье. Послевкусие от встречи с Заидом осталось гадкое. В глубине души я надеялась, что не откажет и в инвестициях. А он не только отказал, но и оценил мою идею как провальную. Злость, кипевшая внутри, смешивалась с отчаянием и горечью разочарования.

— А вы из какого района? — внезапно услышала я голос таксиста.

— Что вы имеете в виду? — разговаривать не хотелось, но и быть грубой тоже.

— Вы из Йорка?

— Нет.

— Неужели, Блэкпул?

Я снова покачала головой и вдруг осознала, что он вообще не предполагал, что я из другой страны. Таксист пребывал в полной уверенности, что везет истинную англичанку.

Любой иммигрант счел бы это огромной победой. Если коренной житель Англии, да еще и таксист, не мог распознать переселенца по акценту, манерам и стилю, это означало полную ассимиляцию.

Это то, о чем я мечтала с тех пор, как впервые оказалась в Англии. Я хотела слиться с ней, стать частью ее культуры. Все эти годы стремилась к этому и вот получила: у меня была британская фамилия, британский паспорт, а теперь и таксист признал меня своей.

Сбылась давняя мечта. Что я испытала при этом? Скуку. В этой победе я ровным счетом не ощущала ничего. Теперь это было совсем не то, чего я хотела.

Как же глупо было мечтать о такой чепухе.

Москва, 2002 г.

Я сидела на диване в роскошной гостиной пентхауса на Арбате. Закрыв глаза и запрокинув голову на мягкую спинку, слушала, как хаус-музыка затмевает все звуки и голоса в квартире.

Вокруг была целая толпа людей, и все они занимались одним-единственным делом — пытались убежать от себя. Тогда, в нулевые, не было принято задавать себе вопросы, оставаться с собой наедине, анализировать собственные чувства и принимать их. Кто-то бежал от одиночества при помощи наркотиков, кто-то больше доверял старому доброму виски, кто-то занимался сексом на втором этаже, кто-то тонул в глубоких, но бессмысленных разговорах или искусственном смехе.

У хозяина этого дома, Сергея, было мало друзей. Наверное, из присутствующих таковыми можно было назвать только нас с Алексом. Однако его двухэтажная квартира буквально кишела малознакомыми и случайными людьми. Это был его способ заглушить горе от развала семьи. С тех пор, как мы с ним познакомились, вечеринки частенько заканчивались в этом пентхаусе.

Я открыла глаза. Над Москвой стоял предутренний туман. Занимался рассвет, и он обещал быть очень красивым.

Несмотря на то что в квартире гремела музыка, мне отчего-то казалось, что за окном стояла абсолютная тишина. Конечно, это было не так — Москва никогда не спит. Но ощущение складывалось именно такое.

Я перевела взгляд на Алекса, который сидел в кресле справа от меня, и поняла, что он тоже наблюдает за первыми лучами нового дня. Мы оба устали. Пару раз мы уже встречали пробуждающееся солнце, но сегодня все происходящее казалось особенным. Какое-то незнакомое солнце из другого мира вставало над застывшим тихим городом.

Вдруг Алекс поднялся, направился к музыкальному проигрывателю — у Сергея был самый навороченный — и стал перебирать компакт-диски. Он научился читать по-русски, тренируясь на вывесках. Я с интересом наблюдала за ним.

Он что-то нашел. До этого его плечи были напряжены, а сейчас он расслабился и держал в руках только один диск. Я не видела, что на нем написано, только с изумлением заметила, как Алекс аккуратно поместил диск в музыкальный проигрыватель.

Пока система переключала диски, в квартире воцарилась тишина. Все люди, которых было бог знает сколько, замолкли, оторвались от своих суетных, а может даже и безнравственных дел, и обратили свои взгляды на Алекса.

Тишина продолжалась несколько секунд. А потом по комнате мягкими волнами разлилась мелодия. Сначала духовые. Следом — скрипки, флейты, виолончели, арфы, контрабасы, кларнеты... Инструменты слаженным боем прорывались в двухэтажный пентхаус и насильно заставляли людей себя слушать. Потому что не слушать было невозможно.

Это была не музыка, это был бескрайний океан, одновременно спокойный и гладкий, как шелк, и беспощадный и сильный, как буря.

В этой музыке было страдание. Внутренняя борьба. Глубокие терзания, гармонично перетекающие в умиротворение.

Мне стало сложно набирать воздух в грудь, и вместе с тем я не могла надышаться. Самые разные эмоции собирались в торнадо и вихрем кружились в груди, не давая возможности схватить хотя бы одну и подробно рассмотреть. Это пугало, но я просто отдалась моменту, понимая: все, что чувствую — нормально.

Держа пустой сидибокс в руках, Алекс опустился рядом со мной и посмотрел в окно на туманный рассвет.

Это был второй концерт Рахманинова. Я тоже перевела взгляд на окно, потому что золотистые лучи добрались до пентхауса и начали медленно заполнять пространство теплым светом: сначала стена, потом пол от нее... Нежное сияние лениво ползло по паркету, обволакивая каждый предмет и людей, встречающихся на пути.

Внутри что-то таяло. Я поняла, что не видела и не слышала ничего прекраснее, и посмотрела на Алекса.

Он сидел с закрытыми глазами и держал переносицу двумя пальцами.

— Алекс, что с тобой? — забеспокоилась я и положила руку на его бедро.

Он поднял глаза. Из них тонкими ручейками текли слезы. Я опешила и восхитилась одновременно. Среди такого хаоса и бедлама найти что-то настолько чувственное и прекрасное, суметь погрузиться в это настолько глубоко, что заплакать — такое было под силу только человеку с утонченной психикой.

— Это настолько потрясающе, — вдруг сказал он. — Музыка Рахманинова идеальна. Он... — Алекс на мгновенье задумался. — Он — это ты, только в мире музыки.

Я потеряла дар речи, пораженная, насколько Алекс обостренно чувствует.

Это ты — красивая душа, любимый, потому что ты видишь в мире только то, что есть в тебе самом.

— Никто не чувствует так жизнь как русские композиторы и писатели, — неожиданно сказал он. — В вас такая бездонная глубина. Никто больше так не пишет.

Надо же было иммигрировать в другую страну, привезти оттуда английского мужчину на улицу, где жил Пушкин, чтобы узнать об этом...

Алекс трепетно обнял меня и прижал к себе. Нам больше не нужно было говорить.

Постепенно все люди отошли от шока и вернулись к своим занятиям. Мы с Алексом долго сидели на диване и смотрели на восходящее солнце. Внутреннее волнение, вызванное встречей с Рахманиновым, переросло в восторг перед способностью любимого находить красоту в обыденности. Эта находка стала символом того, что в самых неожиданных местах могут скрываться сокровища, а в каждом моменте есть место для волшебства, достойного восхищения, радости и наслаждения.

Лондон, 2005 г. Три года спустя в такси.

Воспоминания о России пролетали в голове как кадры из фильма. Поездки из Лондона в Москву. Я начала понимать, что если раньше испытывала смешанные чувства из-за своих русских корней, то теперь настал совершенно другой этап.

За моей спиной стояла тысячелетняя история великой державы. Я родилась в Волгограде. Именно отсюда начался путь советской армии к Берлину.

Мои отношения с Россией трансформировались, как отношения с человеком. В них были и отрицания, и обиды.

Чего стоит только, что все сбережения моего дедушки, которые он копил всю жизнь, в один день превратились в прах.

Даже тот факт, что я родилась 23 февраля, теперь казался не просто случайностью, а важным знамением — тем, что с самого рождения соединяло меня с Родиной. Только мне потребовалось время, чтобы понять это. Время и этот таксист в попытке узнать, откуда я родом.

Теперь к таксистам я отношусь внимательнее...

Когда машина подъехала к центральным дверям отеля, я задумчиво улыбалась.

— Ну, значит, угадаю в следующий раз... — не унывал таксист. — С вас четырнадцать фунтов.

Я протянула ему деньги и открыла дверь.

— Я русская, — сказала, выходя из такси. И, улыбнувшись, через мгновение добавила, — и я горжусь этим.

Вернувшись в отель, я первым делом сообщила Виктору, что завтра улетаю в Москву. Мы сразу поехали и купили билет на самолет, а оставшийся вечер провели за долгим и теплым ужином. Смеялись и рассказывали друг другу забавные истории из детства.

Это был хороший вечер. Я действительно расслабилась и даже смогла уйти от бесконечного водоворота мыслей. Просто была здесь и сейчас, в моменте, в котором существовали только мы с Виктором.

Позже, уже в отеле он спросил:

— Ань, ты когда-нибудь думала, почему тебя не привлекают здоровые отношения? Те, в которых тебе не нужно никого спасать?

Вначале я хотела возразить. Но вдруг поняла, что Виктор прав. Так или иначе я стремилась в отношения, где человек нуждался во мне, как тонущий в спасательном круге.

— Хм, любопытно… Раньше я об этом не задумывалась.

Мысленно я возвращалась к своим прошлым романам и думала, почему делала именно такой выбор. Почему оставалась в сложных отношениях, почему возвращалась туда снова и снова, когда могла выйти, навсегда захлопнув дверь. Возможно, тогда я жила бы счастливо…

— Возможно, причина в том, чтобы быть нужной…, — честно ответила я. — Так я думала, что меня не отвергнут.

Наверное, я всегда это знала, но сейчас смогла произнести вслух.

Виктор молча слушал, понимая, какие глубокие размышления происходят в моей голове.

В своих отношениях я никогда не была уравновешена. Стоило выйти на ровное плато, как тут же случался резкий спуск, как на американских горках. Меня болтало и трясло, но я сознательно продолжала эту безумную гонку. Все потому, что знала: за кризисом в отношениях последует период эмоционального подъема, глубокой связи, удовлетворения и невероятной близости. Такой, будто мы - одно целое.

— Знаешь, как говорят: «самый лучший секс бывает после ссоры». Как и самые теплые объятия, самые откровенные беседы, самые горячие признания. Я не знаю, почему так происходит. Разве я это сама провоцирую?

Внутри разгорался огонь, который то и дело выбрасывал в воздух искры обжигающих мыслей. То, что я всегда о себе знала, но в чем никогда никому не признавалась, грозило вырваться наружу.

Я подумала, если уж делиться с кем-то самом сокровенном, то лучшего человека, чем Виктор, представить нельзя. Мудрый, понимающий и принимающий меня во всех проявлениях. Он поймёт. А если и не поймёт, то точно не осудит. Я посмотрела ему в глаза и сказала:

— Я до дрожи боюсь быть как все. Боюсь, прожить обычную и серую жизнь.

Слова звучали так, будто я не произносила их, а доносила прямиком в сознание Виктора. Тот поднял брови:

— Знаешь, а ведь тебе это выгодно. Такие мысли толкают тебя к успеху, к бессонным ночам в достижении цели, к работе без выходных и отпусков. Ты благодаря им карьеру делаешь.

Я знала, что он поймёт.

— Ты прешь вперед, как танк, — продолжал Виктор. — Но это все не просто так. Подумай, почему так происходит? Кому ты что-то пытаешься доказать все это время?

Этот вопрос Виктора заставил меня задуматься.

Папе?

Я ведь и правда считала, что только истинная любовь трансформирует меня до неузнаваемости. И все же... Безопасно ли продолжать любить Алекса? И если раньше я считала, что только Лондон спасет меня от «совка», то верно ли это сегодня?

— Может, пора остановиться, Аня? Начать делать что-то по-другому? Иначе можно навсегда остаться в детских травмах, — продолжал Виктор.

— А что значит действовать по-другому?

— Установить границы, — Виктор еле заметно пожал плечами, видимо, для него это было очевидно. — Видишь ли, есть тонкая грань между ответственностью за другого человека и необходимостью жить собственную жизнь. Ты когда-нибудь задумывалась, на сколько ты вообще желаешь добро человеку, постоянно спасая его?

— Наверное, это все очень мудрые слова, Витенька. Хотя в данный момент, в моей голове как будто выбор невозможен. Это похоже на то, что идет из самого ядра и по-другому я поступить не могу.

— Тебе непременно нужно разобраться, где твои действия искренне, а где прикрытые страхами и виной.

Прошли сутки, а разговор не выходил у меня из головы. Была ли у меня действительно внутренняя потребность спасать людей рядом? И еще один любопытный вопрос: зависело ли то, что мужчина делает для меня, от моих чувств к нему? Я напряженно сравнивала, сопоставляла реальные факты и пришла к ужасающему выводу: люди, которые делали для меня больше всех, не оставались в моем сердце. Может быть, банально, любовь и созависимость могут существовать параллельно?

Каким-то странным образом, разговор с Виктором разбередил старую рану. Я-то думала, что жизнь с каждым годом будет лучше, что я умею работать и добиваться своего, что успех придет, если приложить больше усилий, и счастью просто некуда будет деваться, кроме как припарковаться рядом. Радость и удовольствие неизбежно должны быть со мной. Вот только почему-то этого не происходило. Сердце не успокаивалось, металось из стороны в сторону, как птица, угодившая в ловушку.

Что же со мной не так? Я как будто бегу за счастьем, а оно все дальше и дальше...

Почти с ужасом я поняла, что по-настоящему счастлива была только со своим мужем. Бедным и непутевым, человеком, который толком и ухаживать-то за мной не мог. Только с ним я не думала о прошлом и будущем, а была сейчас. С ним я получала удовольствие от того, что просто была. Рядом с ним мне не хотелось искать кого-то лучше. Мне просто хотелось бесконечно смотреть на него, говорить с ним, дотрагиваться до него.

Это осознание опустилось на меня как гром, сковало все внутри. А что, если я не переставала любить Алекса все это время? Смогла ли я реально пережить наше расставание? Смогла ли зажить свою рану?

Я вспомнила о письме, которое написала в Индии. Оно так и лежало в моей сумочке, убранное во внутренний карман.

На следующий день мы с Виктором гуляли в парке, а потом он отвез меня на рейс. Когда мы подъехали к аэропорту, я его поцеловала. Я считала его одним из самых потрясающих и щедрых людей на планете, однако по-прежнему чувствовала к нему лишь необъятную благодарность.

— Оставайся, — поглаживая меня по щеке, произнес Виктор. — Не уезжай от меня снова.

Сердце защемило.

— Я решил, не хочу больше один, хочу семью. Лучше тебя я никого не встречу... Поедем вместе жить в Нью-Йорк. Выходи за меня.

— Штаты? — удивилась я.

— Мне предлагают купить там завод по производству воды. Я посчитал, литр воды сейчас стоит почти столько же, сколько литр нефти. Ты в Нью-Йорке по-другому заживешь… Со мной. Выучишься там. На кого хочешь. Где хочешь.

Я молчала. Виктор ждал, не торопил.

— Мне нужно в Москву, — дрогнувшим голосом сказала я, глядя в пол. — Если честно, я даже точно не знаю зачем, я просто интуитивно так чувствую. Как будто у меня там есть важная миссия. Знаешь, как тот отшельник, про которого ты рассказывал мне в Индии.

— Конечно, — улыбнулся Виктор. В его голосе была надежда

Он нежно обнял меня, пожелал хорошего полета… И отпустил.

ГЛАВА 39
Срочное и важное

Москва, 2005 г.

Самолет из Лондона приземлился в Москве. Ледяной ветер дул сквозь стекло, проникая в самое сердце.

Я вышла из аэропорта Шереметьево и направилась к такси. В одной руке — чемодан, по неровностям асфальта он громко отстукивал колесиками какой-то мотив.

Бывает чувство, когда возвращаешься из отпуска, едешь по Ленинградке, и с каждым километром утрачиваются воспоминания о ярких моментах поездки, будто туман застилает прошедшие дни, возвращая к обыденности. Будто ничего и не было, словно путешествие было во сне.

В какой-то момент я поняла, что близка к депрессии. Однако на это сейчас не было времени. Нужно было заняться делом. Я решила придерживаться намеченного плана.

Траур по отношениям — всем сразу — и отъезд из Лондона проживу когда-нибудь потом.

Чтобы окончательно не поддаться хандре, я решила действовать. В конце концов, я прилетела в Москву с конкретной целью!

Москва, 2005 г. Служба внешней разведки

Зинаида Прокопьевна вошла в кабинет генерала, держа в руках стопку бумаг. Иван Петрович поднял на нее глаза:

— Срочное?

— В основном нет, — секретарша знала, что ее начальник не любит по утрам тратить время на бумаги, которые могут подождать. — Только один рапорт попросили передать лично.

— Давай. Остальное позже.

Рапорт был объемным. Увидев фамилию составителя, генерал поднял бровь.

— Василий Григорьевич? — пробормотал он себе под нос. — Какими судьбами?

По мере чтения брови генерала еще не раз взлетали и хмурились. Закончив, немного посидел, задумчиво глядя перед собой. Хмыкнул. Потом тщательно разгладил листы рапорта и убрал его в папку с маркировкой «Важное».

ГЛАВА 40
Практическая психология с неожиданным эффектом

Москва, 2005 г. Примерно в это же время

За окном унылый дождь сменялся снежной крупой, которую мы в шутку начали называть белыми мухами. Теплой одежды у меня не было, я прожила в теплом климате много лет. А в Москве у меня просто не было сил поехать в магазин и что-то купить. От одной мысли о том, чтобы выйти на улицу, становилось не по себе.

Сидеть дома тоже было невыносимо. Я делила комнату с младшей сестрой. Мы спали на одной кровати, и от нехватки личного пространства мы обе лезли на стены. Как и от разительного отличия нашей московской квартиры и моего лондонского жилья.

В общем, я все глубже скатывалась в депрессию. Не хотела есть, не хотела никуда ходить, не хотела улыбаться. Это состояние, столь мне несвойственное, пугало и угнетало.

Как-то вечером я увидела на столе среди почты визитку психолога. Видимо, ее, как рекламу, бросили в почтовый ящик, а родители занесли домой. Сначала я прошла мимо, но через несколько минут вернулась и забрала.

Вот и знак свыше.

Конечно, я не особо верила, что в кабинете психолога смогу решить свои проблемы. Однако мое состояние стало уже совершенно невыносимым. Нужно было дать себе хоть какое-то облегчение, пусть даже на пару часов.

Я позвонила по номеру, указанному на визитной карточке. Мне повезло — на завтра как раз освободилось окошко. Это точно был знак от Вселенной. Я даже почувствовала робкую надежду.

На следующий день я сидела в мягком белом кресле напротив женщины, которую звали Светлана. Несмотря на то, что ей было всего лет пятьдесят, ее волосы были седые.

Светлана попросила меня пройти тест на компьютере. Я удивилась — думала, мы будем просто беседовать.

— Прежде, чем работать с клиентами, мы рекомендуем им пройти этот тест. Вы располагаете временем?

Я же сюда уже пришла.

Тест показался мне бесконечным. Не сказать, что вопросы были сложные, но их было слишком много, и весь анализ напоминал тест на IQ. Когда я закончила, мне показалось, что прошло несколько часов.

Мы начали работу, и после нескольких сеансов Светлана попросила еще кое-что написать.

— Назовем это эссе. Уверена, вы такие уже писали, — с доброй улыбкой объяснила психолог.

— Да, в университете, конечно, писала, но... Зачем? И на какую тему?

— Это тоже входит в анализ вашего психологического состояния. Тест и эссе помогут мне в должной мере вникнуть в суть и выстроить оптимальную стратегию для вашего лечения.

— Ага, — я сделала вид, что поняла важность этой затеи. — Так, на какую тему?

— Ваше отношение к риску. Договорились? Скажем, если в среду вы занесете мне эссе, это удобно?

— Да, наверно... — я вообще не понимала, что происходит. Впрочем, решила довериться профессионалу.

— Отлично! Тогда жду эссе в среду, а наш сеанс назначим на пятницу, хорошо?

Я просто кивнула, поднялась и вышла из кабинета.

Пазл в голове не складывался, но я была настолько уставшая, что решила отвлечься и подумать о чем-то еще.

В среду, как договаривались, я пришла к кабинету психолога, постучала и отдала свое творение. Пока шла до метро, мне позвонила Вера из Лондона:

— Никогда не поверишь, кого я встретила неделю назад! — я сразу поняла, что случилось. Береза заехал в ее бар.

— Дорогая, если хочешь, чтобы это продолжалось, лучше на всякий случай, храни тайну...

— Аня, у нас роман уже целую неделю, он такой щедрый и галантный, я так счастлива!..

— Я рада, дорогая. Будь счастлива. Маме привет.

Позже я узнаю, что их отношения продлятся несколько месяцев, а Вера будет считать этот роман главным в своей жизни.

В пятницу я даже не заметила, как оказалась у двери в кабинет Светланы. Дошла как будто на автопилоте, но вовремя. Хорошо, хоть и все мои эмоции превратились в серую массу, чувство такта мне пока не изменило.

Я предвкушала очередной сеанс, который ничего не изменит. Но раз уж взялась за дело, нужно идти до конца. В конце концов психолог пытается мне помочь.

Сделав глубокий вдох, я постучала в тяжелую дверь. Она тут же открылась, но на пороге меня встретила совсем не Светлана.

— Вы, должно быть, Анна? — передо мной стоял высокий мужчина лет сорока пяти, довольно приятный, можно даже сказать, красивый.

Впрочем, какая разница. Я скользнула глазами по белоснежному воротничку его рубашки, аккуратно выправленном из под бордовой жилетки, её четкие линии придавали образу строгость и свежесть. Он излучал спокойную, но мощную харизму.

— Я к Светлане.

Мужчина кивнул, освободил проход и указал на кресло. Я вошла и села.

— Светланы сегодня нет, — сказал он и сел напротив. — Меня зовут Владимир Владимирович.

— Приятно познакомиться, — что еще я могла сказать? — Вы работаете в паре?

Мужчина не обратил внимания на вопрос и сразу приступил к делу:

— Я видел результаты вашего теста, но сначала хотел бы поговорить не об этом.

Я смутилась и одновременно почувствовала азарт и любопытство.

Владимир Владимирович внимательно смотрел на меня. Он сел напротив. Его глаза медленно и тщательно осматривали каждый сантиметр моего лица.

Потом он разомкнул руки и спросил:

— Анна, а что вы знаете о... разведке?

ОСОБЫЕ БЛАГОДАРНОСТИ

Подругам

Эта книга родилась в любви и поддержке. А любовь к людям была главным источником энергии для этой рукописи, рождение этой истории во многом обусловлено моими отношениями с людьми, которые были рядом. У меня была совершенно замечательная женская команда моих любимейших подруг.

Мы как будто вместе прожили эти 7 лет, описанных в книге, вместе плакали, вместе радовались, вместе излечивались, вдохновлялись и возмущались несправедливости. Девочки жили этой историей так, как будто она была их собственной, вложив частичку своей души. Они помогли другим узнать мою историю — как она была на самом деле. Сказать, что без вас книга была бы не той — это не сказать ничего.

Редакторам

Спасибо, что не оставили меня в такое важное время. Спасибо, что бережно взрастили свой литературный талант, накопили опыт в психологии, перемешали все это, как настоящие ведьмочки, и выдали этот продукт.

Люблю. Благодарю. Бесконечно ценю.

ЭПИЛОГ

Несколько лет спустя...

Такое письмо я получила от Алекса.

«Анджики,

Иногда я просыпаюсь и думаю: зачем я есть? Я похож на биологический организм, который потребляет пищу, перерабатывает ее и пытается заснуть.

Иногда я просыпаюсь в два или три часа ночи и чувствую себя выспавшимся. Все бы хорошо, но только я ощущаю такой страх, что сорвусь... Панически принимаю новую дозу «Диазепама», чтобы заглушить боль. Боль от понимания того, что безвозвратно разрушил свою жизнь.

А потом наступает новый день. Еще один. Такой же бесцельный и пустой.

Знаешь, недавно мне приснился странный сон. Там были маленькие мальчик и девочка. Они как будто встретились где-то в прошлом — кстати, недалеко от моей деревни — и так полюбили друг друга, что начали чувствовать какую-то зависимость от друг друга. Они оба были так одиноки, а когда встречались, это сразу уходило. Так просто, без сложных объяснений. Знаешь, это как красота... Она прекрасна, потому что её не надо объяснять.

А потом девочка из сна выросла. Но ее манящая притягательность так и не прошла. Нет, она не была болью или навязчивой идеей, как болезнь. Это было сродни ощущению, что тебя ждет кто-то очень любимый, и ты сейчас приедешь домой... Или когда ты ждешь праздника. Это было как нечто, что ты долго можешь хранить под сердцем.

Знаешь, когда я просыпаюсь по ночам, я тревожусь, что потерял что-то такое важное, без чего просто не выживу. Смысл жить.

Я вчера видел продолжение этого сна. Решил, что тебе это будет интересно. Так вот, девочка приехала искать мальчика из своего детства, как только смогла. Заработала первые деньги и сразу вернулась из Лондона в нашу деревню. Но на том месте, где жил мальчик, стояли три заброшенных дома, и в них никого не было. Она ощутила такую пустоту и безысходность, что опустилась на колени прямо в грязь и долго плакала.

А потом я проснулся. Плачь этой девочки еще звучал у меня в душе.

Знаешь, Анджики, я ведь тебя видел. Я ездил в Лондон, чтобы восстановить документы, и шел по улице. Ты вышла из ресторана. С тобой был какой-то мужчина, вы смеялись, а потом он тебя обнял. Вы уехали, а я так и стоял. Забыл, куда шел. Наверное, нужно было тебя окликнуть. Но я не смог.

Я не злюсь, я знаю, что все случившееся — только моя ответственность. И даже хочу попросить прощения за себя, за свой пьяный гон, за жестокость, за издевательства, за месть, за боль, что я причинил. Поверь, я никогда не хотел быть таким. Больше всего на свете я хотел состариться с тобой и просто быть рядом всю жизнь.

Я люблю тебя, Анджики. Ты — любовь моей жизни. Ты сделала ее настолько лучше, ты наполнила ее смыслом! Если бы я не встретил тебя и не полюбил, в моей жизни бы не было ничего.

Прощай.

Вечно твой Банжики».

Утром Джейн нашла своего сына мертвым.

Кремировали Алекса в том самом костюме, который мы с ним купили в Москве для свадьбы.

Бывало у вас так в жизни, что встречаете человека, и тянет именно к нему — без причины? Я верю, что это не химия, не внешняя привлекательность. Это душа узнает судьбу и как некая сущность таким образом нащупывает будущее. Моя душа всегда знала, что я встречу Алекса.

Наши отношения были очень непростыми, но любовь стала исцеляющей. А его скоропостижная гибель дала мне главные уроки, о которых я смогу рассказать, возможно, в какой-то другой книге.

Мы, женщины, умеем любить, даже пройдя через невыносимую боль. Можем носить эту любовь, пронеся через десятки лет.

Как верно говорит моя героиня: только лишь потеряв, начинаешь по-настоящему ценить. Только отдалившись, можно по-настоящему понять свое отношение к чему-то. У меня так было с семьей, с ребенком, с моей страной. И, конечно, с мужем.

То, что мы с Алексом испытали называют созависимыми отношениями. Лечится это только любовью к себе, об этом говорят психотерапевты. Однако объяснить простыми словами, что конкретно нужно делать, тяжело.

Для решения любой сложной задачи можно разделить ее на части. Так и с личностью. Нелюбовь к себе — это непринятие в себе каких-то качеств, наших частей. Например, слабости или глупости. Важно определить эти качества и разрешить им жить внутри. Кстати, часто их идентифицируют через отношения с родителями. Настоящую целостность и силу мы обретаем, когда позволяем себе быть любыми: просящими о помощи, жадными, не выполняющими свои обещания, опаздывающими, падкими на деньги, не обладающими знаниями. Мы отвергаем свои темные стороны, как ненужные, а они — наша неотъемлемая часть. Они нужны нам так же, как нужны трагичные события, чтобы обрести свое единство и выйти на предназначение. Они - такая же неотъемлемая часть пути, как наши непринятые частички.

Только сейчас, когда я снова прожила свою историю через эту рукопись, ко мне пришло понимание, что я поставила жирную точку в отношениях со своим мужем и я сама решаю, что будет дальше. Буду ли винить судьбу, переживая трагедию, или найду в ней ресурсы, чтобы переродиться и совершить новый качественный прыжок.

Это далеко не конец…

Дорогой читатель, вы познакомились с первой частью истории моей жизни. Для тех, кто не хочет расставаться с героиней, есть много возможностей продолжить общение, но теперь уже напрямую со мной, Анной Чапман.

Как?

Было бы приятно, если бы вы оставили отзыв об этой книге на сайте того магазина, где ее приобрели. Или на своей страничке в социальной сети с хештегом #БондиАнна или #АннаЧапман. Поверьте, для меня ваше мнение бесконечно важно — в том числе и для того, чтобы следующая книга цикла получилась интереснее.

А еще на моем канале (QR-код ниже) будут регулярно проводиться розыгрыши для тех, кто оставил отзыв. Главные призы — книга с подписью автора и возможность пообщаться напрямую с автором в формате видеоконференции.

И да, продолжение истории обязательно будет — если мы так решим вместе…

@CHAPMANANYA

Оглавление

Пролог.. 5
Глава 1. С добрым утром, любимая!....................... 7
Глава 2. Уйти нельзя остаться................................ 21
Глава 3. Почему тебя так долго не было?............... 28
Глава 4. Вот тебе, сволочь!.................................... 42
Глава 5. Луч света в советском подъезде 59
Глава 6. А ты кого ждал, Бэтмена?........................ 75
Глава 7. Побывать на дне и оттолкнуться 83
Глава 8. Загадка из 4 цифр 92
Глава 9. Просто сделай шаг 103
Глава 10. Самый меткий лучник в дружине 111
Глава 11. Вот ты какое, блаженство 117
Глава 12. Свадьба, которой не было 125
Глава 13. Русские не сдаются!.............................. 132
Глава 14. У нашей страны больше нет шансов?... 146
Глава 15. Предложение, от которого ты не сможешь
           отказаться 160
Глава 16. Интуицию к делу не пришьёшь 166
Глава 17. Ты пожалеешь об этом, русская сучка!..... 180
Глава 18. Когда сердце остановилось 184
Глава 19. Охотница за обеспеченными мужчинами ... 199
Глава 20. Вокруг плясала смерть.......................... 202
Глава 21. От любви до отчаяния — семь сантиметров... 211
Глава 22. Как я украла 500 фунтов 221
Глава 23. Будет дух вечно скитаться..................... 228
Глава 24. За нами стоит огромная сила!............... 239
Глава 25. Тихая гавань в море жизни 249
Глава 26. Плюшки от мытья посуды 259
Глава 27. Ты умеешь удивлять, милый 274
Глава 28. Покер с судьбой — платье долой!......... 286

Глава 29. Как выйти замуж за олигарха 299
Глава 30. Находка для шпиона 307
Глава 31. Правила езды по встречке 312
Глава 32. Впечатлить искушенного шейха 320
Глава 33. Слишком много туфель бывает 327
Глава 34. Место на рынке за рыбным прилавком 339
Глава 35. Хорошее дело браком не назовут 346
Глава 36. Ритуал, который объединил 350
Глава 37. Сгореть, чтобы не воскреснуть 357
Глава 38. Ты просишь у меня деньги? 373
Глава 39. Срочное и важное 388
Глава 40. Практическая психология
с неожиданным эффектом 390
Особые благодарности 394
Эпилог 396

Литературно-художественное издание

Чапман Анна, Ри Гува

БондиАнна
В Россию с любовью

ISBN: 978-5-6053329-0-9
Printed version softcover

ISBN: 978-5-6053329-1-6
Printed version hardcover

ISBN: 978-5-6053329-2-3
e-book

Все права защищены. Данная книга предназначена исключительно для частного использования в личных (некоммерческих) целях. Книга, ее части, фрагменты и элементы, включая текст, изображения и иное, не подлежат копированию и любому другому использованию без разрешения правообладателя. В частности, запрещено такое использование, в результате которого книга, ее часть, фрагмент или элемент станут доступными ограниченному или неопределенному кругу лиц, в том числе посредством сети интернет, независимо от того, будет предоставляться доступ за плату или безвозмездно.

Копирование, воспроизведение и иное использование книги, ее частей, фрагментов и элементов, выходящее за пределы частного использования в личных (некоммерческих) целях, без согласия правообладателя является незаконным и влечет уголовную, административную и гражданскую ответственность.

www.ingramcontent.com/pod-product-compliance
Lightning Source LLC
LaVergne TN
LVHW012031070526
838202LV00056B/5470